文春文庫

とっておきの銀座

嵐山光三郎

文藝春秋

とっておきの銀座◉目次

〈第1章〉 キミにもなれる中華の達人 12

〈第2章〉 オキテやぶりの中華道具・最新ヒット食材から素材の下ごしらえ・調理のコツまで 14

〈第3章〉 炒飯・焼そば・オイスターソース炒め・酢豚・エビチリ……人気中華の美味しい作り方 23

〈第4章〉 メン・ギョーザ・シューマイ・中華まんじゅうの裏ワザ・隠しワザ 31

〈第5章〉 極上の自家製タレ・合わせ調味料・薬味の作り方 41

〈第6章〉 とっておき逸品おかず・前菜〜スープ・デザートまで 51

はじめに

本文イラスト　嵐山光三郎

とっておきの銀座

はじめに

この本には、いまの銀座のピカイチの店ばかり出てきます。

ぼくは月に一度は銀座を散歩して、お昼ごはんだけで百以上の店へ行きましたが、そのなかでも、とっておきの店ばかりを紹介いたしました。和食・洋食・中華といろとりどりで、どの店もおいしい。

そのぶん、いささか値がはるけれど、それほどではありません。その、ちょっと値が高いぶんは、どこがどう違うのか。それは読者のみなさまが自分の舌で体験して下さい。

銀座は劇場や画廊が多く、文化・芸術・流行の集積地です。最新情報の発信基地でありつつ、銀座の匂いというものがあり、クラシックで、中高年の人がなつかしいものがたくさんあります。

いまの銀座は、パリやローマやニューヨークの一流店の進出もめだちますが、新しい店を銀座の匂いに同化させてしまう。しぶとい老舗《しにせ》は、外国のブランド品に刺激されて、さらなる新商品を開発していきます。新旧がぶつかりあい、そこから銀座の匂いが生まれていくのです。

粋で、ハイカラで、明るく、ダンディーな一級品ばかり。ファッション、文具、和装小物、傘、帽子、金銀製品、ステッキ、手ぬぐい、下駄、靴、どれひとつとっても、ワンランク上の品は、すべて銀座に集っています。銀座の一流品を買うと、生きる力がワンランク・アップして、人間が上等になるのですね。

アンパン、洋菓子、和菓子、コーヒー、チョコレート、最中、果物、野花から弁当まで、すべてが銀座ならではの華があり、それらは長年にわたってつちかわれた銀座ならではの匂いといっていいでしょう。

おみやげも色とりどりで、ほかでは手に入らないおみやげを買って帰るときは、足がスキップしちゃいますものね。

さあ、銀座へ行って、嬉しい食事、楽しい買い物をいたしましょう。

第1話　銀座ならではの懐中硯を入手

竹葉亭銀座店～トラヤ帽子店～和光～鳩居堂～つばめグリル

雨あがりの銀座は、柳の葉が洗われて四丁目の信号機が、赤い木の実のようにみえる。

高校生のころ両親と三人で五丁目の竹葉亭へ行った。黒い看板に白ぬき文字で「うなぎ」と書いた看板がかかっている。江戸末期創業の老舗だが、父が注文するのは、うなぎではなく鯛《たい》茶漬けだった。

父は、銀座四丁目を「しちょうめ」と呼んでいた。

銀座は一丁目から八丁目まであって、いち、に、さん、し、だから、しちょうめと呼ぶのは、至極あたりまえだろう。

老母は歌舞伎座や新橋演舞場へ観劇に出かけ、帰りに竹葉亭で鯛茶漬けを食べるのを楽しみにしている。

竹葉亭で、鯛茶を注文すると、ごまだれ醬油をまぶした鯛の刺身が運ばれてくる。切り海苔がまぶされ、小皿にはすりわさびと刻みねぎ。おしんこの皿もある。小さなすり鉢に白ごまが盛られ、すりこぎですると、いい匂いがふんわりと立ちあがってきた。

黒塗りのお櫃《ひつ》にはほかほかのご飯が入っている。まずは、ビールを飲んで、すりごまをふりかけた鯛の刺身をほおばった。口もとがほころんで、背筋がピーンとのびましたね。

鯛の刺身三切れでビール一本を飲みほして、茶碗にご飯を半分ほどよそって食べたら、もう身をよじっちゃうくらい嬉しくなる。

それから、熱い茶を注文して、残った鯛と、すりわさび、刻みねぎをご飯にのせて、ドボドボとかける。あー、たまんない。

と、のぼせあがって、外へ出た。

四丁目交差点を有楽町方向へ渡ると、ガラス窓の三愛ビル。できた当時はしゃれた建物だったが、かなり古びてきたな。その隣が黒レンガの鳩居堂で、入口に鳩が二羽のマークがある。鳩居堂で筆を買うつもりだが、重盛旦那（坂崎重盛氏）と会う約束をした二丁目のトラヤ帽子店へむかった。

トラヤ帽子店は、明治時代は赤坂にあり、大正時代に、神田神保町に進出した。銀座店は昭和五年にはじまった。父はトラヤ帽子店のソフト帽を使っていたから遺品のソフト帽を、いまなお、かぶるときがある。

山口瞳先生もこの店の愛用者だった。山口先生の奥様から、先生御愛用のソフト帽を形見分けとしていただいた。

いま、トラヤ帽子店の三代目社長は八橋康則氏で、赤坂見附に紳士服店を出していた。

そのころ、ぼくは赤坂四丁目に住んでいて、テレビ出演の一時間前に駆けこんで「番組

むきの服を選んでくれ」と注文したものだ。康則氏は釣り好きのスポーツマンである。

　トラヤ帽子店では、いままで五つのソフト帽を買っていて、そのいずれもがボルサリーノである。頭髪の後部が薄くなりだしてから、ソフト帽は必需品となった。

　三年前、ローマにあるボルサリーノ本店へ行き、三つまとめ買いしてから、しばらくはそれで用が足りた。トラヤ帽子店のボルサリーノは、帽子裏のマークの下に「セレクティッド　バイ・トラヤ・ギンザ」と英語の金文字で印刷されている。ボルサリーノのソフト帽を「トラヤが厳選した」というところにトラヤ帽子店の見識がある。日本の帽子専門店で、トラヤ帽子店ほど質と量を揃えている店はない。

　この店がすばらしいのは、商品知識が豊富なことで、客にどの帽子が似合うかをよく知っている。重盛旦那は、カナダの名店ビルモア社製のホンブルグを見つけた。マグリットの絵に出てくるような、クラシックスタイルの帽子だ。

「ぼくも、ホンブルグにしようかなあ」と迷っていると、店長が「嵐山さんはボルサリーノですよ」と言った。そのときかぶっていたのもトラヤ帽子店のボルサリーノで、帽子裏の生地がすりきれていた。すすめられたグレーのボルサリーノは、なるほど頭にするっと入って、かぶり心地がよい。

「じゃ、これにする」

ときめて、古いボルサリーノにスチームをかけて貰った。シューッと白いスチームをかけると、ソフト帽は、雨あがりの舗道のように、しっとりと艶《つや》が出てくる。

新しい帽子をかぶった重盛旦那は、腕時計を見て、「や、和光のカヌレ・ド・ボルドーが売り切れてしまう。早く行かなきゃ」と走り出した。これは四丁目の和光別館で焼いているケーキで、やたらと人気がある。

「ケーキをどうすんの」と訊くと、「これから会う令夫人へのおみやげ」ということだった。

重盛旦那がさきに走り出したので、四丁目方向へむかって、ゆっくりと追いかけた。

越後屋は木の看板がかかった呉服店で、ショーウインドーに白い着物が飾られている。正倉院の写し柄で牡丹唐草を配した訪問着だ。しばらく、うっとりとながめた。八四万円かあ。その横にある五〇万円の輪奈織《わなおり》の袋帯は、うるし糸を使っている。銀座老舗の着物は、艶があって格調が高い。

道路の対岸には、ティファニーのビルがあり、外から見た感じはニューヨーク店に似ている。ティファニーのマークは、半裸の男が、両手で時計を持ちあげている。なんだか、「時の重みに耐えかねて……」という感じがする。外資系の有名店が、つぎつぎと銀座に出店するのは、銀座ブランドとの相乗作用をねらっての戦略である。そのぶん、銀座の重みに耐えるのには体力がいる。

舗道には冬の花壇があり、ベゴニアやマリーゴールドの花が、赤、黄、ピンク、白と咲いているファッションビルの前では、小さい青リンゴとバラを包んだブーケが並び、そこらじゅうに花が咲いている。マロニエ通りを渡ると、マロニエの葉が黄色く色づいていた。マロニエ通りの角はシャネルのビルで、その向かいはルイ・ヴィトンのビル。

松島眼鏡店をすぎると、銀座らん月が「かにまつり」の幟《のぼり》を出していた。らん月は一階がすき焼き、二階がかに、三階がしゃぶしゃぶで四階五階は個室になっている。ショーウインドーに、しゃぶしゃぶランチの見本があったので、ジロジロと見ていると、店員が、「これがメニューですよ」と折り込みチラシを渡してくれた。銀座の店員は、ていねいで、客のあしらいがうまい。

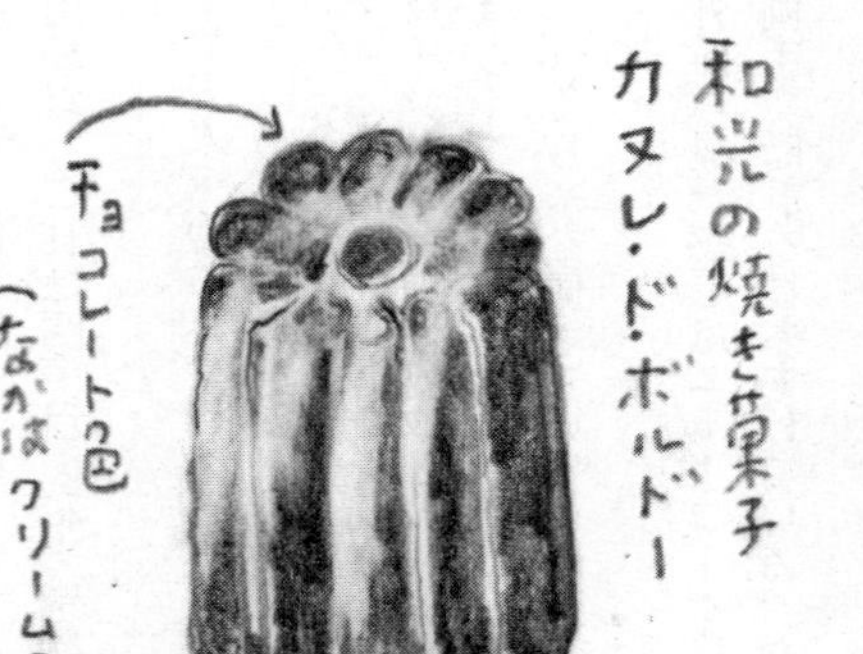

和光の前に着くと、重盛旦那は、ケーキ店のなかで、あれこれと物色している最中だった。和光の入口には、大きなガラス戸に、金文字で「和光」と書かれている。そのガラス戸を開けて入っていく客は、胸を張って、ワコーと小声を出している。

和光の菓子袋をぶらさげた重盛旦那が意気揚々と出てきた。

「ぼくが六袋買ってしまったから、本日はこれにて売り切れです」

重盛旦那が差し出すカヌレ・ド・ボルドーはチョコレート色のケーキで、見ためは黒いピーマンだが、下は平らだから釣鐘にも似ている。

「これがたまんない味なんだよ」

と差し出すのを齧じると、皮は焼き芋のようにしっとりして厚く、なかはクリーム色でねばりがあって、ラム酒の香りがした。ボルドーとあるから、フランスのボルドー地方のケーキということなんだろう。なるほど、しぶとい舌ざわりで、ほのかな甘味がふんわりと口中に広がった。

四丁目の交差点を渡って鳩居堂へ入ると、一階はおばさまの客がひしめいている。鳩居堂特製のハガキや便箋、封筒は女性客に人気が高い。友禅紙、年賀状、祝儀袋のほか、和風小物が多く、外国人客も物珍しげに買っている。

筆は二階売り場にある。二階への階段を上る途中に木製のはめこみ椅子席があり、座ると香の匂いがした。香に墨の匂いがまじって、北京の文具店へ入ったような陶酔感がある。

しばらく椅子に座って、ぼーっとしていると、椅子席の横にあるガラス戸のなかに古歙州《こきゅうじゅう》の蟬様硯《ぜんようけん》が置かれていた。一〇五万円である。歙州硯はぼくも使っており、なめらかで、墨が氷のようにすーっと溶けていく。墨をすって、これほど気持ちがなごむ硯《すずり》はない。

その横には古澄泥硯《こちょうでいけん》が並び、七三万円である。いい硯を見ると、使ってみたいと思うが、高価だから、ちょっと手が出ない。

見るだけ、見るだけ、と言いきかせて溜息をついたら、小さな懐中硯が目に入った。花梨《かりん》の木箱に半分に切った硯と、小筆と水匙《みずさじ》（スプーン）と墨が納め

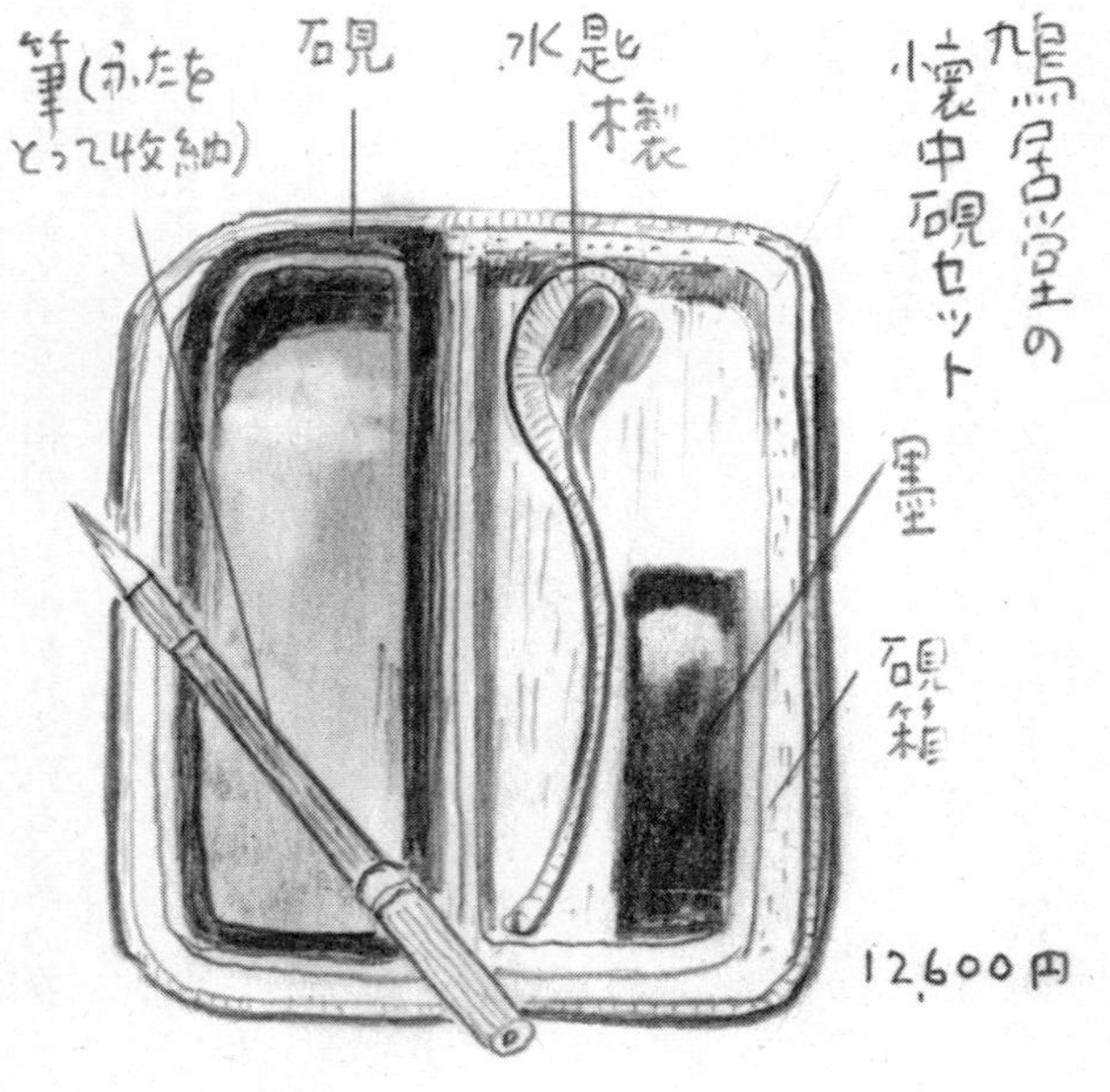

られている。天地十センチほどの携帯用硯セットである。竹の蓋《ふた》がついた小筆は、蓋をはずして下にとりつけるようにしてある。花梨製で細工がしっかりとしている。中国で硯を買うと、硯は上等でも硯箱の造りが悪くて、箱は捨ててしまう。文房四宝（硯、墨、筆、紙）の本家は中国だが、こういったアイデアのある細工物は日本のほうが上である。木製の水匙は、硯に水を汲《く》み入れるのに使う。旅さきで、筆を使って絵を描くからこんなのがあれば便利だ。細筆は清真九号と十号、則妙の三本を選んだ。

こういう買い物は銀座でしかできず、また、銀座で見つけたという記憶が、買った品物を大切にさせる。

銀座四丁目の和光前で、クワクワという鳴き声がきこえた。上を見あげると木の上にカラスが一羽とまっていた。大量にいた銀座のカラスは、退治されて、かなり減ってしまった。

とたんに、芭蕉の句、

かれ朶《えだ》に烏《からす》のとまりけり秋の暮

を思い出した。芭蕉はこの句を深川の草庵で詠んだのだが、なに、いまの銀座四丁目にだって、江戸の気配が残っている。

道行く人は、白髪の老紳士、老母を連れた娘、ソフト帽をかぶった学者風、地方から出てきたおばさま、松屋の紙袋を提げた主婦、皮ジャンパーを着た学生、とさまざまだが、年配の人が多い。銀座は年配者が安心して買い物ができる街である。

松屋デパートの前を通って、一丁目にあるつばめグリルに入り、生ビールで乾杯した。つばめグリルのランチは値段が安い。名物のハンブルグ・ステーキ・ランチは、冷やしトマトとパン（あるいはご飯）がついてくる。皮をむいたトマトに塩味がしみこんで、喉もとに涼しい風が吹き抜けるんですね。

ぼくなりに研究して自宅でもつくってみたが、どうがんばっても、つばめグリルにはかなわない。

「どうしたら、こんな味が出るんだろうか」と首をひねりながら飲むビールに、銀座の黄昏《たそがれ》が忍びこんでくる。

❖竹葉亭銀座店　03・3571・0677
❖鳩居堂　03・3571・4429
❖トラヤ帽子店　03・3535・5201
❖つばめグリル　03・3561・3788
❖和光　03・3562・2111

第2話 ベルギー仕込みのトリュフ・シャンパンがシュワーッ

文明堂カフェ東銀座店～銀之塔～デルレイ～菊水～タカゲン～ライオン七丁目店

午後一時に、重盛旦那と奥村書店で待ちあわせた。戦前の銀座通りは夜店が軒をつらねていた。そのころからの古書店で、歌舞伎や演劇書の揃えがよい。さきに来ていたシゲモリは、七冊の掘り出し物をかかえていて、しごく機嫌がよい。銀座の古書店は穴場なのである（奥村書店は残念ながら閉店。現在は歌舞伎座裏の木挽堂書店がその意を継いでいる）。

明治四十一年の歌舞伎座ポスター「義経千本桜」を二〇〇〇円で買った。新聞の全紙ほどの木板刷りで役者衆百人余の舞台姿がずらりとのっている。いちばん高い席は二円八〇銭で、三階天井桟敷の一幕見は四〇銭とある。

天井桟敷（いまは四階）は昔から芝居通の席とされていて、ここから見ていると演出家の気分になれるが、難点は席が狭すぎて、足が前席の背にぶつかる。芝居通は、やはり一等席のほうがよい。

歌舞伎座の正面玄関の赤い提灯と紫色の幕は、江戸の名残《なご》りで、白壁に赤い欄干、黒瓦といった豪華絢爛な意匠をほれぼれと見た。

歌舞伎座横にある文明堂にはいり、ひとつ一三七円のバームクーヘンを買う。文明堂には、三六七五円の大きいバームクーヘンがあって、そちらも立派だが、ぼくは直径八センチほどの、ひとくちサイズが好きだ。ひとくちサイズでもケーキの年輪が十二層あって、十二年ぶんの切り株だ。十二といえば干支《えと》ですな。一年は十二ヵ月、鉛筆ならば一ダース、子どもなら中学一年生。

バームクーヘンの年輪をかぞえていたら、テーブル席でハヤシライスを食べているご婦人がいるではないか。ハヤシルーの上に半熟玉子がのっていて、見るからにおいしそうだ。これはランチメニューである。すぐに食べたくなったが、ぐっとがまんして、竹皮まんじゅうの袋を買って外へ出た。

歩きながら、バームクーヘンを二つに割って食べると、外側の砂糖がシャリシャリッと崩れていく。くすぐられるような甘さで、甘味が粉雪みたいに舌の上で溶けていく。卵の香りがふんわりと漂った。

歌舞伎座の客は、四丁目から来る人が多い。歌舞伎座の手前にある料理店へ入りがちだが、歌舞伎座を通りこしたところにいい店がある。と講釈しつつ、シチューの銀之塔へ入った。昔の蔵を料理店に改造したつくりで、暖簾《のれん》にカモの絵が描かれている。歌舞伎座の役者衆がひいきにしたシチューが、土鍋に盛られて出てきた。タンシチューには、ジャガイモやインゲン、タマネギ、ニンジンがたっぷりと入っている。シチューだけなら二五〇〇円。これにグラタンがついたセットは三七〇〇円。

「銀之塔」をフランス語に訳せば、「トゥール・ダルジャン」となり、パリの有名店と同じですな。まあ、ビールを飲みましょうや。

奥村書店で買ってきた古本の『東京修学旅行案内』（昭和三十二年）を見た。ページをめくると、上野動物園で白熊がアクビをしていて、

「いいアクビだねえ」

と感心した。

昭和三十二年の東京修学旅行のメダマは上野動物園の白熊であったのだ。こういった珍書が五〇〇円とはお買い得だ。ぼくは、「義経千本桜」のほかに、明治四十一年の「女歌舞伎」のポスター。こっちは一五〇〇円だった。フランスの脚本家スクリーブ氏原作の悲劇を歌舞伎に翻案したもので、歌舞伎は明治時代から外国の新風をとりいれていた。

グラスワインを注文して、買ったばかりの古書を重盛旦那と自慢しあった。奥村書店

には、死後十世團十郎となる市川三升の俳句短冊が二万円で出ていた。

歌舞伎見物に来る人は、奥村書店に寄って、こういった短冊や歌舞伎本を買えばいいのにね。猿之助の色紙が四〇〇〇円だよ。

ほろ酔いになると、銀ブラのブラの部分にパワーが注入される。

晴海通りに戻って四丁目へむかって歩くと、バス停の前に長椅子が置いてある。都バスは若葉色で、「ノンステップバス」と表示され、お年寄りが転ばないように、乗り口に段差がない。

バス停の横に立方体の石柱が建ち、斜めに切り落とした断面に四丁目附近の地図があった。地図表示に大理石を使っているところが銀座の貫禄ですね。銀ブラする客が道に迷わないように、わかりやすい地図があるのだ。

見どころには赤星印がつけられている。歌舞伎座、狩野画塾跡、商法講習所跡、石川啄木歌碑の四ヵ所だ。芝居、画塾、商売、短歌、と見事に四つ揃い、銀座が商店街とともに遊び場であったことがわかる。

バス停前の椅子に座って、道ゆく人々をながめた。新年を迎えた銀座は、みんなうき足だっていて、足どりが軽い。ひとりの老紳士が、チョコレートの袋を持って歩いている。そうか、バレンタイン・デーが近くなってきたのか。

おい、重盛の旦那、きみはチョコレートを貰えそうかね、と訊くと、いや、自分のを買うんだ、といって、あづま通りへ入っていった。そこに新しいチョコレート店デルレイがあった。デルレイは北ベルギーの都市アントワープにある店で一九四九年の創業になる。

見ためは、宝石店の造りで、白壁からシャンデリアがぶらさがり、白シャツに黒チョッキの店員が、てきぱきと働いている。

ベルギーのアントワープは、ダイヤモンド取引の中心地だから、店が宝石店みたいに造られているんだろうか。ショコラ（チョコレート）は、アントワープから空輸されたもので、宝石をのせるガラス台の上にひと粒ずつ、五十種類ぐらい飾ってある。

ぼくは、貝の形をしたシェル・ミルクと、ダイヤの形をしたゴールド・ダイヤモンド・ダークと、手の形をしたアントワープハンズ・ミルクの三つを箱につめて貰った。三つで一三八〇円。

重盛旦那はシャンパン入りのトリュフ・シャンパンと、ラム入りのトリュフ・ラムと、トリュフ・コニャックを袋づめ。

シャンパン入りのショコラは、白い飴玉みたいな形をしている。歩きながら口へ放りこんだら、シュワーッとはじけて、ベルギーッとした苦みがひろがったもんね。

ここでシガーを吸いたくなり、銀座通りにある銀座菊水へ入った。

菊水は明治三十六年から、この地で煙草屋を開いており、パイプや煙管《キセル》といった喫煙具専門店である。おなじみのキクスイ・マッチ（二〇円）も、この店が販売元だ。菊花を上半分に切った菊水のトレードマークは、佐賀の楠公神社と同じ模様で、この店は、もとは佐賀煙草の売り捌《さば》き店であった。

ショーウインドーに外国製のシガーが並んでいる。ショート・シガーの箱の絵は、どれもこれもエキゾティックだ。

そのすぐ近くにタカゲンがあり、ステッキを扱っている。重盛旦那とぼくはステッキ・マニアで、いままで世界各国を漫遊してステッキを買い集めてきた。ロンドンの仕込み杖式ステッキ、カイロ美術館の王子様のステッキ、スペインのマドリッドでは水晶玉ステッキと、二十本以上持っている。

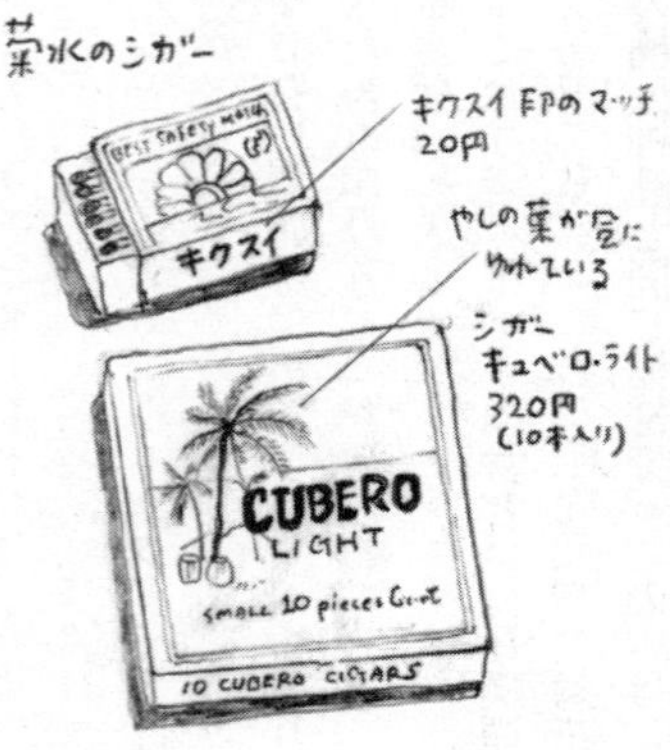

明治の文人は、ステッキを贈答品として使い、たとえば芥川龍之介は、その名にちなんで龍の柄のステッキを持ち歩いていた。重盛旦那はステッキの本まで書いたほど、ステッキに詳しく、タカゲンに入るなり、銀の鳩杖《はとづえ》を見つけて、しげしげと見入っている。
鳩杖は、杖頭飾りに鳩をあしらったもので、古くは藤原俊成が天皇より賜り、明治時代には大隈重信、板垣退助が使い、昭和は吉田茂が愛用していた。参考品として正倉院御物の宮中杖が展示してあった。純銀製鳩杖は三一万五〇〇〇円の値がついていた。そんな高価なもののほか、黒檀《こくたん》や紫檀《したん》のステッキが並んでいる。ドイツ製の銀頭飾り杖は

クラシックな造りであった。

ガラスケースのなかに、銀色のステッキがぐんにゃりと曲がったまま置かれていた。丸めて、革ケースに納まるようにできているロープステッキである。ロープのように丸めるので、折り畳み式とは違う。柄の内側に、ステンレスの留め金がついていて、それを引っ張ってはめこむと、一本のステッキになる。

魔法のステッキである。ステッキの留め金をはずすと、ぐんにゃりと曲がる細工がさえている。オーストリア製で三万六七五〇円。いいものを見つけたな。オーストリアへ行ってウィーンの町角で売っていても、買ってしまうだろう。

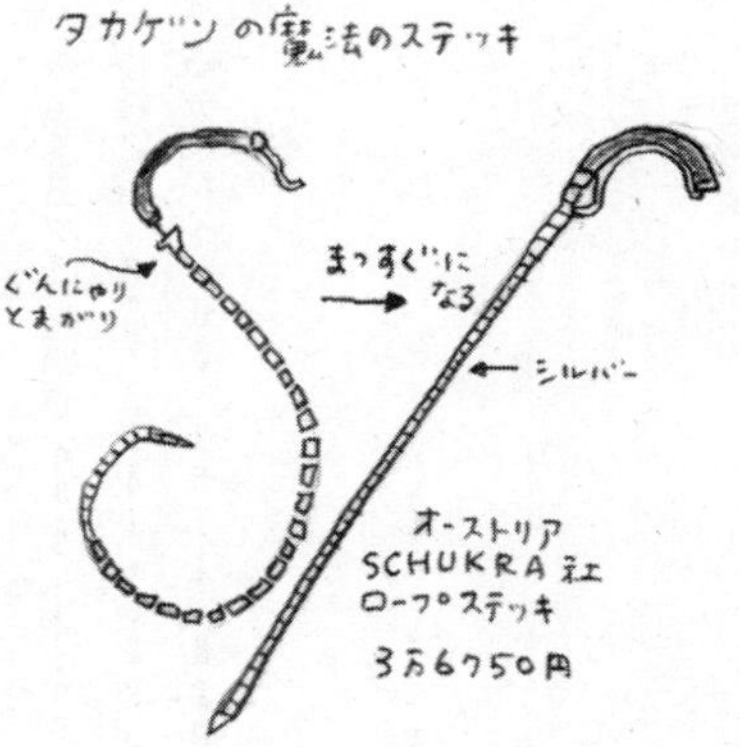

タカゲンは明治十五年の創業だから、明治の文人、大正昭和のモボ・モガもこの店でステッキを買ったんだろうな。ステッキをつきながら、うかれてライオンへ入り、生ビールを飲んだ。ライオン七丁目店は、銀座の重要文化財ともいうべきビヤホールである。はじめてライオンへ入ってビールを飲んだのは、会社に就職したてのころであった。
それから何回入っただろうか。同僚やガールフレンドと、この店でビールを飲みつづけてきた。ライオンで一杯のビールを飲むたびに、ぼくは少しずつ大人になり、そして

還暦をすぎた。

グラスにつがれた黄金色のビールに、さまざまな思い出がつまっている。ゴクリと飲みほすと、あっというまに幸せな時間が押しよせる。

重盛旦那は、ビールを飲みながら、

「ロープ・ステッキだけどさ、きみが買わなきゃ、ぼくが買うつもりだったんだけど……」

とくやしそうにいった。

❖文明堂カフェ東銀座店 03・3543・0002
❖銀之塔 03・3541・6395
❖デルレイ 03・3571・5200
❖菊水 03・3571・0010
❖タカゲン 03・3571・5053
❖ライオン七丁目店 03・3571・2590

第3話　池波正太郎氏にならって紬の角袖コートを買う

天一～空也～夏野～もとじ

銀座六丁目の天一本店で、イタリア系日本人と噂されるオカベッチ（岡部憲治氏）と待ちあわせた。オカベッチは和洋折衷の怪紳士で、アルマーニの背広を着て運動靴をはき、ボルサリーノの帽子をかぶって和装の袋ものを持って歩いている。テレビ番組制作会社の代表取締役だから、どんなナリをしようがかまわない。

怪紳士オカベッチとは、アメリカ・コロラド州へ砂金採りに行き、ニューオリンズのバーボン・ストリートで飲んだくれ、北極近くのラップランドの森を探検した仲だ。せんだって、中国の広州へ足裏マッサージをしに行ってきた。

どこの国へ行っても、オカベッチ流で、ダンディーだ。銀座で飯を食うとしたらどこだろうと考えぬき、六丁目の天一にきめたのだった。

並木通り沿いに櫺子《れんじ》格子の本店があり、行灯《あんどん》に天一の文字が書かれている。玄関に入ると梅模様の暖簾がさがり、紅梅の花模様が鮮やかだ。棟方志功筆になる「乾坤《けんこん》」の額の前で一服してオカベッチを待った。

天一は昭和五年の創業である。江戸前の天ぷら店として人気を得、ことに吉田茂がひ

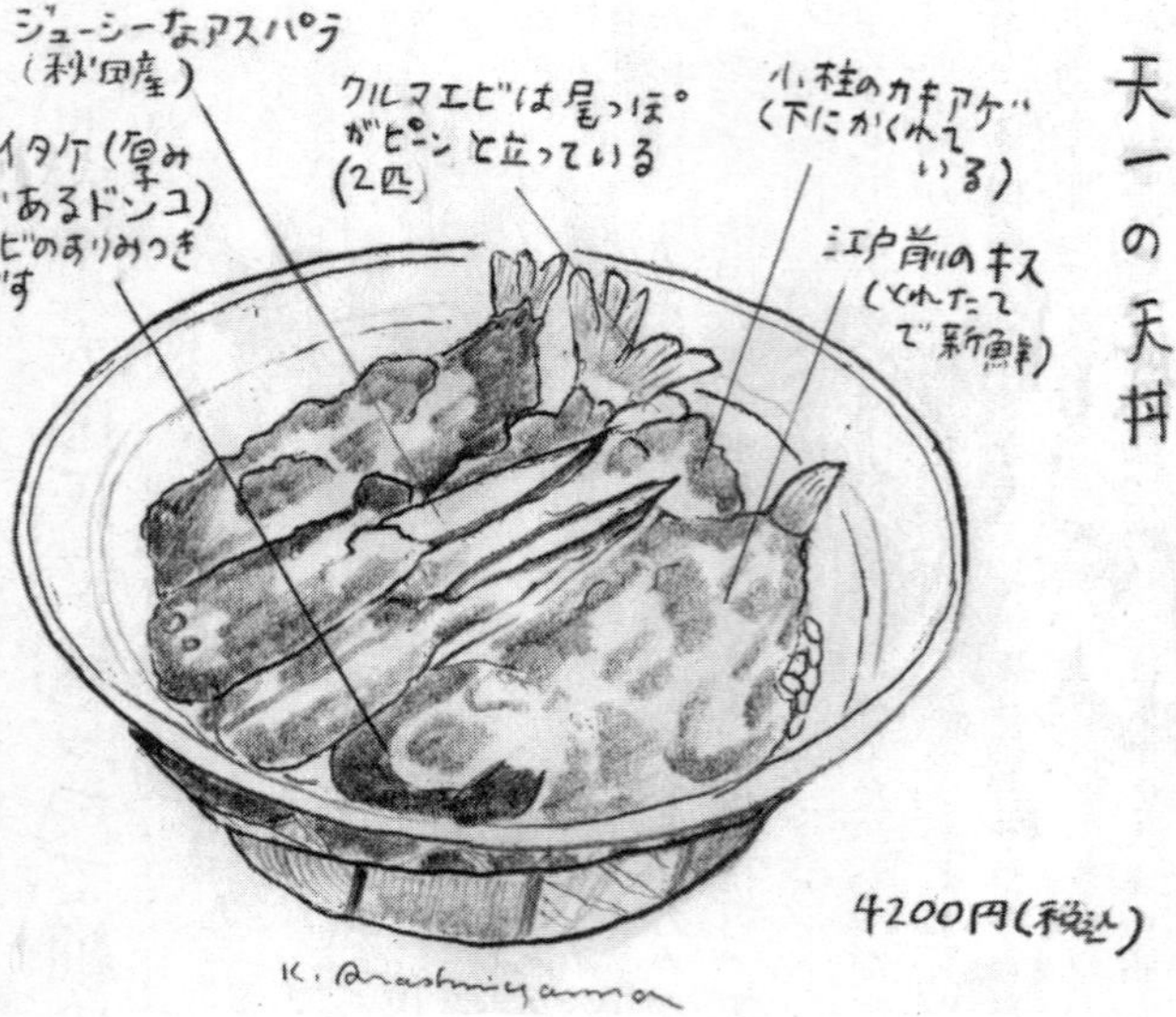

いきにして、政財界や文壇・画壇の重鎮が集まるテンプラサロンとなった。

やがてオカベッチが入ってきて、ずずいと奥の部屋へ入って椅子席に腰を下ろし、

「天丼二つ！」

と注文した。

天丼（四二〇〇円）は昼のみのメニューで、短時間でさくっと食べるのがオカベッチ好みだろう。もとよりせっかちだし、揚げたての天ぷらに濃いだし汁をジュワーンとぶっかけて、ガツガツとかきこむところに快感がある。

ビールを飲むうちに出てきましたよ。伊万里焼の丼にエビ天がドーンと二匹。クルマエビの尾が夕

焼け色だ。江戸前のキス。秋田産のアスパラは、切り口がスパーンと斜めに入り、黒々と光るシイタケは厚いドンコで、エビのすりみがついている。豪勢だなあ。さらにエビと小柱のカキアゲ。

ゴマ油で揚げるため、濃厚で味がパワフルだ。昔の味がする。

オカベッチは、「味がしっかりとして正確なところがよい」とテレビマンらしい感想をいった。

客は中高年の夫婦連れが多く、カウンターに座るだけで、にんまりとほほえんでいる。「さあ、天一の天ぷらを食うぞ」といったヨロコビの顔で、食べる前に、「うまかったア」と思わせてしまうところが老舗の貫禄というものだろう。

地下のワイン倉庫をのぞくと、シャトー・ラトゥールがずらりと並んでいる。こんなのを見つけたら、オカベッチが「飲もう」といいそうなので、黙っていた。

オカベッチがお茶を飲んだので、ほっと安心して店を出ると、目の前がもなかの空也《くうや》だ。この店は明治十七年の創業で、漱石や舟橋聖一の小説に出てくる名店である。

入口に「今週のもなかすべて売り切れました」の貼り紙があった。まだ月曜ですよ。毎日、ひとつずつの手作りのため、大量製造ができない。だけど、先週より予約してあるんだもんね。店に入ってくる客は手なれたもので、みんな予約客である。もなかと生菓子の詰め合わせを手に入れた。濃紺地に「空也もなか」と白抜きされた暖簾の下に、しだれ梅の鉢があり、新派の舞台のようだ。デパートに出店していないから、欲しい人は予約してこの店に来るしかない。もなかはうぐいす色の小箱に入っていて、「ぎんざ空也」の紙袋をぶらさげて道を歩くおばさんが得意気だ。

空也は漱石の『吾輩は猫である』に出てくる。迷亭先生こと漱石が「ええ、その欠けた所に空也餅がくっついておりましてね」と。たしか、そんな文章だった。

舟橋聖一の『白い魔魚』には主人公の竜子がカバンのなかからお土産をとり出すシーンがあった。「父のためには山本山の焼海苔。母にも空也のもなか。竜子の小遣ではこれだけが精一杯だが……」

空也もなかの店から十メートルも歩けば、みゆき通りにシャネルの店舗があり、ショーウインドーに、白いミュールとサンダルが展示してあった。靴の片方だけがあるのは「シンデレラ姫」みたいで、入口にいた店員に「おいくらかね」と訊くと、いずれも六万円台であった。

女ものの靴をジロジロとながめるのは靴フェチおやじと思われそうで、まあそういうとこもあるけど、そんなことはどうでもいいことだから、適当にうなずきつつ、みゆき通りを歩き、ミワ宝石店を右へ曲ったところで、自転車に乗ったお兄ちゃんに、

「や、こんにちは」

と声をかけられた。

鮨　青木の主人青木利勝青年だ。利勝さんは日体大柔道部の出身で、台場に家があり、銀座六丁目まで自転車で通っている。朝は店に着いてから五時半に籠《かご》をかついで築地市

場まで通う。籠いっぱいにネタを詰めこんで帰るうち、一年間で体重が十七キロ減ったという。

夜の銀座を歩いて黒服に声をかけられるのはオカベッチだが、昼の銀座で寿司屋の大将に声をかけられるのも年季がいる。

利勝青年は黄色いジャンパーを着て、目鼻だちが整った美丈夫だ。そうか、ここは六丁目七番四の銀座タカハシビルで、二階に鮨　青木がある。先代の青木義《よし》さんゆずりの握りがべらぼうに上等で、画家のビュッフェがひいきにしていた店である。ビュッフェ画伯は、握りのほかガリ（しょうが）が好きで、フランスまで空輸で送らせた。

利勝青年と立ち話をしてから、タカハシビル一階にある、夏野へ入った。この店は全国各地の千五百種類の箸《はし》を売っている。栗懐中《くりかいちゆう》箸、若狭《わかさ》古代箸、黒柿《くろがき》箸、紫檀《したん》五角箸、銀先《ぎんさき》象牙箸、ガラス箸、津軽利休箸、納豆箸と、店が箸の博物館だ。

びっくりしたのは子ども食器の品揃えで、金魚箸置、電車箸、うさぎ置物、ひよこ皿、五月人形、木製おもちゃ、と、あるわあるわ、子どもが喜びそうな小物がずらりと並んでいる。

ご主人の高橋隆介氏は、口ヒゲをはやして、坂口安吾のような眼鏡をかけている。高橋さんに、「うさぎの箸置をみつくろってくれ」と頼むと、たちまち十五種類ぐらいが出てきた。

そのなかでいちばんかわいいのが、瀬戸焼のうさぎ（五二五円）だ。うさぎが、着物を着てチョコンと座っている。ご子息の隆太さんのデザインで、隆太さんは『究極のお箸』（三省堂）という本を書いた箸の専門家である。もうひとつ、織部焼のうさぎ（七三五円）を買った。

この店には千百種の箸置がある。子どもがきたら、目移りして大変だろう。子どもの手にあった小ぶり箸もある。

さて、箸はどれにするか。いちばん安くてお買得のをください、とケチくさいことをいうと、木曾のカエデに漆をふきつけた拭《ふき》漆《うるし》箸（三一五円）が出てきたので十セット買った。同じ箸が二十本あると便利だ。手に持つと軽く、使い勝手がよさそう。

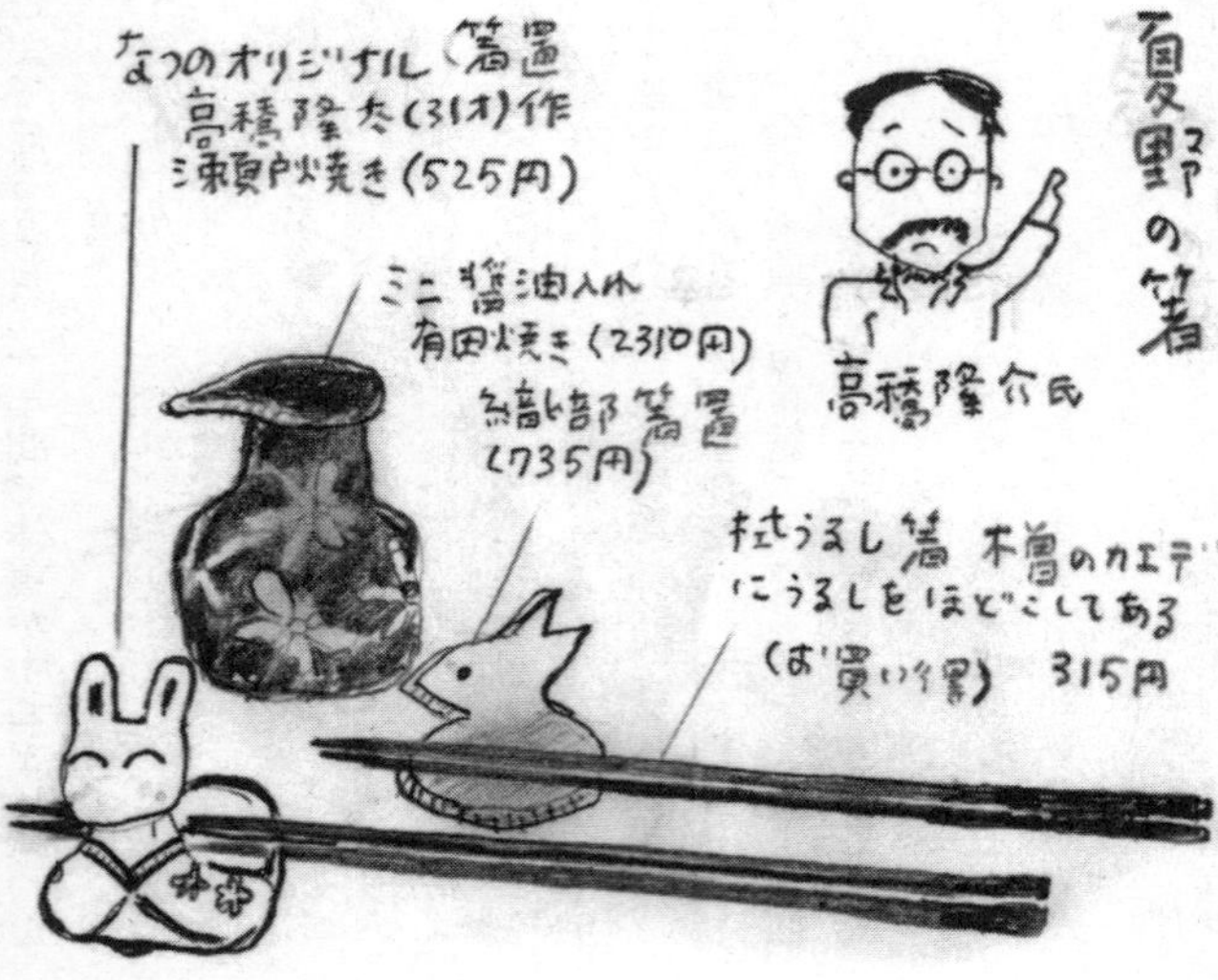

夏野の箸を使って育った子は、お行儀がよくなるでしょうね。子どものときから、きちんとした箸と食器を与えたほうがいい。

とかなんとか考えながら、評判の、男の着物専門店、銀座もとじへ向かった。旧友のデューク・ユキヒロ（渡辺幸裕氏）が、このところ渋い着物姿で出歩くようになり、訊くと「銀座もとじ、だ」と自慢するから気になっていた。

店は松屋裏手の三丁目にあり、重盛旦那がさきに来ていた。従来の呉服屋らしい重さがなく、ブティックの雰囲気で、着物ギャラリーといった感じだ。店にセンの木の一枚板のテーブルがあり、客は気軽に座って店員と相談している。

畳敷きの試着室が広く、イサム・ノグチの石のカウンターがある。

店に入って左側にずらりとインバネスが掛けてあった。インバネスは男子用の袖無し外套《がいとう》で、幕末から明治にかけて輸入され、和装のコートとして使われた。二重廻しとも、トンビともいう。

ぼくのいでたちは、下駄ばきにトンビで、怪紳士オカベッチのなりをとやかくいえるすじではない。それはヨークわかっている。このトンビは、大阪の洋服屋で誂《あつら》えたもので、裏地にトンビの柄が入っている。寸法をとるときと、仮縫いで二回、大阪へ出向いた。十年ぐらい前は、東京ではトンビをつくってくれる店が見あたらなかった。

あ、そうだ。その前に、インバネス発祥の地であるスコットランド北部のインバネスまで行ってしまったことがある。そのときの案内役が、サントリー宣伝部にいたユキヒロであった。ユキヒロは、開高健氏より「デューク」というニックネームをつけられるほどダンディーだったが、いまは頭髪が薄くなった。毛が薄くなると着物が似合う。どうもそのようなのだ。

そのころ、頭髪がふさふさしていたぼくと重盛旦那は、ボストンへ行ってボストンバッグを買い、パナマへ行ってパナマ帽を買い求めるといったご当地買い物シリーズに凝《こ》っていて、インバネスへ行ってインバネスを買おうと思いたった。銀座もとじには、そのインバネスがずらりと揃っているから、オカベッチに、

「これ似合うから買いなさいよ」

と勧めた。

そのうち、ご主人の泉二弘明《こうめい》さんが来た。泉二と書いて、もとじと読む。それが店の名の由来だ。

珍しい名字ですね、どちらのご出身ですか、と訊くと、鹿児島県奄美大島の生まれという。

故郷の奄美大島の大島紬《つむぎ》への思いが強く、一九七五年に、電話のみの注文とりの商売をはじめた。いまの男性着物専門店は平成十七年にオープンして、着物業界のニューウエーブとなった。

日産のカルロス・ゴーン社長が銀座もとじで買い求め、もとじの着物姿で著書の表紙

に登場して、外国人の客が増えたという。

インバネスの棚の奥にグレーの角袖《かくそで》コートがあるのを見つけた。にぶい銀色に光る正《しよう》絹《けん》紬だ。着物の上にはおるのが本式だが、洋服の上でもかまやしない。値段は一八万九〇〇〇円。

たしか池波正太郎氏が洋服の上に、これと似たのをふんわりとまとっておられたな。資生堂パーラーでエビフライとクリームコロッケとオムライスを食べたっけ。

泉二社長は紬の目ききで、一時期は紬にしぼって商売を成立させた人である。

懐に手を入れて、財布にいくらあるかな、と計算した。

ちゃんとありました。

ということは、家を出るときから「もとじで買う」という予感があったのだ。こっちもユキヒロに負けず毛が薄くなっている。

だから、買いました。

と、こうなるとビールで乾杯、というのが銀座散歩のコツで、一丁目のつばめグリルへと向かった。

いいものを買うと、ビールがうまい。ビールが

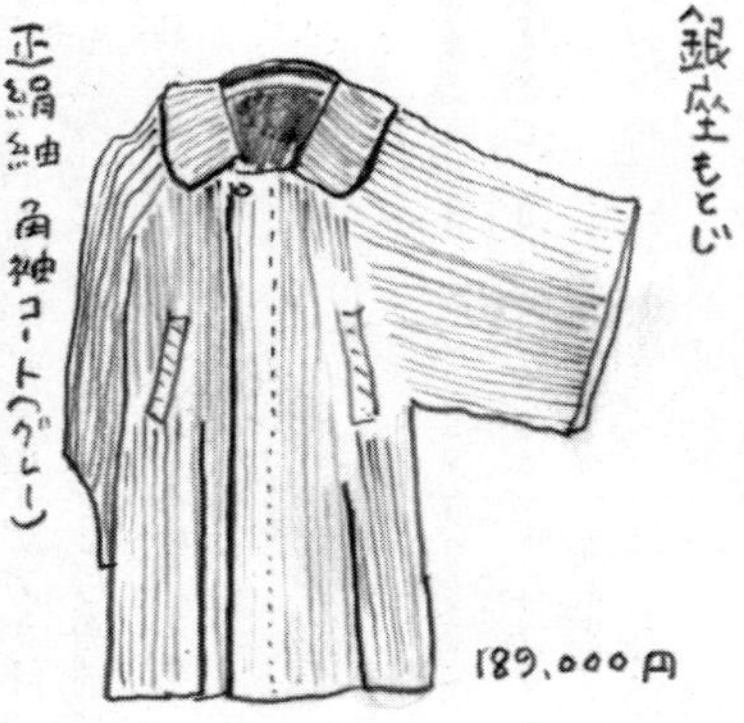

うまいと、ぶらぶら歩く。ぶらぶら歩くと活力が出てくる。活力が出ればアイデアが浮かぶ。アイデアが浮かべばおもしろい本を書ける。おもしろい本を書きゃたちまち増刷。増刷すればお金が入る。お金が入れば銀座へ出向く。銀座に出かけりゃ、いいものを買う。

と、こうなっているんだな。

❖銀座天一　03・3571・1949

❖銀座夏野　03・3569・0952

❖空也　03・3571・3304

❖銀座もとじ　03・5524・7472

第4話　行く春や七本原の虹の色

吉兆・歌舞伎座店～嵩山堂はし本～すきやばし次郎～くのや～若松

歌舞伎座へ行く。

赤提灯に江戸大歌舞伎の文字が書かれ、桜の造花が演題の上に差してあって、入る前からウキウキする。

ぼくは、館内にある「吉兆」で松花堂弁当（六三〇〇円）を食べた。前もって席を予約しておき、三十分間の幕間に弁当をぱぱっと食べるのが、歌舞伎通である。売店の弁当を客席に座って食べるのも歌舞伎座ならではの流儀で、『二十四の瞳』を書いた壺井栄さんは、客席弁当パクツキ派だった。「吉兆」予約派は瀬戸内寂聴さんで、寂聴作「源氏物語」のときは、横尾忠則夫妻と一緒にご馳走してもらった。

三時半に昼の部が終わって外へ出ると、一幕見の客が行列をつくっていた。

四丁目塚本素山ビルの地下一階にある寿司屋すきやばし次郎へ行く予定だが、開店まで時間があるので、五丁目ニューメルサ六階にある嵩山堂《すうざんどう》はし本にたち寄った。

嵩山堂は京都八角通に本店がありニューメルサ六階は支店である。硯、筆、色紙、短冊、封書、葉書などのほかに木版刷ご祝儀袋（ポチ袋）を売っている。

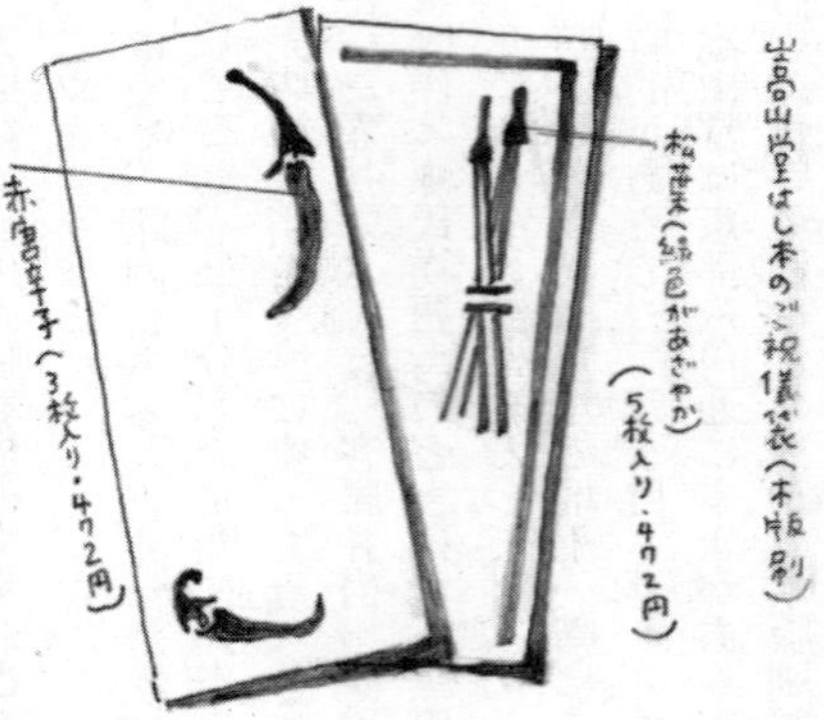

ウインドーに銅製の墨床《ぼくしょう》が置いてあった。二五二〇円は安いからすぐに買った。

墨床は硯ですった墨を置く台である。墨床なんて好事《こうず》家《か》の文具だと思っていたが、けっこう必要なんですね。ぼくは明代《みんだい》の程君房という古墨を使っている。仏師の関頑亭翁よりいただいた古墨で、姫路亀山御坊本徳寺の障壁画に使われたものだ。小さい三角形のカケラで天地三センチほどであった。

色の出が抜群によく、使ってみると「墨に五彩あり」という意味がよくわかった。気前よく使っているうちに二センチに減ってしまった。京都の古美術店へ行ったときに、これと同じ墨が、ひとカケラ七〇万円であると知って仰天した。高価なる古墨には墨床が必要となる。

嵩山堂は祝儀袋の揃えがよい。

玉手箱の形をした祝儀袋（三枚）が八四〇円。これは梅模様の箱の上を開けてお金を入れるようにできている。

お多福の祝儀袋は、耳の部分に赤い房がついている。二枚で九四五円。こんな祝儀袋なら、なかには一万円は入れなきゃいけないだろう。まあ六歳ぐらいの子ならば、この袋に百円玉を十個入れて、重くするという手がある。もらったときの、ずっしりとした重量感がいい。

七福神の絵の祝儀袋（三枚、九四五円）は袋が二重になっている。これは千円札を五枚、という感じ。

シンプルなデザインですっきりしているのは、松葉と赤い唐辛子模様のものが気にいった。目につく祝儀袋をやたらと買ってしまったのは、歌舞伎を見て、気分が高揚したためだろう。

中国に嵩山という山がある。和漢朗詠集にも詠まれた名山である。この店は、老舗の文具店を定年退職した橋本五十次氏がはじめた店で、京都大学名誉教授の吉沢義則氏が中国の嵩山にちなんでつけた屋号であるという。さて、寿司を食べにいくか。

すきやばし次郎には紺地の暖簾がかかり、左手にカウンターが十席とテーブルが三卓ある。主人の小野二郎さんは大正十四年生まれで日本の寿司界の最高峰を極めた一途の人である。

フランスの「ヘラルド・トリビューン」紙の〝世界の十大レストランを選ぶ〟で第五位にランクされたほどの店である。

煮アワビの切り身をつまみに、賀茂鶴を常温で飲んだ。次郎には、いわゆる酒肴《しゅこう》というものはないが、酒を飲むと四季おりおりのおつまみが出る。

房総の赤アワビを飴色になるまで酒と水で煮あげ、差し水をしながら二時間半かけて調理した繊細な舌ざわりだ。

小野さんは、板場に立つと背筋がシャンと伸びて、首すじから下がまっすぐで、話しながらも手は休むことなく、颯爽《さっそう》とした仕事ぶりだ。

マコガレイの握りがすっと出た。噛んだときのグリッと歯を押し戻す食感が頼もしい。ワサビがツーンと鼻にぬけ、シャリがハラハラとほどけていく。自然体でかつ集中力がある握りである。

つづいて館山のシマアジ。品のいい脂が舌に広がり、すっと切れる、いさぎよい握りだ。

本マグロは、赤身と中トロとジャバラの大トロ。次郎ならではのしぶとい握りで、赤身握りは舌に軽い酸味が残り、口中にわずか七秒間おこる甘美なドラマである。

中トロ握りは重量感があり、脂身の色っぽい香りが鼻をくすぐる。ああ、たまんない。これも七秒間の電流で、舌までが中トロになった。

大トロの握りは、白い脂が縞模様となって、帯をほどくように握られている。

シャリは粒が小さく、特注のコシヒカリを硬めに炊いたものを使っている。ふんわりと空気の粒子を入れて握り、かつ崩れないところに小野さんの妙技がある。シャリと具をいかに一体化させるかが寿司職人の年季であり、これは神技といってよいが、この微妙なる握りの食感をわかるのにも一定の年季が必要だ。

酒がすすむ。

四個のヒノキ箱には、色とりどりのネタが配置されている。スミイカの白、マグロの赤、黒流しのトリガイ、ほおずきのアカガイ、朝日の光沢があるウニ、ルビーの輝きをみせるイクラ。そして白銀色に光るコハダ。

コハダは二貫食べた。なんてったって、次郎のコハダは稲妻の味がするんだからね。小ぶりのコハダを立塩につけて、酢でしめて、シャープな味に仕立てる。

あっというまに時間がたち、二十一貫食べても、まだ食べ足りない。

銀座には超一流の寿司名店がめじろおしで、覇を競っているが、それらの名店の味を知ってから次郎へ来れば、改めて小野さんの凄腕に舌を巻くことになる。

仕上げに卵焼きを食べて、店を出た。

八丁目のボルドーへ行って、ウイスキーのボウモアを三杯飲み、神楽坂の仕事場に帰って、いい気分で眠った。

翌朝は十一時に起きて一風呂あびた。朝風呂につかってから、ノコノコと銀座に出て、和装

すきやばし次郎
江戸前最高のコハダ握り。はすかいに
握った姿が端正ではながある。

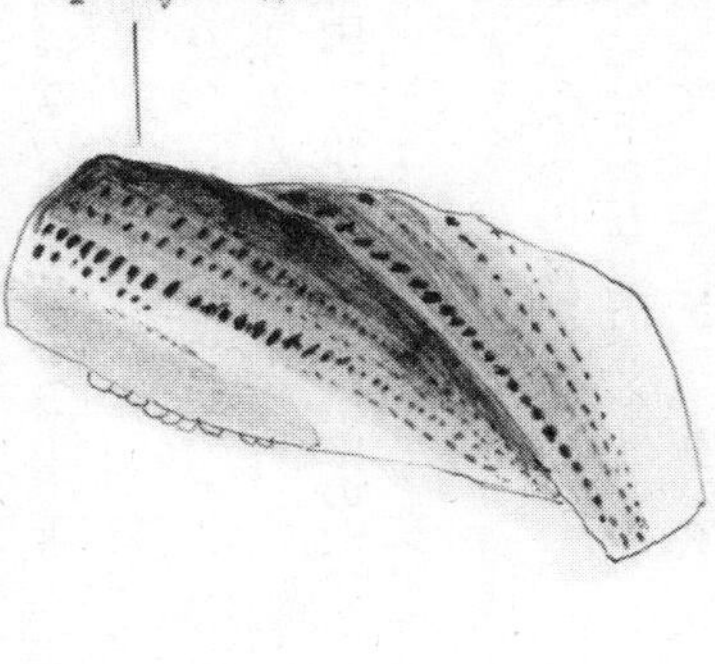

小物の銀座くのやへ向かった。銀座くのやは天保八年（一八三七）創業の老舗である。

くのやで有名なのは七本原《しちほんばら》のデザインである。正倉院御物経巻の紐の五色（錆朱、古代紫、鉄紺、金茶、利久）に金銀を加えた七色の基調色の組紐《くみひも》。

七本原の組紐（三一五〇円）を手にとるだけで雅びな心になる。組紐を三つにたたんで、「銀座くのや」の帯封できゅっと束ねると、なんてあでやかなんだろう。

七色は古来、厄除けに使われ、幸運を招く色とされた。外国へ旅するときは、この七本原の組紐をお土産に持っていくと喜ばれた。ジス・イズ・ショーソーイン・デザイン、とかへたな英語で説明すること七回におよんだ。

四階へ行って風呂敷を見た。ひと口に風呂敷と言ったって、くのやのは別格ですよ。

絹紬風呂敷がいい。七本原デザインの風呂敷は大きいのが一万三六五〇円、小さいのが五七七五円。朱色、紺色、古代紫、利休緑、からし色、金、銀、とさまざまな色の風呂敷がそろっている。

通常の絹の風呂敷では包めない大きな道具が一式包めるのだ。外国の婦人が、ひとつひとつ熱心に見入っている。ぼくは、綿の大判風呂敷を買った。正倉院御物の朱色の唐草模様で、これはテーブルクロスにもなる。畳より大きい風呂敷が五二五〇円である。

博物館に行くと、古代ぎれのすばらしいのを見ることはできるが、それを買うことはできない。くのやでは買えるんですね。

織りがしっかりとしているから、お祝いごとの贈りものとしても、ぴったりである。

組紐を買って、風呂敷を買って手荷物がふえてきた。あと、もうひとつ買いたいものがある。

それは和装バッグで、くのやでは天襠《てんまち》と言う。銀座には、海外のブランド店のハンドバッグがやたらと並んでいるけれど、和装バッグを忘れてやしませんか。くのやの和装バッグこそ、世界のブランドのトップにランクされる名品なのです。

桜の花柄が入ったバッグは一八万九〇〇〇円であった。ほれぼれと見入ったが、もう少し安いのはないだろうか、と探してみた。

くのやのバッグは、手紐に伝統的な組紐を使っている。しっかりと頑丈な組紐だから使い勝手がよい。バッグの布地は着物の帯あげ。着物の帯〆（組紐）と帯あげを組みあわせたところに、日本伝統工芸ならではの工夫がある。手紐を胴版《どうばん》（バッグの布地）につける部分は、おだまきで、小さな花のつぼみを思わせる。

いくつか見ているうちに、銀色に輝くシルク利休バッグを見つけた。布地のいぶし銀が渋い色あいで、手紐の朱色とのバランスが絶妙である。布地には七本原のデザインが入り、三万七八〇〇円。

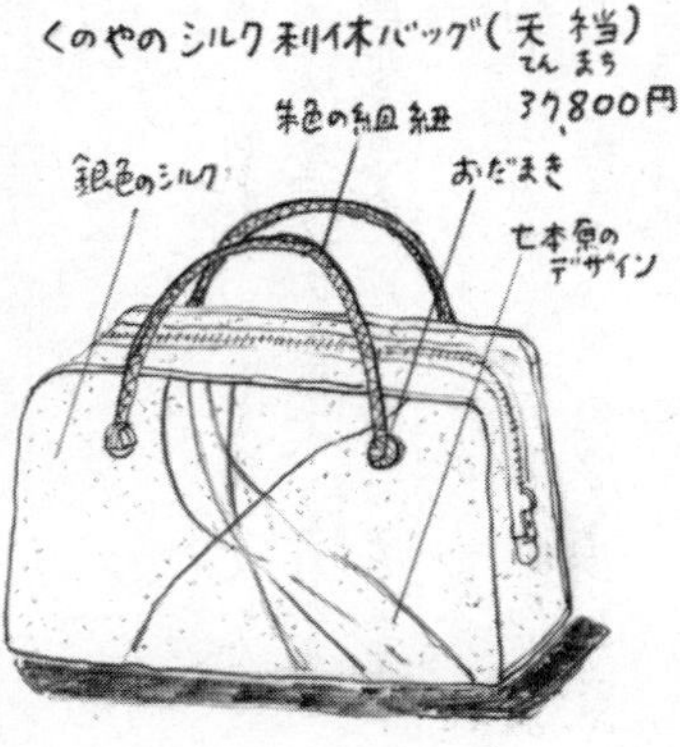

たちまち、

行く春や七本原の虹の色

という句が浮かんだ。

店の人に「どなたに差し上げるのですか」と訊かれ、いけねえ、それを考えていなかった。気にいったものを見つけたら、とりあえず買う、のがぼくの流儀で、それからさきはあとで考える。還暦を過ぎてから、手に入る値段だったら、迷わず買うことにきめている。

モノを買うには、体力も精神力もいる。モノに欲情しつづけることが生きている証で、欲しいモノがなくなってしまったら、それで終わりだ、と考えている。銀座を歩いて買い物をすることが、なによりの健康法なのです。

とまあ、買ってしまう自分を誇らしく思い、くのやの紺地の紙袋をぶらさげて周囲を見渡した。ぼくが買った利休バッグが似合うご婦人はどんな人だろう、とあらぬ妄想をかきたてられた。

店を出るとき店員さんに、ご婦人がたむろするのはどこらへんかね、と訊くと、「あんみつ屋です」と教えられた。

銀座にあんみつ屋なんてあるんだろうか。あるんですね。銀座若松はあんみつを創案した店である。

創業者は森半次郎という役者みたいな名の人だ。江戸時代末の嘉永年間に、上野にあった輪王寺宮御用達の菓子司「松しん」をつぎ、明治二十七年に銀座に若松を創業した。おしるこで人気を得て、昭和のはじめに、あんみつを考えついた。コアビルにある銀座若松に行くと満員で、客が行列をしていた。ウインドーに飾ってあるのはクリームあんみつ（一〇〇〇円）、クリームみつ豆（九〇〇円）。回転がいい店で、二分も待たぬうちに席があいた。

クリームあんみつを注文して舌にのせると、かんてんが固めでかみ心地がよく、口中でくだけたときにすっきりする。塩味の赤えんどうの豆がよく調和している。

缶ミカン、ギュウヒ、さくらんぼの甘煮、アイスクリームがのっかって、そういや、学生のころ、ガールフレンドにつきあって、こういうの食べたっけ、と思い出した。

メニューにおぞうに（九〇〇円）があったので注文すると、これが、シブい味なので、舌を巻いた。椀に焼もち二個、かまぼこ一つ、タケノコ一片に、みつ葉と海苔がのり、濃いだしがきりりときいている。

銀座には昭和の息が脈々と生きている。ところてん（六八〇円）があったので、これも食べてみると、酢が強くて、口のなかに竜巻きがあがった。

若松でクリームあんみつを食べているおばさんには、くのやのシルク利休バッグが似合いそうな人は見あたらなかった。

だけど、待てよ、と考えた。

ここでクリームあんみつをかきこんでいるご婦人たちは、スのおばさんであって、ひとたび着物姿でシャナリと歩き出せば、フリージアのような貴婦人に化けるのかもしれない。逆に考えれば、つんとすました貴婦人だって、若松にくれば化けの皮がはがれる、と。

そう考えながら、ところてんの残り汁をすすった。

❖吉兆・歌舞伎座店　03・3542・2450
❖嵩山堂はし本　03・3573・1497
❖すきやばし次郎　03・3535・3600
❖中嶋　03・3571・2600
❖銀座くのや　03・3571・2546
❖若松　03・3571・1672

第5話 下駄ひとつ買って涼しき銀座かな

好々亭～ぜん屋

銀座六丁目の好々亭《ハウハウ》でランチメニューの粥を食べた。

十六種のお粥セットメニューがあり、重盛旦那はピータン粥（六三〇円）、ぼくは野菜粥（六三〇円）を注文した。一五七五円のフカヒレ粥にもそそられるものがあったが、宿酔ぎみのため、野菜粥にした。

野菜粥にはサヤエンドウやらキクラゲ・ニンジン・タケノコなどが入っており、食べていくと下からベビーコーンがひとつ出てきた。粥は鳥がらだしがきいていて、ラー油をかけるとピリッととんがった味になった。

広東粥にちゃんこ鍋の和風味をあわせたというだけあって、ジャラーンとした舌ざわりだ。

昼のランチには三種の点心がついており、緑色の野菜饅頭にはシイタケ・タケノコ・ニンジンが入っている。あと、甘い胡麻饅頭とエビ焼売。シゲモリがエビ焼売を見て、

「岡倉天心の顔に似ておるな」

と言う。そう言われればそんな気もするが、点心から天心が思いうかんだんじゃない

のかね。
岡倉天心は渡米してボストン美術館東洋部長をしていたころ、和服の正装で通した。天心が和服で歩いていると、通りすがりの大学生が「アー　ユー　チャイニーズ　オア　ジャパニーズ?」と聞いてきた。天心が即座に「アー　ユー　ヤンキー　オア　モンキー?」と言い返すと、学生たちは大笑いしたという。
天心の応対は日本男子の鑑で、そうだ、下駄を買おう、と思いたった。銀座で下駄を買う、ってのが粋じゃありませんか。
履物と言えば、銀座八丁目のぜん屋が有名である。おもに草履《ぞうり》を扱うが、下駄も売っている。昭和十四年に履物と傘の専門店として創業した老舗で、屋号の「ぜん屋」は創業者川口善也氏の名からとられた。昭和四十八年から、二代目川口豊氏が社長をついだ。棚には、鼻緒をつけていない下駄台が揃っている。この店では、まず下駄の板をきめて、それにあわせて好みの鼻緒をすげる、という、ひと昔前の律義なやり方をつづけている。

竹を張ったゴマ竹張りの下駄は、履くと足裏がマッサージされて、気持ちがよいが、ぼくはひとつ持っている。豪勢なのは焼き千両の台にパナマ（パナマ帽に使う素材）表をのせた下駄（二万九〇〇〇円）である。

いくつか見たあげく、桐一枚板を焼いた焼き下駄（四七二五円）にきめた。桐を焼いて磨き、木目を浮き出させ、褐色の光沢を放っている。桐の木目が五月雨みたいにしなやかな線を描いている。

これにあわせる鼻緒はベージュ色の鹿革なめし（五二五〇円）で、幅が細くて強い。目の前で鼻緒のさきの麻紐を切り、下駄台の穴に通して、くるくるっと廻して結んだ。ぼくの足のサイズは二十六・五だから、足の大きさにあわせて鼻緒の長さを調整する。ヤットコ（引き、というペンチ）で引っぱり、金槌でカンカンと叩き、その手ぎわがあざやかだ。

あっというまに下駄が完成した。最後に、下駄の後ろにぜん屋の刻印を押した。

鼻緒をすげたのは河島光弘さんで、十五

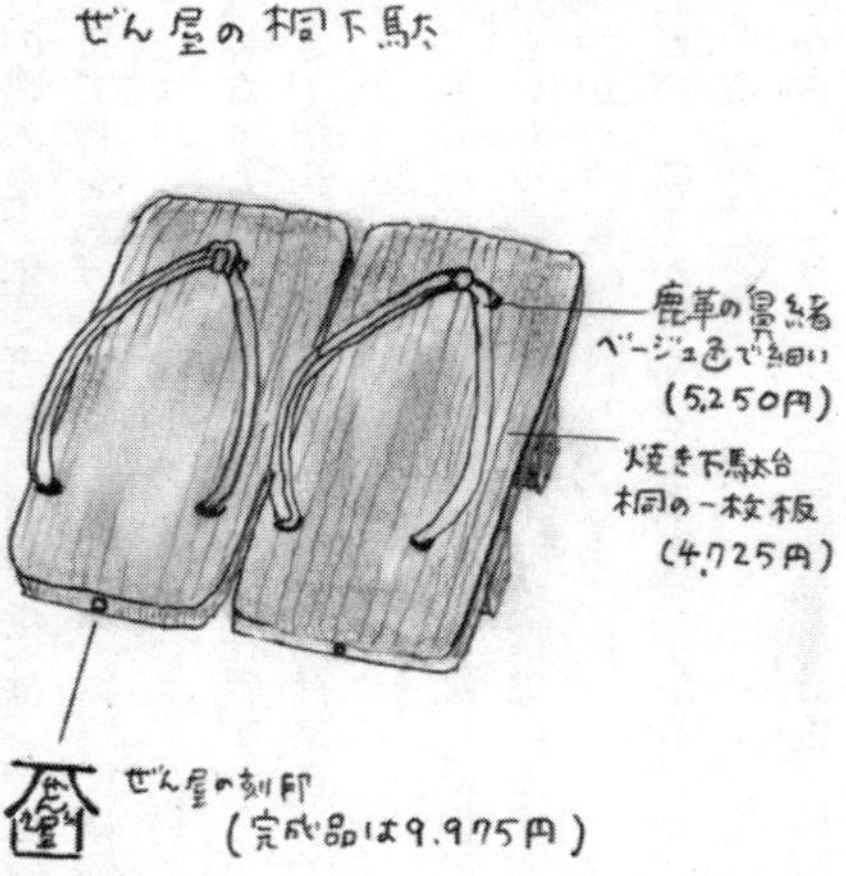

歳のときからぜん屋に勤めたという叩きあげの職人だ。創業者の川口善也氏は、十五歳で修業に出て「鼻緒すげの名人」と言われるまで腕をあげた、というから、銀座には職人肌達人の息が生きている。

いまの時代は、草履や下駄をはく人は少なくなった。ぼくは、出版社に在職中から下駄をはいており、会社の新ビルが完成したとき、総務部より「下駄ばきで出社禁止令」が出た。

それで、職人がはく八ツ割り（下駄台が四つに割れている）にした。これは熱い鉄板の上で工事をする職人用の下駄であって、畳敷きの八ツ割りと言って下駄ではないです、と言い張って、総務部ともめた。その決着がつかぬまま、退社してしまった。

下駄ばきだと足がむれない。夏場は靴がむれて、靴下が汗くさくなる。下駄をはいていれば、水虫にもならず、しかも足首が強くなるのだ。

スニーカーは、靴底に足裏がフィットするから、靴に食いつかれた感触がある。しかし、人間の足の裏が内側にそっているのは、進化してこうなったわけで、それをスニーカーによって退化させることはない。

と思うのだが、ホテルによっては下駄ばきで入るのを断るところがあった。ボーイがスリッパを持ってきて、これにはきかえろ、と言われた。

せんだって、ホテルオークラのバーへ行ったとき、下駄ばきであったが、文句は言われなかった。これからは、ホテルに行くときは、銀座ぜん屋の下駄にするつもりだ。

下駄はいて銀座の空は五月晴

と、一句浮かんだ。

ぜん屋は、オリジナル傘を扱っている店だ。

花柄の折り畳み傘を買うと、雨が降ってくりゃいい、という気になって空を見上げたが、あいにくと五月晴れだ。

傘をかかえて、東銀座へ向かった。四時四十分より、歌舞伎座で中村勘三郎五月公演夜の部がはじまる。夜の部は吉野を舞台とする「義経千本桜」だから、吉野の下駄をはいて見物に行く。

❖好々亭　03・3248・8805

❖ぜん屋　03・3571・3468

第6話 タニザワでドロワの鞄をプレゼント

サバティーニ・ディ・フィレンツェ〜タニザワ〜トラヤ帽子店〜伊東屋

ＪＲ有楽町駅で降りると雨がざぶざぶふっている。待ってましたとばかり、ぜん屋で買った花柄の折り畳み傘をさした。ぜん屋の傘なんだから、銀座の雨に使わなくちゃ、気分がでない。

通りには「冷し中華」の旗がたてられ、いよいよ夏の到来だなあ。

河出書房新社のタイちゃん（三村泰一氏）と待ちあわせをしている。タイちゃんは、ぼくが在籍していた出版社の後輩だが、河出書房新社に移って、書籍部の部長になった。で、ソニービル七階にあるイタリア料理「サバティーニ・ディ・フィレンツェ」へお誘いした。

フィレンツェにある「サバティーニ」は、イタリアではじめてミシュランの星がついた名店で、昭和五十五年に、ここに東京店をオープンした。オリーブオイルとトマトをベースにした北イタリアの味を再現している。

タイちゃんに敬意を表して、お昼のコースを奮発することにした。窓がわの席につくと、黒服にうす紫色のシャツ、水玉模様のシルクのネクタイをしめた総支配人がにこや

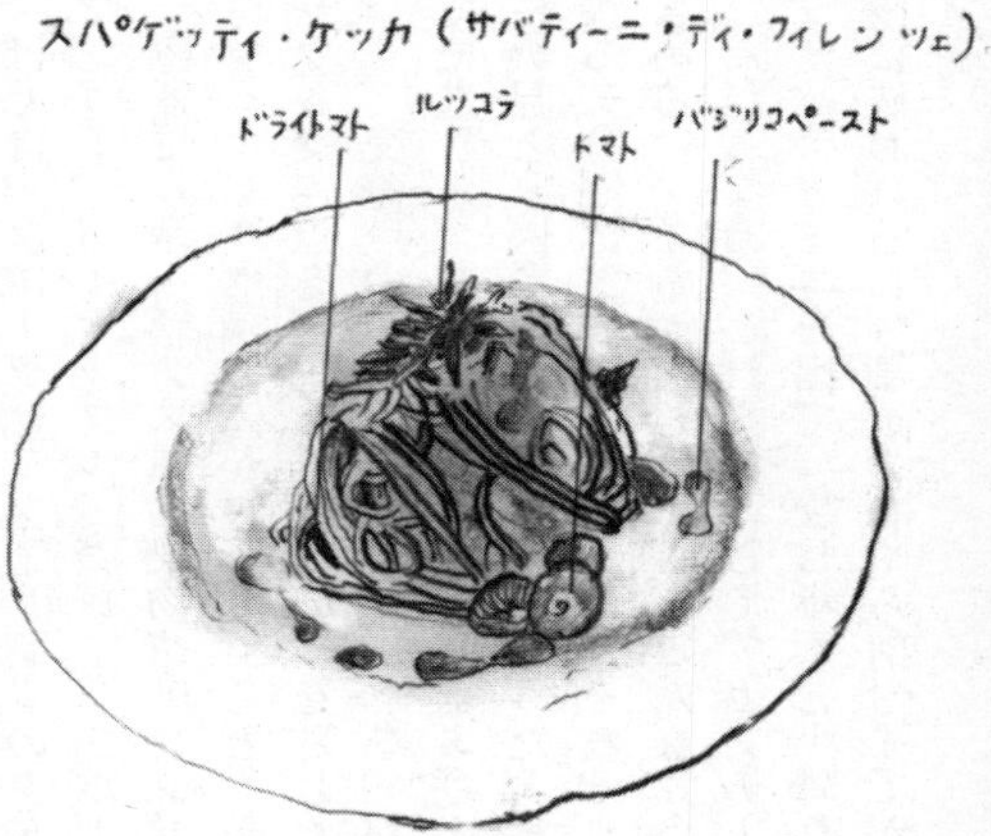

かにやって来た。あ、イタリア人だな。おい、タイちゃん、アナタは、イタリア語を話せるんだろ。うまいことしゃべってくれよ、とビクビクしていると、ワインハナニニイタシマショウカ、と流暢な日本語だった。助かったあ。ダンディーだなあ。総支配人は、ミラノ出身で、もう十年以上、日本にいるらしい。

グラスワイン（白）を頼むと、北イタリア産イル・フィオーレだった。わずかに緑色がかったフルーティーなワイン。一口ふくむと胃袋が、ひんやりとひきしまった。

前菜はトスカーナ料理のトリッパ。牛の胃袋と白インゲンとトマトとパルメザンチーズコトコト煮込んで、コトーンとした舌ざわり。の、イタリアではおなじみの煮込み料理。

スパゲッティは、ケッカ（トマトであえたパスタ）に、バジリコペーストで、きりりとした風味がある。固めにゆでたアルデンテで、歯にコリッとくる嚙みごたえがいい。

フレッシュなトマトだなあ、とイタリア人ふうに唸ったところへ、オーブンで焼いたスズキの登場。アンチョビのソース（サルサ・アチュゲ）がきいている。アスパラ、カリフラワー、ズッキーニがそえられていた。タイちゃんも「よしよし」と口ひげをなでまわした。

デザートのワゴンサービスは、フルーツサラダ、ティラミス、チーズケーキ、ブルーベリーシフォン、ナポレオンパイ、シブスト、リンゴのタルトと七種もあって、そのなかから好きなのを選ぶ。これにコーヒーがついて四〇〇〇円。

ぼくは、フルーツサラダとリンゴのタルトにした。皿の上にタルトを囲んで、イチゴ、マンゴー、パイナップル、グレープフルーツ、リンゴが花園みたいに飾られている。白い磁器にルネッサンス風に果物をアレンジして盛りつける。

ソニービル七階の窓から下を見ると、数寄屋橋のスクランブル交差点を、色とりどりの傘をさした人が行き来していく。交差点の四角いアスファルトを、斜めに行く人、たてに進む人、左右に歩く人、と、さまざまで、なんだか人生の見とり図を上から観察するようだ。歩行者信号が青になる一分間ほどの時間に、人は、それぞれが向かう方角をきめる。タイちゃんとぼくも、こんなふうにして生きてきたんだよなあ、とシミジミして、カプチーノを飲みほした。

サバティーニを出て、少し歩くと小降りになってきた。雨に洗われると、舗道の石やら信号までが、生命を与えら

シナノキの白い花（並木通り）

れる。赤い信号は、さくらんぼにみえる。黄色い信号はきんかん、青い信号は小梅。信号の樹に、さくらんぼときんかんと小梅が実っている。

街路樹は幹がつやを出し、葉は湿って、小さな光をたたえている。並木通りの並木はシナノキが多く、山地に生える落葉高木を街路樹に仕立てたものだ。本来はベニヤ板として使われる樹である。

シナノキに一センチほどの白い花が咲き、芳香を放っている。しばし立ち止って甘い芳《かお》りを吸った。タイちゃんに、これがベニヤ板の花ですよ、と講釈して、

シナノキの花ちる町を友とゆく

と一句進呈した。

シブい句ですねえ、とほめてくれたので、お、この句のよさがわかるのは偉い、じゃ、もう一句進呈しよう、と手帳を取り出すと、

「進呈してくれるのなら、句よりカバンのほうがいいや」

と、ずばり現実的なことを言う。

うーん、句よりカバンか。ならばタニザワだな、ときめた。

そのさきの柳通りを右へ曲って、銀座通りへ出てからちょいと左へ行くとカバンのタニザワがある。銀座一丁目にあるタニザワは、明治七年の創業で、創業者は谷澤禎三氏。カバンを鞄と書くのは、初代禎三氏の創作であって、「革」と「包」の二文字を合成した。

「鞄という国字は、初代禎三氏がつくったんだよ」

と、もひとつ講釈してから、タイちゃんには、ダレスバッグは見させないようにしよう、と思案した。タニザワブランドのヤギ革のダレスバッグは、一〇万円ぐらいする。これは二代目の谷澤甲七氏がつくった口金式の上等なカバンである。昭和二十六年に来日したアメリカのダレス国務長官が手にしていたカバンを見てびっくり仰天した二代目が、よーし、自分もつくってみよう、と苦心さんたんして完成させたカバンで、売り出すと大評判になった。職人が革の裁断から仕上げに至るまですべて手作業でつくるから手間がかかる。

タイちゃんは、国産の名品ドロワを手にとって、これにしようかな、と言う。ちらりと値を見たら三万一五〇〇円。

A4サイズが入る黒革のショルダーで、アンティークなスタイルである。やわらかい革、頑丈な縫製で、なかはエンジ色のストライプ柄だ。ポケットがふたつあり、使いやすい。マチ(はば)がある。見ためがスマートで、色気がある。書類がいっぱい入る。

お店の人が
「黒カバンのとめがねは金色のものが多いが、これはシルバーであるところがポイントです」

とすすめて、タイちゃんは、

「はい、これにきめた」

と決断が早い。

カバン専門店だけあって、その場でテキソン（そこ板）をカットして入れてくれた。

そのうち、タイちゃんが、ダレスバッグをジロジロと見はじめたから、

「そういうのは取締役になってからにしましょうね」

と、やんわりと制しておいた。

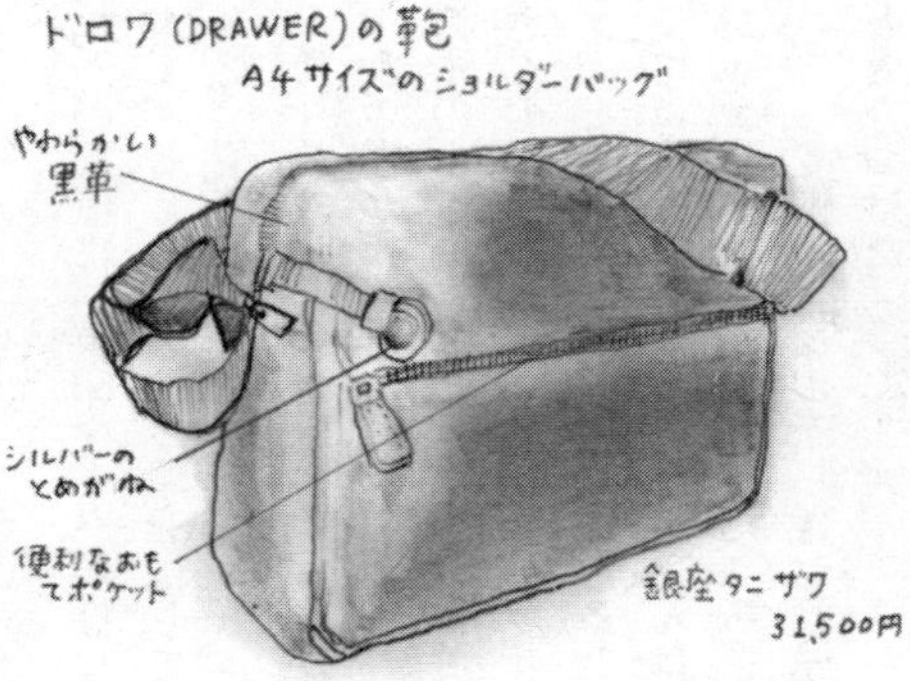

昭和天皇が外国御訪問のおりは、両陛下はじめ同行の人のカバンはタニザワ製であったのだよ、とタイちゃんに兄貴づらをした。あ、そうだ、パナマ帽を買わなくちゃ。

ぼくは、夏はトラヤのパナマ帽で歩くが、使い方が乱暴だから、帽子の上のほうが折れてきた。タニザワからトラヤ帽子店は目と鼻のさきだ。店に入ると、ちょうど、社長の八橋康則氏こと、ヤッさんがいた。

一万五〇〇〇円ぐらいのパナマ帽を選んでいると、ヤッさんは、不精ヒゲをさすりながら、だめだめ、嵐山さんはボルサリーノじゃなきゃだめですよ、と、三万七八〇〇円のパナマ帽を出してき

た。

帽子の裏側に、焼印マークが押してある。つりがね型をしたエクアドル産のパナマハットで、ヒピハパという革をほして割いて手編みし、それをボルサリーノの型に押したものだ。茶色と黒と緑の三色の革リボンがついている。

「パナマのかぶりかたは後ろが下がってるほうがカッコいいの」

ヤッさんが指導してくれる。

「帽子の上をつまんじゃだめだよ。つばをこう持って、ふんわりと乗せるんですよ。嵐山さんのかぶり方はノンキなトーサンなんだから」

あ、そうなの。と、やってみると、じゃなくてこう、とヤッさんは何度もかぶり方を教えてくれた。若かったヤッさんは還暦をむかえた。二十年前に、赤坂の店でヤッさんがジャケットを選んでくれたころを思い出した。それから、手帳に、
　夏帽の父なつかしき七回忌
と書きつけた。

雨はなかなかやまない。持っていたぜん屋の傘をヤッさんに見せびらかして、じゃ、と言って店を出ると、

「パナマ帽は雨で濡らしちゃだめですからね」

とヤッさんが後ろから声をかけた。ハイヨォー、と後ろむきのまま手を振った。銀座通りを渡って、伊東屋へ入った。このあと、料理研究家の平松洋子さんと対談するので、

プレゼント用に二階売り場でドイツ製のボールペンを買って、包んでもらった。ボールペン一本でも、箱に入れて、伊東屋の包装紙でくるむとステキになる。

銀座は帽子が似合う街で、ソフト帽をかぶって、背筋をのばして歩く紳士が多い。けれど、ぼくみたいにパナマハットにアロハシャツを着て、下駄で歩くオヤジはどうなんだろうか、といささか不安になった。

カバンのタニザワから、トラヤ、伊東屋、とわたり歩くのは雨のせいで、雨やどりのために、すぐ店に入ってしまう。

平松洋子さんとの対談までは、まだ三十分ある。こうなったら、松坂屋まで出かけて、なんか買おう。

やたらと手荷物がふえる。紙袋をぶらさげて歩くのはおばさん症候であるけれど、ま、いいか。

松坂屋の地下にあるワイン売り場でブルゴーニュ産、白の一九九七年ものを見つけた。これは、寿司屋へ持ちこんで、平松さんと飲むんだもんね。

あと、モエ・エ・シャンドンのシャンパンを一本買って、両手に紙袋をぶらさげ、交詢社通りの横丁へもぐりこんだ。

❖サバティーニ・ディ・フィレンツェ　03・3573・0013
❖トラヤ帽子店　03・3535・5201
❖銀座タニザワ　03・3567・7551
❖伊東屋　03・3561・8311

第7話 銀座は盆栽の似合う街

とらや銀座店〜雨竹庵〜ぜん屋〜たちばな

筑摩書房を定年退職したミチコ姐《ねえ》さん（中川美智子さん）が嵐山オフィスの学芸部長に就任された。ミチコ姐さんは、ぼくの本『昭和出版残侠伝』をつくった編集者である。歓迎散歩として銀ブラすることにした。ミチコ姐さんがトンボ柄の浴衣を注文して、ちょうど仕上がる日であった。

まずは七丁目の銀座通り沿いにあるとらやの二階喫茶へ入った。全席が中年のおばさま連中でジロジロとにらまれた。白髪の老婦人が冷しぜんざいを食べている。いとおしむように、時間をかけて味をたしかめている。

同窓会帰りと思われる四人組のおばさま連中は、葛切をすすっていた。ここはおばさまの花園であって、男客はぼくひとりだから、奥の隅っこにあるテーブル席に座って、一〇五〇円の赤飯を注文した。

ミチコ姐さんは冷し白玉汁粉を頼んで、「甘いのは苦手なんですの」と言いながらもペロリとたいらげ、「あんこが甘すぎなくて濃密だわ」と満足げにうなずいた。

ひとくち貰って口に入れてみると、あんこのキメが細かく、舌ざわりがモチモチしている。白玉は貴婦人のもち肌のようで、食感が気持ちいい。

冷し麦茶が出るところがとらやの真骨頂で、中高年層むきだ。客層におだやかな安定感がある。

赤飯は黒い漆《うるし》塗りの二段重ね椀で出てきた。二つにわけると、赤飯が入っている椀から黒ごまの香ばしい香りが立ちのぼってきた。赤飯にはあずきが一粒ずつ、つぶれずにしっかり入っている。モチ米はねばりがあり、噛み心地がよい。とらやは羊羹が有名で、北海道産のあずきを使っているから、赤飯はお手のものなのだ。

もうひとつの椀には、大きな花豆の甘煮が二つ。あとは、ナスのぶぶ漬け、しいたけ佃煮、味つけしめじが入っていて、これをおかずにして赤飯を食べるとなんとも目出度《でた》い気になった。なんか、立ち直る感じ

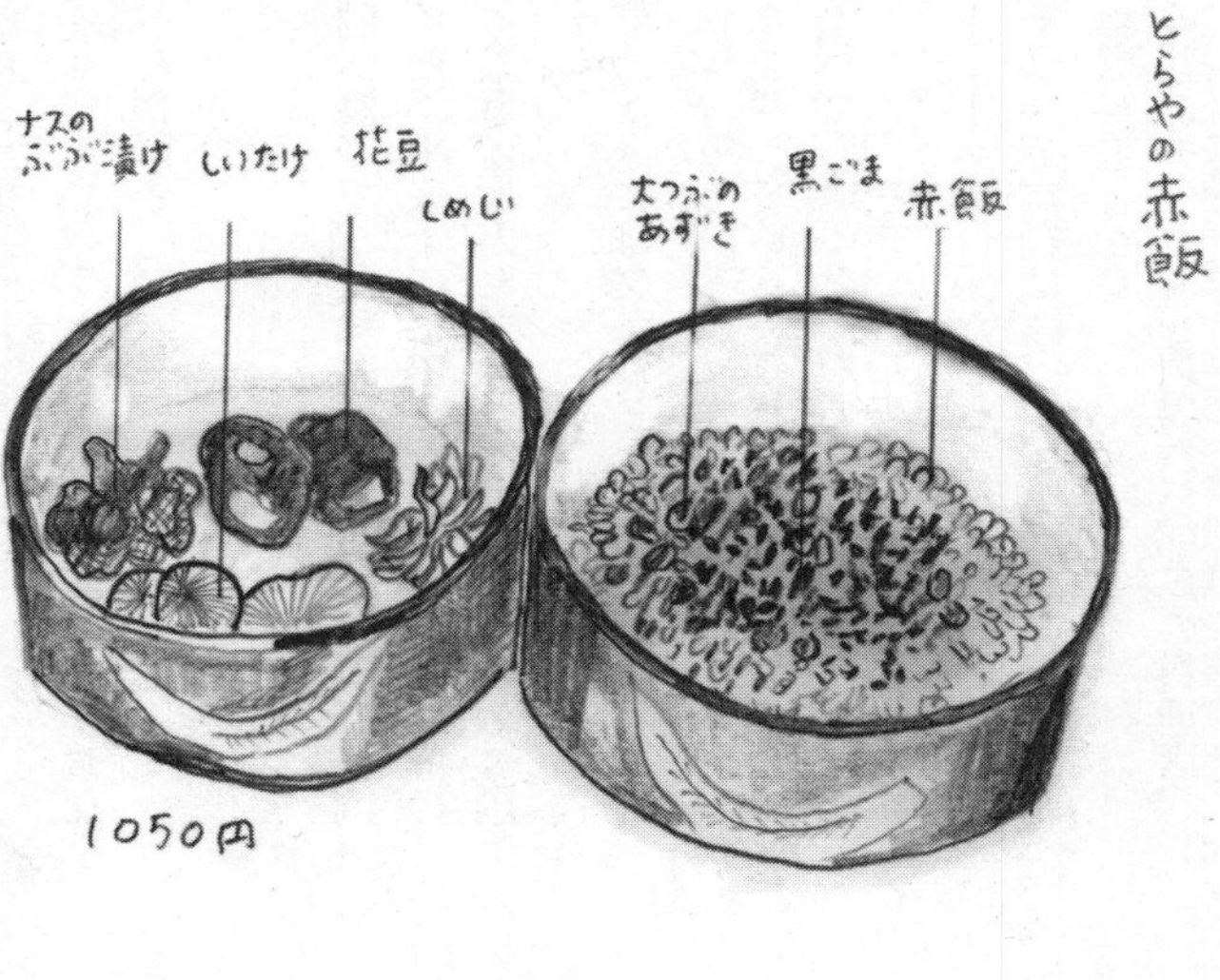

があって、ミチコ姐さんによろしくお願いします、と頭を下げた。

赤飯は米つぶのこしが強く、あと味がすっきりとしてバランスがよい。あんまりおなかがへっていないときは、とらやの赤飯を食べるに限る。

赤飯を食べてオヤジパワーを注入して、

　ひとまずは赤飯食って暑気払《しょきばらい》

と一句吟じつつ銀座通りを時計店の日新堂側へ渡って、盆栽店、雨竹庵へ向かった。銀座に盆栽店なんてあったっけ、と首を傾げると、平成十年にできた店だった。店前の棚に、てのひらにのるほどのかわいらしいミニ盆栽が置かれていた。通りすがりの外国人が、興味ぶかそうにミニ盆栽を見ていた。

盆栽は老人趣味と思われている。じっさい、わが家には父が残した盆栽が三十鉢ほどあり、枯らさないように水をやって育ててきた。妻の父が育ててきた盆栽も七鉢ほどあって、それらは大切な遺品であるから、毎日水をやっている。それでも半分は枯らしてしまった。盆栽は犬や猫と同じく生き物で、旅行でちょっと家をあけて油断すると、枯れてしまう。

で、いささか手こずっていたのだが、ニューヨークへ行ったとき、三、四軒の盆栽店があり、若い連中で賑わっているのを見て、そうか、盆栽はニューアートなのだと気がついた。パリの街角でも盆栽店を見かけた。

そのうち、銀座を歩いていると、並木通りのサンモトヤマや道場六三郎氏の料理店、懐食みちばなどに色とりどりの盆栽が飾られているのに出合った。文明堂銀座五丁目店にも真柏の盆栽がある。外国の大使館や呉服店や宝石店のショーウインドーにも飾られていて、いい味を出している。

銀座は盆栽が似合う街なのだ。老舗の店舗空間だけでなく、新しい店にもぴったりと収まる。

店に入っていくつか見ているうちに、石化檜《せっかひのき》（五〇〇〇円）の盆栽があったから、衝動的に買うことにした。お店の床の間にデーンと飾られているのは樹齢七十年の五葉松で、値段は六五万円である。

厳密に言うと、高価な盆栽は落札制になっていて、オークションにかけられる。レストランやイヴェントの貸し出し用として使われることも多い。盆栽は深みにはまるときりがない。三〇〇万円、四〇〇〇万円、はては数千万円にまでいきつくことになる。

手にのるような一鉢でも、ながめているうちに無限のひろがりを感じて、欲しくなってしまう。小ぶりの草ものでも、盆栽になる。雨竹庵は、大物の盆栽だけでなく、だれでも楽しめるかわいい盆栽を提供しようとしている。

花椿通りに入ると、先日、下駄を買ったぜん屋の店さきに「サマーセールの傘」が出ていた。一万円の女性用晴雨兼用傘が、かなりお安くなっていた。

「わたし、買います」

ミチコ姐さんは店に飛びこみ、エンジ色の傘を買った。「軽くておしゃれでステキ！」とミチコ姐さんの目は輝き、「母にも、もうひとつ買おう。嵐山さんもお母さんに買ってあげなさいよ」と言うから、ブルーの傘を買った。

じゃ、つぎはかりんとうを買いましょう。

たちばなのかりんとうは、銀座の土産品として人気がある。銀座八丁目、西五番街の路地に、ひっそりと店を構えている。

引戸をあけると、薄暗い店の奥から甘い香りが漂ってきた。店はベージュ色の聚楽壁《じゅらく》で、天井は竹を配した茶室の造りである。小さくて風雅な店舗だ。

かりんとう一筋二十五年の店で、細身の「さえだ」と、太身の「ころ」の二種類がある。太身の「ころ」は歯ごたえがよく、粉のうまみがカリーンとつまっている。けれど、歯が弱ってきたので細身の「さえだ」（丸缶入り一一〇〇円）にした。「さえだ」は、枯

枝の風情があり、かりんとうの木の枝をぽちんと折って食べる感じだ。芯まで、香ばしい甘みが染みている。オレンジ色の缶に粒ぞろいの小枝がつまっていて、お盆の仏前に供えることにした。

右手に盆栽をぶらさげ、左手にかりんとうとぜん屋の傘を持って、銀座通りを歩く。夏の日ざしがじりじりと照りつけた。

夕方にお盆の迎え火をするので早めに家へ帰って、さっそく、ぜん屋で買ってきた婦人用傘を老母に差しだすと、

「あらま、ぜん屋、ですって」

と目を丸くした。

「ぜん屋では二十年前、お父さんに草履を買ってもらったけれど、もったいなくて、まだ履いてないの」

銀座ぜん屋は雲の上のブランド店で、まさか、トンチンカンな息子が買ってくるとは思ってもいなかったらしい。

「高かったでしょう」

と言うから、サマーセールで安かったとは言いがたく、ん、まあな、と答えておいた。なにをあげても喜ばない老母が、「ぜん屋」ときいただけで、こんなに目を輝かす姿を見てびっくりした。

翌日、ミチコ姐さんにその話をすると、

「そうなのよ、うちの母も驚いて、もったいないと言うから、本当の値段を教えてあげたのよ」

ということであった。

これにより、ぜん屋の品は、老婦人にはずばぬけた効きめがあることがわかった。

❖とらや銀座店　03・3571・3679
❖ぜん屋　03・3571・3468
❖雨竹庵　03・3571・4114
❖たちばな　03・3571・5661

第8話 江戸指物の平つかで和の小物を物色

資生堂パーラー～銀座三河屋本店～平つか

資生堂パーラーで、ミチコ姐さんとキョーコさん（牛窪亭子さん）と三人でお昼ごはんを食べた。資生堂パーラーは、美しきご婦人と一緒に行かなきゃ気分がでません。東京銀座資生堂ビルの四階と五階がレストランである。十階はイタリアンレストラン「ファロ」で十一階がラウンジになっている。

平成九年に改装する前の資生堂パーラーの印象が強く残っている。改築前のレストランは地下にもあって、あれはじつによかった。銀座地下にある秘密の王宮へ下りていくようなときめきがあったもんなあ。

現在の五階のレストランは窓から銀座の光が差しこんで、空中庭園の趣がある。全体を明るいベージュの壁で包みこみ、白いレースのカーテン、資生堂のロゴが入った純白のテーブルクロスがエレガントだ。

昔の資生堂パーラーでは、池波正太郎さんとよく食事をした。池波式は四人ぐらいで出かけて、黒ビールを飲んで、コロッケだのチキンライスだのビーフサンドだのエビフライだの一品料理をいろいろと注文して、それぞれをわけて食べる。ハヤシライスまで

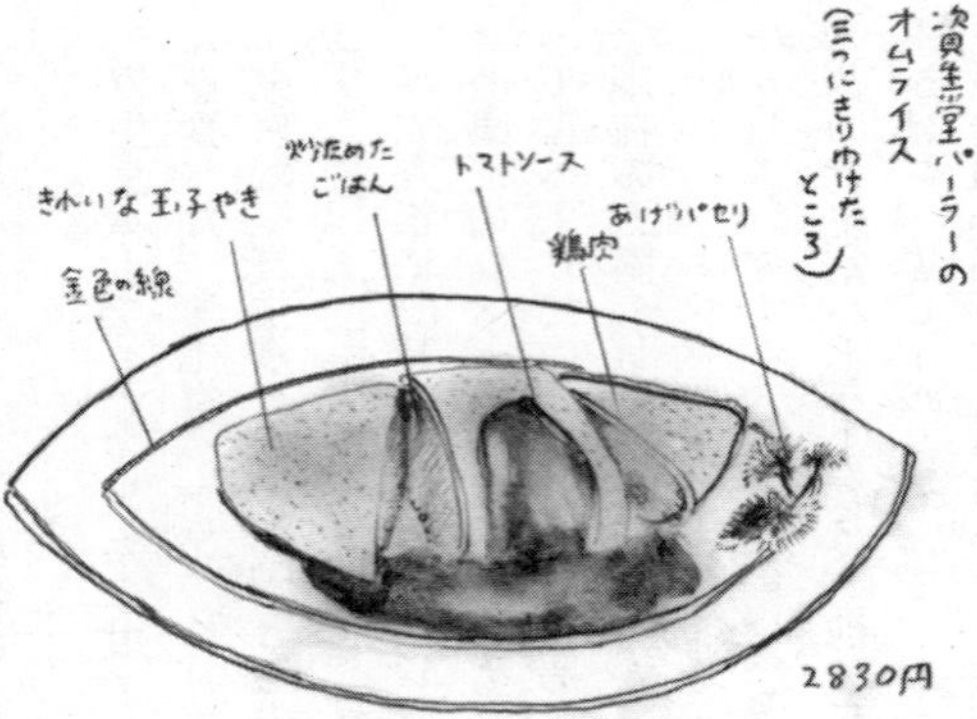

全員でわけた。

　西洋料理を家庭の晩ごはん式で食べると、いろんな味を少しずつ楽しむことができる。これは、高級洋食店の作法に反するかもしれないが、あえて資生堂パーラーでするところに、贅沢な気分がある。資生堂パーラーのウエイターは、そういった食べ方を心得ていて、わけて食べる皿を出してくれる。一流の洋食店でこれをやってくれるところがありがたい。

　えーと、なににしようかな。ぼくはオムライス（二八三〇円）にした。資生堂パーラーは、昔なつかしい家庭洋食を出す。二八三〇円のオムライスなんて、どんな味がするのか食べてみたいでしょ。食べてみりゃいいのです。

　ミチコ姐さんは、ビーフシチュー（三四六〇円）、キョーコさんはマカロニグラタン（二一〇〇円）を注文した。

　テーブルの上の花はオレンジ色のアリストロメリアと白いカーネーションだ。

　オムライスは、最初から三つに切りわけられて出てきました。ごはんを包んだ玉子やきがふんわりと均一で、菜の花畑の丘みたい。ごはんは固めでしっとりしている。ゴロッと鶏肉が入っていて、トマトの味が夕焼け色にしみている。そこへトマトソースをかける。あげパセリがついている。

家で、オムライス専用の細長い皿を用意している。これぞ日本最高のオムライスであって、手軽にチャッチャッとつくるのとは一味も二味も違う。

グラタンは、長くて太いマカロニに海老をあわせて、やわらかめだから歯が欠けたお年寄でも楽に食べられる。トマトスープがからむ昔ながらの味で、スープが多めである。

ビーフシチューは素焼きの壺に盛られ、牛肉がトロトロに煮込まれ、しめじ、小玉ねぎ、ジャガイモ、ニンジン、ブロッコリーが一体となってほろーりととろけて、淡白な味だ。

まずは、ビーフシチューを小皿に取りわけて、

「これはシニアむけですな」

「野菜たっぷりだから、栄養のバランスがいいですね」

「上品なお味だこと、ほほほ」

なんて感想を言いつつ、オムライスを食すのである。で、黒ビールを飲んでマカロニグラタンをわける。やや、ぼくの皿のグラタンのなかにエビが入っていたぞ。縁起がいいや、と黒ビールをもう一杯。

資生堂は、明治五年に日本初の洋風民間調剤薬局として銀座に誕生した。明治三十五年にソーダ・ファウンテンを併設してソーダ水やアイスクリームを販売し、明治時代からハイカラな店であったのだ。時代にあわせて新風を取り入れつつも、家庭的なサービスで客の信用を得てきた。

日本のご婦人はかなり贅沢になったけれども、二種類にわけられる。それは、資生堂パーラーでオムライスを食べた人、と、まだ食べていない人だ。まだ食べていない人は、いまからでも遅くはないから、めいっぱいおしゃれをして出かけましょうね。

資生堂パーラーを出て、七丁目にある豊岩稲荷にお参りした。このお稲荷さんは、四百年前に明智光秀の家臣が奉斎したと伝えられ、縁結びのご利益がある。

ははーん、「銀座の恋の物語」はこのお稲荷さんに祈願するってわけだな。資生堂ザ・ギンザ横の路地を入って、くねくねと小路を進むと、ビルの谷間にへばりつくように祠《ほこら》があった。二匹のきつねの石像に赤い前かけがくくりつけられていた。

豊岩稲荷は、江戸時代はこの一帯の守護神で、火防神《ひぶせ》でもあった。薄暗い路地裏に祭られたきつねは、銀座の興亡を見てきたご隠居といった気配がある。

金春《こんぱる》通りを八丁目方向に歩いていくと、左側に大きい暖簾が掛かり、英語でEdo

Slowfood MIKAWAYAと書いてあった。

銀座三河屋は、ついこのあいだまでは和装小物の店だったはずだ。はて、と頭を叩いてなかへ入ると主人の神谷知宏さんが、

「江戸の食・スローフード店として新規開店いたしました」

と言う。店内には、あわび煮貝や即席「貝汁」、たくあん、佃煮などが所せましと並んでいる。ひときわ目につくのは煎酒《いりざけ》だった。

煎酒は江戸の食卓には欠かせなかった調味料で、日本酒に梅干と花がつおを入れて、コトコトと煮つめてつくる。ヒラメやカレイのお刺身は、醤油よりも煎酒をつけて食べると旨みがます。

つくるのに手間がかかるから値が高いでしょう、と訊くと、神谷さんは、

「小瓶が五七七円です」

と胸を張った。

「紀州産の梅酢を使っています」

なるほど、梅酢にかつおだしの旨みを加えるところに神谷さんの工夫があるのだ。この値段ならば、醤油と大差がないから、家庭でも使用できる。お刺身に煎酒を使うのは高級寿司屋ぐらいのものであった。

こういったアイデアは銀座っ子ならではのもので、神谷さんは、父上も母上も、その兄妹も、もちろんご自分もすべて泰明小学校で学んだという。泰明小学校の純血ブランドである。

あと、梅びしお（一八九〇円）をひとつ買った。裏ごしした梅干に、塩と昆布を加えて練りこんだ江戸の調味料で、これまた日本料理には欠かせない一品だ。

銀座三河屋は徳川家の御用商人で、元禄時代は酒屋であった。その後、油屋を営み、明治初めに糸屋になった。明治政府が銀座煉瓦街を造ったときに、八丁目（現在の資生堂パーラー）に店を出し、組紐の卸問屋となった。大正元年に海軍の御用商人となってロープやハンモックを納入。いろいろと繁昌したが、戦争で一時中断した。戦後は和装製品、婦人服地を扱い、昭和三十六年に資生堂と共同建築で新ビルを落成した。平成二年に現在の金春通りに移転して和装小物の店を営業してきた。

で、平成十五年に「江戸の食」の店になって、元禄時代の商売に戻ったことになる。時代の変化に対応して、しぶとく生きる底力が銀座魂というものだろう。

金春通りをはさんで、銀座三河屋の斜め前にある和家具の店、平つかは大正三年に創業された。すべてがオリジナルの一点造りの和家具を扱っている。鏡台や文箱、お盆などの伝統技術の粋をこらした江戸指物《さしもの》の専門店だ。

江戸指物は、金釘を使用せず、桑や桐などの板を正確に指しあわせて仕立てる家具である。

平つかは怪談『耳なし芳一』を書いたラフカディオ・ハーンこと小泉八雲の仏壇を納めたことでも知られる。怪談好きだった小泉八雲の仏壇なんて、なんかこわそうでぞくぞくする。さぞかし立派な仏壇だったんだろう。

　主人の平塚彦太郎さんは、自ら布張りや金具の取り付け作業をする。家具の布張りは、布をこの店の在庫から選ぶことができるが、自分で持ちこんだ布でもいい。もう着ることがなくなった着物の布を江戸指物の引き出しに張れば、こりゃ粋なもんですよ。あるいは故人ゆかりの形見の着物を文箱や引き出しに張った指物も誂《あつら》えられる。故人をしのぶ江戸指物。

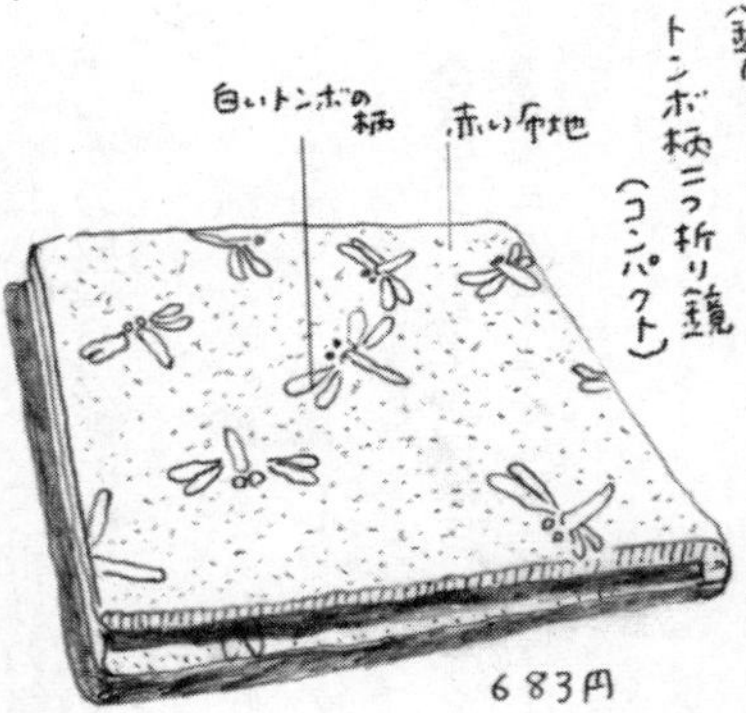

　こんど、ビンテージもののアロハシャツをシャツ入れの指物に張ってもらおうかと考えた。

　平つかでは祝儀袋、ポチ袋、江戸趣味豆玩具、メモ帳なども売っている。ミチコ姐さんが、

「トンボ柄の二つ折り鏡があった」

と嬉しそうな声をあげた。

　ミチコ姐さんは、トンボのコレクターであって、トンボ柄の浴衣をあつらえたばかりだ。

「わっ、トンボ柄のメモ帳もある。なんてステキなお店なんでしょうか」

メモ帳は八四〇円、二つ折りの鏡は六八三円である。ミチコ姐さんは二つとも買った。
平つかの版画ハガキの棚に、瓢簞《ひょうたん》の絵があったので一セット買った。この版画ハガキに

瓢簞の転げ落ちたる闇の底

と書きつけて、瓢簞コレクターの重盛旦那に暑中見舞を出すことにした。

❖資生堂パーラー銀座本店　03・5537・6241❖平つか　03・3571・1684

❖銀座三河屋本店　03・3571・0136

第9話 渡辺木版画店で名所江戸百景「両国花火」を

金春湯〜渡辺木版画店〜東哉〜松屋銀座本店〜伊東屋

南伸坊と八丁目の銭湯金春湯で落ちあった。金春湯と書いてコンパルユと読む。屋号の由来は、この界隈に能役者、金春大夫の屋敷があったことによる。

文久三年（一八六三）開業というんだから、時代物の銭湯である。昔は木造だったが、昭和三十二年に改築された。改築されてからも、かなりの年月がたっている。

伸坊とは昔からの銭湯仲間で、一番湯をざぶんと浴びようというコンタンだ。

入浴料は四三〇円。

ビル一階にある入口へ能役者みたいなすり足ですすむと、木札の下足入れがあり、下駄を入れた。番台の前には神棚があり、パーンと手を打って礼をしたところに伸坊がドスドスとやってきた。

さ、入りましょ。

浴槽は二つあって、熱い（小さめ）湯とぬるい（大きめ）湯にわけられている。ぬるいほうへ手をつっこんだら、あちちちち、四十三度ぐらいあるじゃないの。東京の銭湯はやたらと熱く、ア・ア・ア・ウ〜、と唸りながらつかるのが江戸っ子のガマンのしどころだ。

ぼくは、熱い湯が苦手だから、「モモテツ」広告桶で湯をくんで背中から浴びて、伸坊に、

「きみ、入りたまえよ」

と強引にすすめた。江戸っ子の伸坊は三秒間つかっただけで、目玉を点にしてアヂヂヂと飛び出てきた。首から下が、マダラに赤くなっている。ふたりで、浴室のタイル絵を見た。

富士山を中央に置き、右に満開の桜、左に菊の春秋花鳥図。四季をすべて入れこんだ九谷焼のタイル絵（鈴栄堂 章仙）だ。錦鯉は十一匹いて、鯉のサッカーチームができるな。ま、錦鯉と一緒に湯につかって、春秋花鳥図を眺めるという趣向であろう。

つかっている客は近所の飲食店の店員が多い。金春湯が混むのは早い時間で、午後六時ぐらいはすいている。夜になると湯はややぬるめになり、以前、酔いざましでつかったときは、溺れそうになった。思ったより浴槽が深い。

「今宵は名月ですな」

銭湯できく名月の噂《うわさ》かな
と、伸坊が一句詠んだ。

金春湯の一本外堀通り寄りの通りにある路地を、「出世街道」というらしい。人間ひとりが通れるほどの狭い路地だが、ここをまっすぐ行くと内幸町や国会議事堂にぶつか

るので出世街道。路地の入口に萩の鉢があり、白い花が咲いている。

並木通りに渡辺木版画店（渡邊木版美術画舗）がある。途中で落ちあった重盛旦那は引力にひっぱられるように頭のさきから店へ吸いこまれ、周延《ちかのぶ》の三枚つづき美人浮世絵を買った。周延版画「江戸風俗」が一万二五〇〇円だ。

よく見ると、版画の裏に英語でセプテンバー、という日付と絵解きが入っていた。これを買った外国人が書き入れたもので、そのぶん値が下がった。

だけど、その英文サインがしゃれていて、いわゆるヨゴレの類いではない。いい買い物で、お目が高い。

伸坊は、周延の江戸風俗版画を見て、

「渋いですなあ」

とうなずいている。ぼくも負けずに広重の復刻版画「両国花火」（下谷魚榮）を三六二五円で買った。名所江戸百景のひとつだ。隅田川にぽーんとあがった花火が涼やかで、

　銀座から見る両国の花火かな

と句がどんどん出てくる。

渡辺木版画店は、明治三十九年（一九〇六）の創業で、浮世絵のオリジナルだけでなく、複製を手がけてきた。復刻版画を、紺色の厚紙帖に入れて渡してくれる。れっきとした木版画であるから、花火のディテールに江戸の余韻がある。目をこらすと、花火に銀色の雲母《きらら》が散らしてあった。現代の刷り師も、仕事に年季が入っている。

金春湯の斜め前に、東哉《とうさい》という京焼の店がある。今度はぼくがさきに入って、瓢箪小皿（二一〇〇円）を買った。乾山《けんざん》写しの京焼の絵皿で、白い釉薬《ゆうやく》をかけてある。瓢箪の葉さきからスルスルっとのびた蔓《つる》が色っぽい。

伸坊が、

「嵐山さんが描く絵は、このところ洒脱になりましたなあ」

とほめてくれた。

「そうかねえ、てへへへ」

と照れてみせるのも自慢のうちだ。伸坊にほめられると、それだけで、また上達した気になってしまうのだった。

中央通りに出て、松屋の七階にある「デザインコレクション」を見ることにした。松屋七階といえば、グッドデザインの代表だった。いまはどうなっているんだろうか。

松屋のグッドデザインは、五十年の歴史があり、ぼくが大学生のころからのブランドだ。いつの日か、部屋じゅうにグッドデザインを取り揃えてみたいもんだ、と思っていた。

と、懐かしい思いで歩いていくと、七階のユニバーサルスクエア（高齢者や障害者が使える商品を扱っている）に二一〇〇円の老眼鏡があった。これが、メチャクチャいい。

ぼくはプラス二・〇〇の度があう。すかさず七つ買ってしまった。

老眼鏡は、すぐになくしてしまうので、家では五ヵ所においている。書斎、居間、寝室、縁側の机、ファックスの部屋。そのほか、持ち歩き用の二つはバッグに入れっぱなしだ。

松屋を出ると、足は伊東屋へとむいてしまう。仲坊が、「買いたいものは伊東屋にあり」という。伊東屋は文具の宝島である。

仲坊がなにを買うか、に注目して、ぼくは買わないぞ、と誓った。おそらく、仲坊が行くのは七階の画材コーナーであろう。色鉛筆、水彩絵具、カラーインク、日本画用品、スクリーントーン、粘土、シルク版画用品、エアーブラシ、スケッチブック、クレヨン、鉛筆削り、などなど。

そう思ってついて行くと、二階で足がとまった。なにを見ているのかな。重盛旦那も注意深く仲坊の動向を観察している。

仲坊が手にしていたのはガラスペンであった。一本のガラス棒のさきが百合のつぼみみたいにすぼまっている古風なペンである。

「これは、名工、佐瀬勇氏がつくったガラスのペンであります」

仲坊は竹軸にガラスペンが固定された「平和萬年筆」（一二〇〇円）を手にして、さきをインク壺に入れて、紙の上にさらさらと書いていく。

細字、中字、太字、と三種類のペンがあった。一度インクをつけただけで、やたらともちがよく、ぼくと重盛旦那の似顔絵を描いてしまった。

「羽根ペン、竹ペン、鉄ペン、金ペン、とペンにはいろいろあるが、ガラスペンで書いた線は、書き味がおいしい」

はあ、そうですか、とうなずいた。一回インクをつけただけで、ハガキ一枚は書けるという。ペンの溝にインクがたまるのだ。

「ペンさきの丸さを利用して、左右上下、好きな方向に書けます」

「中世の手紙みたいですな」

「そういわれるとインク壺もほしくなった」

伸坊はいくつかのインク壺を見くらべた。そういうときの伸坊は目玉がドーモーになる。

いちばん高いのを買うかな、あるいは二番目に高いのを買うのかな、とながめていたら、二一〇〇円のシルバープレートのインクポットを選んだ。インクは黒。

ガラスペンには、軸までガラスの上等品（五〇〇〇〜一万円）がいろいろあるのだが、伸坊が選んだのは、使い捨てタイプの竹軸固定式だった。なるほどプロの眼はそういう

ものか、とおそれいった。

ガラスペンは、手づくりの工芸品であって、太さや握り具合はすべて経験と勘でつくる。

昭和三十年代は、役所でも竹軸式のガラスペンを書類書きに採用していた。ガラスペンで記帳するのが普通だったのに、ボールペンの登場で、その座がとってかわられた。書いてみると、線がきりりとしてやわらかい。これぞ筆記具マニアの魔法のペンなのである。たちまち欲しくなって、ぼくも竹軸固定式ペンを買った。

❖金春湯　03・3571・5469
❖松屋銀座本店　03・3567・1211
❖渡辺木版画店　03・3571・4684
❖伊東屋　03・3561・8311
❖東哉　03・3572・1031

第10話　イルカとカメラの眼鏡ホルダー

ル・シズィエム・サンス～アップルストア～教文館～山野楽器～宮本商行～トスティ

平成十五年に銀座六丁目のコリドー通りに開店したフランス料理店で、オカベッチと待ちあわせた。ル・シズィエム・サンス（le 6eme sens）というレストランで、パリのカフェみたいな店を山本容子さんがアートプロデュースした。開店したときは、連日宴会がひらかれ、ぼくとオカベッチは招かれておおいに酔っ払ったのであるが、その後どうなっているか。店内のデザインから食器まで容子さんがみつくろった。

で、容子さんを呼んで、昼の六〇〇〇円ランチを食べることにした。この店には五百種類、一万本のワインが取りそろえてある。ハウスワインは一杯六〇〇円だ。容子さんがラベルを描いたシャトー・カミヤ（サンジュリアン）を飲んで待つうち、容子さんがご登場。まずは再会を祝して乾杯をした。

最初はアミューズとして鯛のお刺身の小皿。キャビア、イクラをのせて、きゅうりと長芋、カイワレを添えてある。容子さんが描いたワインのラベルに、セキララな美女のラタイが描いてあるので、

「これ、天使のヌードですか」

と訊いてみると、

「オエノですよ。ギリシャ神話の女神です。すべてのものをお酒にかえてしまうの」

「ウエノ……」

「じゃなくて、オエノ。メドック地方のボルドー」

「しっかりした味ですなあ」

オカベッチは、満足そうにすーっと飲みほした。赤ワインにはパンがあう。この店はトマト味とレモングラス味の自家製のパンを出す。

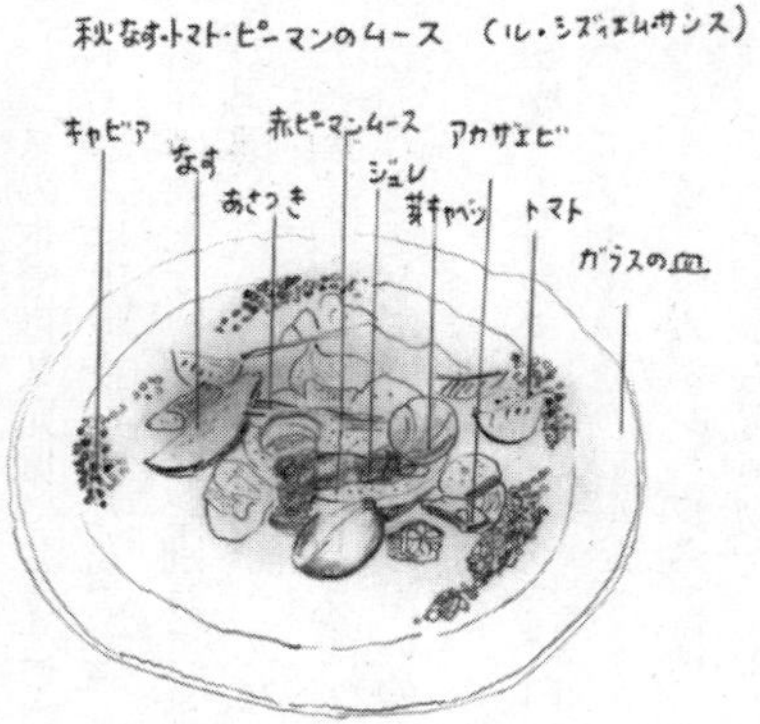

つづいて、ガラスの大皿に、前菜が出てきた。赤ピーマンとトマトのムースの上にアカザエビがゴロリと乗っている。秋なす、オクラ、トマト、芽キャベツがたっぷりだ。
メインは、真鯛か鴨料理か、好きなほうを選ぶ。オカベッチは鴨肉のコンフィを注文して、ぼくは真鯛のトリロジーにした。
店の壁に容子さんのモザイク画が飾ってあり、山本容子ミニギャラリーみたいだった。
もう少し飲みたいところだが、このあとマガジンハウスの木滑《きなめり》良久兄貴に会うことになっている。

木滑さんは出版業界の大先輩で、ぼくの兄貴ぶんだ。

容子さんとオカベッチと別れて、秋空を見あげて歩くと、昔の記憶がいわし雲の奥に浮かんだ。

三原橋を渡ったところで、大きく息を吸って襟を正し、昭和通りを越して、歌舞伎座沿いの木挽町《こびきちょう》通りを左を曲った。

銀座三丁目のマガジンハウスは白地にピンクのタイルを貼ったパジャマ模様のビルだ。

ひとまず、マガジンハウスの横にある宝珠稲荷神社にお参りして、それから買い物に行くことになった。木滑さんは、「ポパイ」や「ブルータス」の創刊編集長のころ、カウボーイの異名があった。カウボーイとは「買うボーイ」で、新商品を見つけるとすぐに買う。物への好奇心が強く、それを雑誌に反映して、雑誌黄金時代をつくった。

木滑兄貴が、いま、なにを買うか、という興味がある。「もう欲しいものがないや」とダウンしてしまったら、それっきりなのだ。

木滑兄貴は、やあやあ、と上機嫌でシダレヤナギの道を歩いていく。途中で会った人が、「こんにちは」と木滑兄貴に挨拶する。ハナミズキの松屋通りを過ぎて、銀座通り

を渡ったところにあるアップルストアへ入り、

「iPod nanoが入荷したな。この商品は奇跡ですな。こんなに薄いのに千曲も入るんだから。オレは、もう買ってるけどね」

と、言う。ストアに置いてあるiPod nanoのイヤホーンを耳につけると、澄んだ音がした。

店のなかは外国人の客が多く、みんなiPod nanoを手にして、支払いのレジに行列している。ひと昔前は、ソニーのウォークマンが席巻したけれど、いまやアップルのiPodなのだ。

「黒いのが人気。白じゃなくて黒いのがいい。あと、付属品のたぐいは買わなくていいの。本体だけ」

まことに的確な指示だった。

アップルストアの、通りをはさんだ隣にある教文館も木滑兄貴のなじみの店で、四階のキリスト教関係コーナーへ行き、店内をスタスタと廻る。

クリスマスカードを見ていると、

「オレは、クリスマスカードはオリジナルのを伊東屋でつくるんだ」

と、自慢した。

教文館は明治十八年に築地に創業し、明治二十四年に銀座に移転した。現在のビルは、昭和八年に建てられたものだ。

「ほしいCDがあるんだ」

と、五軒先の山野楽器へ行って、CDを探しながら、ソニー・ロリンズのコンサートのチケットが取れなくて残念、とぼやきつつ、エスカレーターホールに貼ってあったブルーのポスターに過敏に反応した。

ポスターには、「STOP・ザ・万引き」と書いてある。

「万引きしちゃいけませんよ。万引きで、お店がつぶれちゃうんだから。ね、わかる」

はい、とうなずきつつ、あとをついて行くと、ハービー・ハンコックの「処女航海」CDをゲット。ブルーノートのアンコール・プレスで二五〇〇円。ぱっと見つけて、ぱっと買う。

楽器売場へ上って、アフリカ製の大きいタイコ（ジェンベ）を手で叩き、

「これ、お祝いにあげると喜ばれる」

と教えてくれた。祝い事があったとき、なにを差しあげたらいいかは、普段より考えておかなければならない。木滑アイデアの秘法にふれた思いがする。

「友人の誕生日祝いに贈ったら、あとで、花台になっていた」

と、その後のてんまつも教えてくれた。フルートを手にとっていると、

「きみに似合うのはチェロ。フルートはやめておきなさい」

乱暴な木滑語録がでた。

つぎはぼくが行きたい店へお誘いした。六丁目の並木通りにある宮本商行だ。宮本商

行は、日本で最初の銀製品専門店で、「ポパイ」がはやらせた「ヘビー・デューティー」の店である。

　ショーウインドーに、銀のスプーンとフォークとコップのベビーセットがあった。このベビーセット（四万九五〇円）は、天皇皇后両陛下が、愛子さまが生まれたとき、イニシャルを彫って贈ったものだ。イニシャルは一文字七三五円である。

　愛子さまのスプーンと同じものが買える、と知れば、孫が生まれたおじいちゃんは、同じものを贈りたくなるでしょうね。

　宮本商行の銀器は、純度九二五〜九九九の高級品で、銀本来のカチーンとした味がいい。

　ぼくは眼鏡ホルダーを選んだ。いつも背広のポ

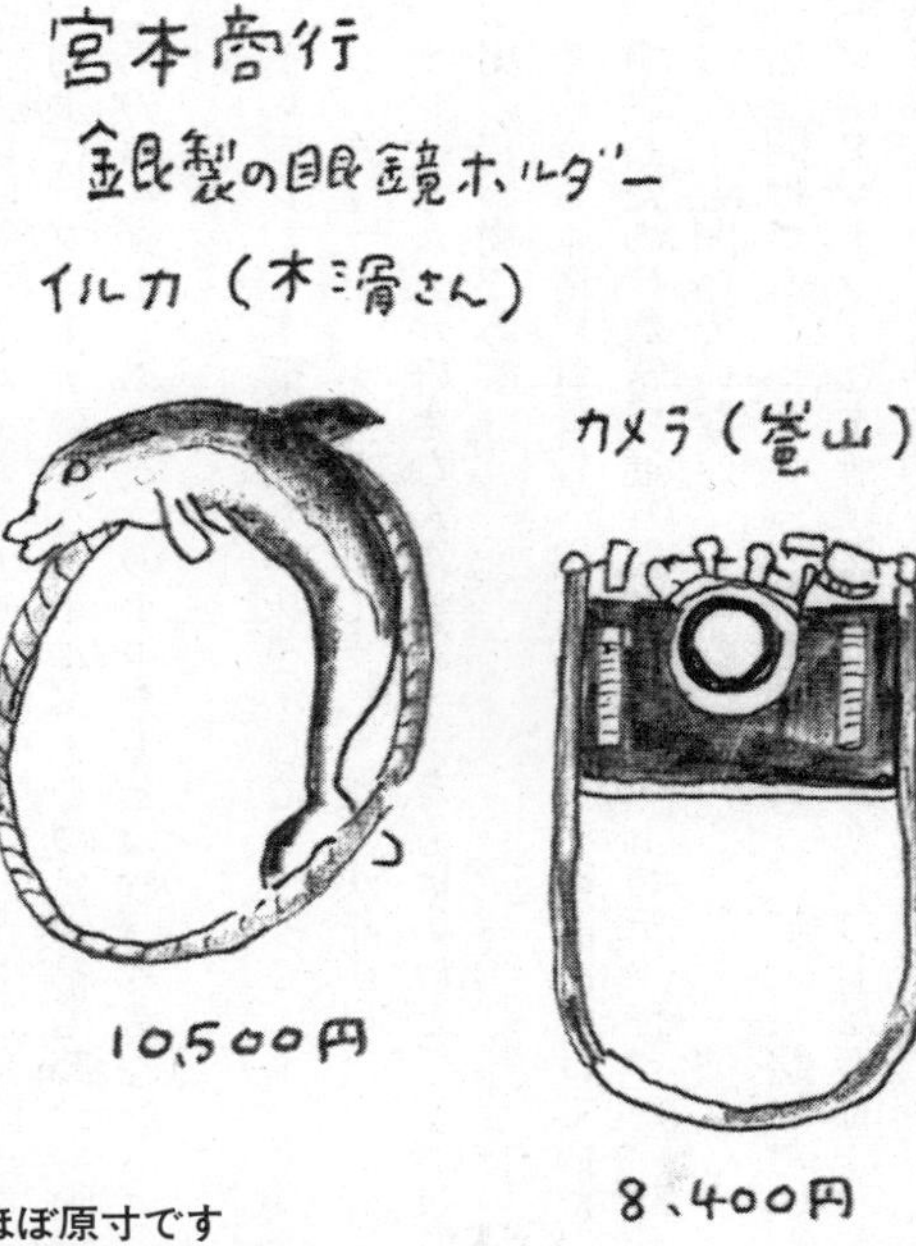

ほぼ原寸です

ケットに眼鏡を入れておくくせがあり、脱いだときに眼鏡を落としてしまう。胸ポケットの上に、ブローチのようにホルダーをつけて輪の部分に眼鏡をかけておく。

馬のホルダー、ふくろうのホルダーといろいろあるなかで、ぼくはカメラ型（八四〇〇円）を選んだ。

ドレドレ、と木滑兄貴も興味を示して、三秒で、イルカ（一万五〇〇〇円）を選び、「これにします」と、キャッシュで支払った。決断が早くて、好みがはっきりしている。

「オレ、イルカが好きなんだよ。カメラもいいけど、やっぱりイルカ」

男の買い物である。

そのうち木滑兄貴は外へ出て、ケイタイ電話をかけていた。

電話したのは数奇屋通りにあるバー・トスティだった。時計を見ると午後五時で、どこのバーも開いていない。

「店を開けてもらったから、行きましょう。ビール飲みたいもんね」

タッタッタッ、と木滑兄貴は歩いていく。二十五年前に六本木で会ったときも、木滑兄貴はこんな感じで編集スタッフを連れて飲んでいた。

いいなあ。なつかしいなあ。銀座の黄昏が背中にしのびよる。

トスティのカウンターに座って、黒ビールを飲み、さきほど買ったハービー・ハンコックのＣＤをかけて聴いた。

ゴキゲンな夜のはじまりだ。木滑兄貴は、いたずらっぽい顔でぼくにこう言った。

「あのな、運のいい人とつきあわなくちゃだめですよ。運のいい人とつきあってれば、運がこちらについてくるんだからね。人生ってのは、どうもそういうものなんだよなあ」

❖ル・シズィエム・サンス　03・3575・2767
❖アップルストア　03・5159・8200
❖教文館　03・3561・8447
❖山野楽器　03・3562・5051
❖宮本商行　03・3573・3011
❖トスティ　03・5568・1040

第11話 銀座ナカヤのシャツ地で作ったパンツ

浜作～宮本商行～サンモトヤマ～ナカヤ～五十音

重盛旦那と七丁目の本店浜作で待ちあわせた。

まずは熱燗で一杯。

しみるねえ。なんてったって浜作の酒ですよ。突き出しはあん肝と煮こごりだ。小粋な味だよ。こうやって昼酒を飲むってのが道楽ジジイの余裕ってもんだ。

浜作は谷崎潤一郎の『瘋癲老人日記《ふうてんろうじんにっき》』に出てくる店で、はも料理が谷崎の好物だった。昭和三年に開店した老舗。好みの一品料理を注文できる「喰い切り料理」の店だ。

谷崎のほか幸田露伴、坪内逍遥、菊池寛、志賀直哉、大仏次郎、舟橋聖一といった文豪が贔屓《ひいき》にしていた。吉行淳之介も、浜作の鯛のあら煮が大好物だった。

「嵐山さんが座っている席は谷崎先生の指定席でした」

と主人の塩見彰英さんが言った。

カウンターのいちばん左側の席である。そうと知ると、ははあとカウンターにお辞儀をして、背すじをシャンとのばし、フーテン老人の口調になって、

「寒ぶりの照り焼き」

と、注文した。

重盛旦那は、めいたがれいの煮おろし。瀬戸内海でとれためいたを唐揚げして、大根おろしをまぶす名物料理である。寒ぶりが焼けるまでのつなぎに、鮒《ふな》ずしを切って肴《さかな》とした。

オレンジ色の卵がたっぷりと入った三年ものの鮒である。甘露漬けで、ほんのりと甘みがある。

坪内逍遥が詠んだ歌に、

　　自動車を門に待たせて浜作に
　　　飲み食ふ客のけふもあふれり

ってのがあった。運転手つきの自家用車と浜作、というとりあわせが二重に贅沢だったんだろう。

寒ぶりの照り焼きは、脂がのって、舌の上でほろりと崩れた。

さあ、勢いがついたぞ。

いい酔い心地で立ちあがり、並木通りへ出て、また宮本商行へ向かった。重盛旦那は銀製品が好きだから、

「どうだい。宮内庁御用達の店で、宮家の食卓を彩

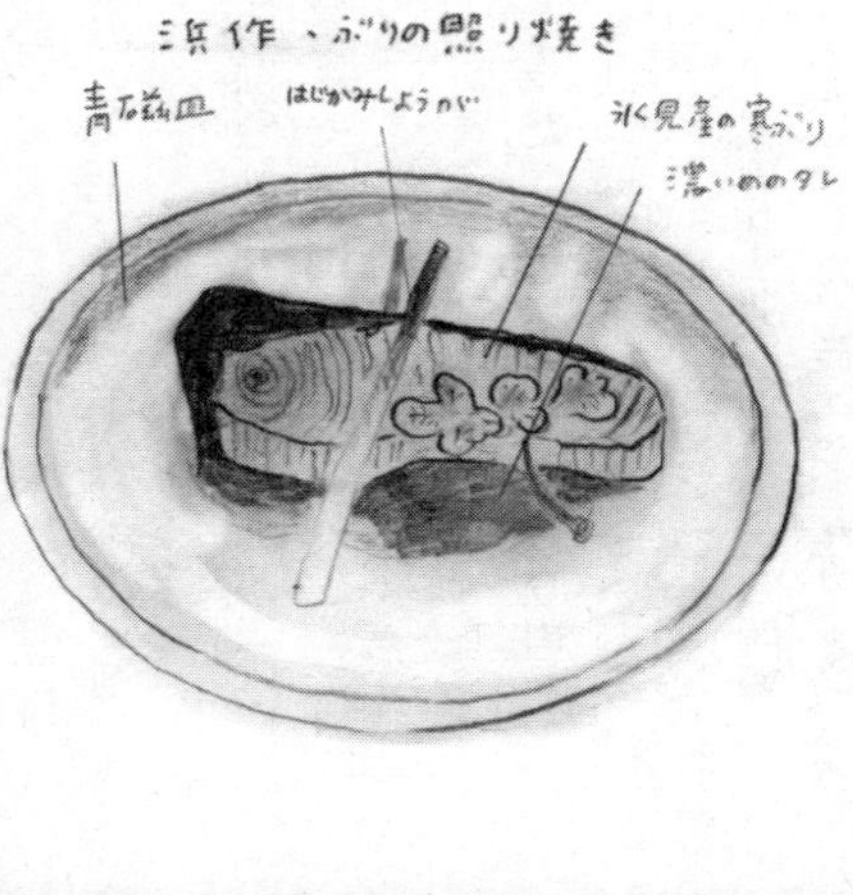

る名品ぞろい」

と、自分の店でもないのに自慢して店に入った。銀のスプーン、銀の手鏡、銀の錠剤入れ、銀の菊皿、銀の櫛《くし》、と銀製品がずらりと揃っている。

ウインドーの奥に、銀の耳掻きがあった。松竹梅が彫刻された耳掻き木箱入りが二三〇五円。お年寄りのお祝いにプレゼントすると喜ばれそうだ。外国人は調味料匙として使うらしい。さっそく老母用にひとつ買った。耳掻きは、老後のひそやかな楽しみなんだからね。

宮本商行の隣はブランド洋装品で知られるサンモトヤマだ。創業者の祖父の茂登山長次郎氏は、明治三十七年からメリヤス卸問屋を営み、横浜の商館から舶来品を仕入れて日本橋で売る商売をしていた。

三代目の茂登山長市郎氏（現会長）が戦後サンモトヤマを創り、並木通りの店を開いたのが昭和三十九年で、日本に初めてエルメスやグッチを紹介した。ロエベ、ラリック、バカラ、パテックを紹介したのも三代目だった。

そのころ、ぼくは雑誌編集者になったばかりで、先輩より、

「サンモトヤマへ行って勉強してこい」

と、言われた。生まれて初めて目にするヨーロッパのブランド品は、自分の金で買えるものではなかったが、なるほど一流品とはこういうものか、と刺激になった。

茂登山会長がいたので階段の前で挨拶をした。長身で、ダンディーな人だ。時代をひ

っぱってきた人特有の色気がある。

「これからのオシャレはアジアですよ」

と張りのある大きな声で言う。

地下一階のオリエンタルブティックへ行くと、インドの刺繍《ししゅう》やミャンマーのロータスファイバーショールなど、まだ見たこともない商品が並んでいる。ベンガルトラの皮があったので手でさわってみたらチベット製の絨毯《じゅうたん》だった。ベンガルトラは保護動物だから、顔や腹の柄を編みこんだ絨毯なのだ。

チェンマイのラタンバッグがいいんですね。造りがしっかりしている。取っ手の下に京都ちどりやの手づくりの飾りがあって、黒で統一されている。バッグの下に金属の足が四つついている。巾着を細工して、収納品が落ちないように工夫されている。

これはサンモトヤマが注文製作した布袋つきラタンバッグである。

四十年前は、海外のブランド品はサンモトヤマでしか買えなかったが、いまは専門店が進出した。となると、サンモトヤマ・ブランドの新しい道が求められる。このラタンバッグに弁当とポケットウイスキーを入れて、出かけるのがいいんじゃなかろうか。

銀座は値が高い商品が並んでいる店ばかりだが、高級店でいちばん安いものを買うのがコツである。

銀座凮月堂の四つ角を右へ曲ってみゆき通りを歩くと、コブシの枝ごしに青空が見えた。枯枝のすきまを風がヒュルルルーンと吹きぬけていく。

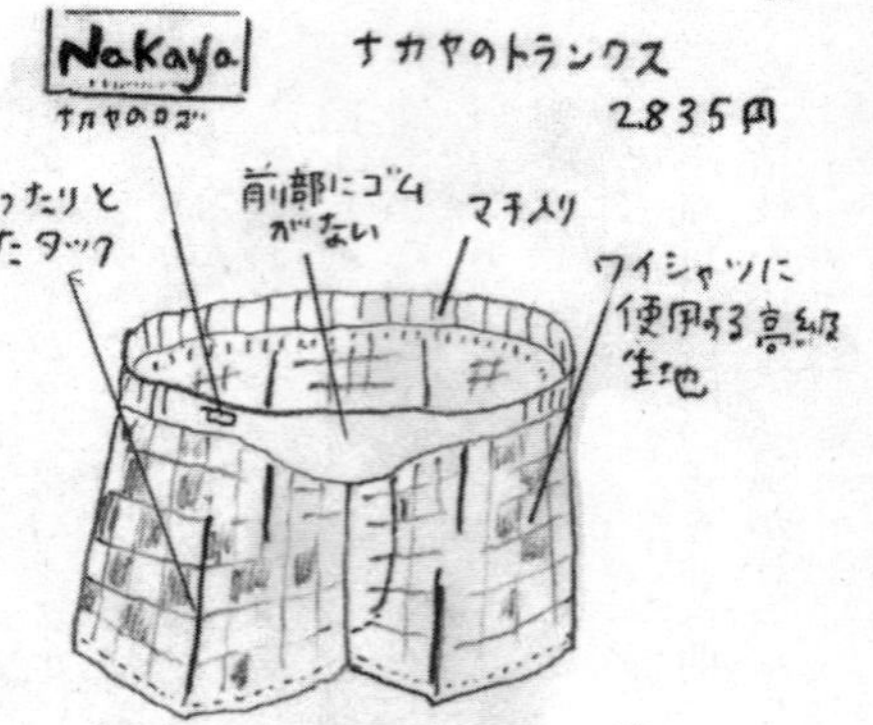

銀座通りを渡ると、オーダー・ワイシャツの銀座ナカヤがある。日本で最初にビッグサイズ専門店として営業をはじめた店で、創業は明治三十九年。

体の大きな力士やスポーツマンはナカヤにシャツを注文してきた。創業のころは、新橋で糸を扱う商売をし、日清戦争当時は、海軍水兵の帽子につけるリボンを納入していた。このところ、ぼくは太ってきて、からだにあうシャツとパンツがなくて困っていた。

ナカヤの隠れ人気品はパンツである。Lサイズはもとより、XL、XXL、XXXLなんて巨大なトランクス型パンツまで揃っている。それも、Yシャツの残りギレを使ったものだ。パンツの前部にはゴムが入っていないため、腹をしめつけない。股上にマチが入っていて、ゆったりと座れる。ゆとりがあるタック入りで、これぞ日本一のトランクス型パンツといってよい。ワイシャツの残りギレでつくるからいろんな柄がある。

Lサイズを二枚買いながら、パンツだけというのも申しわけない気がしてきて、ワイシャツを見せてもらった。

襟の形がゆるやかで、いい感じだ。シマ柄で一万二〇〇〇円のシャツが欲しくなり、

オーナーの金子章さんにはかってもらったら、

「残念ながら、嵐山さんの首のほうが太いです」

ということだった。

重盛旦那はやせているからMサイズのパンツにした。

サンモトヤマの籐バッグにパンツを忍ばせて銀座四丁目の交差点を渡り、和光の時計を見あげると午後四時であった。

晴海通り沿いにある天賞堂横の路地へ入ると、景観がいきなり上海裏町ふうになった。銀座の路地は、一瞬にして異界となるんですね。ひと気のない路地を進んでいくと、ボールペンの看板があり、五十音という店だった。

平成十六年の十一月にオープンしたばかりのボールペンと鉛筆の専門店である。こぢんまりとした店で、先客が一人いた。三人も入ればいっぱいになってしまう。ショーケースには、年代もののボールペンや鉛筆が並べられている。オーナーの宇井野京子さんは鉛筆柄のスカートをはいた、すらっとした人で、

「筆記具が好きだったので、こんな店を開いてしまった」

んだって。

おもちゃ箱のような店内には、宇井野さんが集めた文具が並べられ、根っからの文具マニアだと、わかる。

イタリア製の注射器みたいなガラスペン（九〇〇〇円）を見つけた。インク壺にペン

先をつけて書いてみると、ずしりと重く、ペンのすべりがバツグンだ。迷わず買ってしまった。

宇井野さんは、ガラスペンを紙箱に入れ、白い半紙できちんと包装して赤い「五十音」のロゴが入ったシールを貼りつけた。その手つきがういういしくて、「楽しくて仕方がない」という感じだった。

一本一六〇〇円の春慶塗りの鉛筆が置いてあった。手にとると箸のように軽い。漆塗りの鉛筆なんて初めてだから、

「どこで見つけたの」

と、訊くと、

「注文したんです」

とのことだった。

だけど、鉛筆は削ってしまうからせっかく塗ったのにもったいないでしょ。よく断られませんでしたね。

「最初は断られたんですけど、何度もお願いしました」

変な人だなあ、といぶかりつつ、宇井野さんの遊び

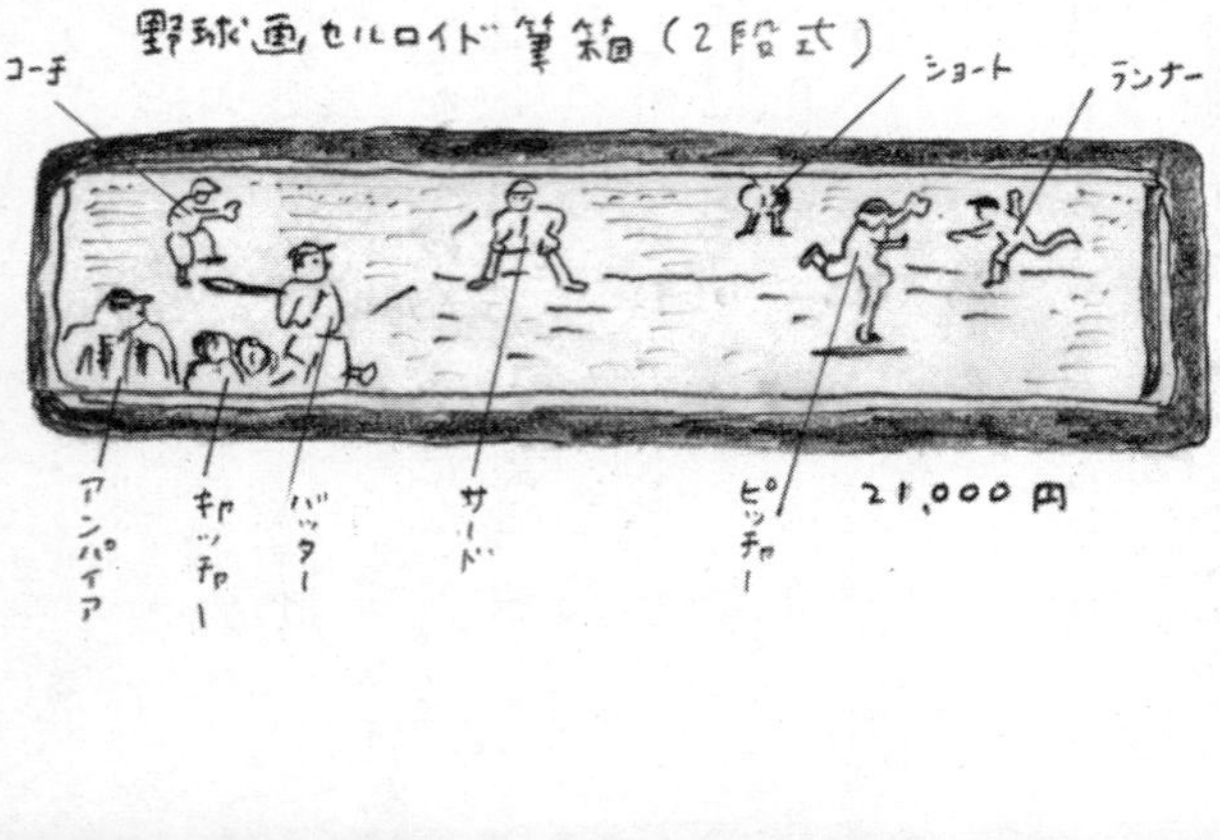

心にひきこまれる。漆を塗った鉛筆は、ナイフで丁寧に削るのである。木片をいとおしみながら削るところから文具への偏愛がはじまるのだ。

セルロイドの筆箱もアンティークが揃っている。そのうちのひとつに、野球の絵が描かれているのがあった。ピッチャー、バッター、キャッチャー、ランナー、コーチなど八人が描かれている。箱のなかは二段式で裏に「セルロイド特許出願中」と印刷されていた。値段は二万一〇〇〇円。

さて、買おうか買うまいか、と腕組みをした。

❖本店浜作　03・3571・2031
❖銀座ナカヤ　03・3571・1510
❖宮本商行　03・3573・3011
❖五十音　03・3563・5052
❖サンモトヤマ　03・3573・0003

第12話 金のツマヨウジをくわえてみる

桃花源～ヨシノヤ～ギンザタナカ～大野屋

銀座の柳が風にちぎれて舗道に舞っていく。

自転車の籠に黄色い葉がたまって、顔を近づけて葉を見ると弓張月みたいに細い。そうか、銀座の冬空から弓張月のカケラが落ちてくるのだな。

弓張月の落葉をひとつポケットにいれて、ミチコ姐さんに、

「やけに寒いねえ」

と愚痴をこぼすと、

「めそめそするんじゃありません、こういう日はタンタン麵でも食べて元気をだしなさい」

と気合いを入れられた。

ホテルコムズ銀座にある四川料理、桃花源のタンタン麵が評判で、タンタン麵好きのミチコ姐さんが、

「さ、食べましょね」

とドスドスと入っていく。

広い店内はほぼ満員で、ほとんどの客が一〇五〇円のタンタン麺をすすっていた。気ばって三六八〇円の特別ランチを注文することにした。斎藤隆士料理長は、陳建民氏の「四川飯店」で修業をして腕をあげた達人である。

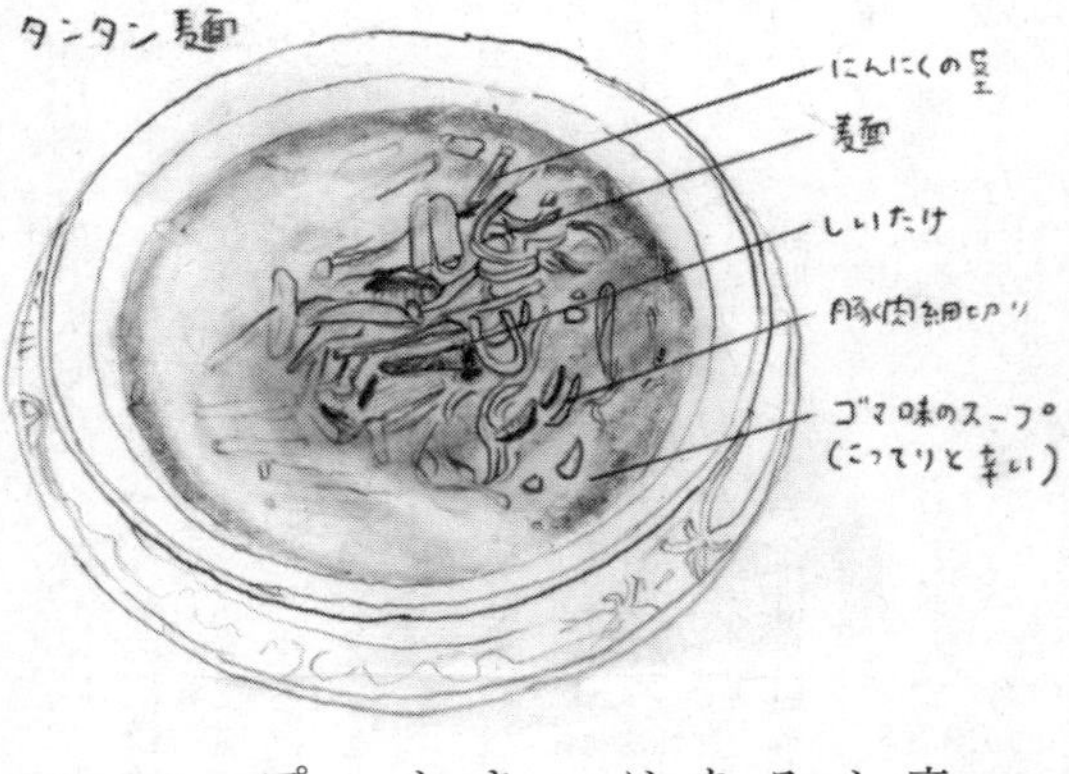

まずは三色前菜が出た。

白身魚炒めを食べたところで生ガキと銀杏の唐辛子炒め。あちちち、と舌を縮めたら辛みがスパーンと舌を走った。香ばしく揚がっていて中はとろけている。おーっと唸って目をつぶった。そのあとに春巻と、芝えびチリソースが出て、とどめは、待ってました、にんにく茎入りタンタン麺だ。

タンタン麺は四川省の辛いそばで、日本の夜鳴きそばみたいに担《かつ》いで売り歩くところから担々《タンタン》麺という。

ゴマ味噌がきいて、こっくりとした濃厚なスープが持ち味だ。ミチコ姐さんが、

「合格です」

とタイコ判を押すようにテーブルを叩いた。

ゴマダレの仕込みかたが人気の秘訣だろう。

四川料理の七大味は、酸味、辛味、しびれる味、苦味、甘み、香り、塩味で、その伝統的七味が渾《こん》然《ぜん》一体《いったい》と配されているところに妙がある。

タンタン麺を食べると、たちまち物見遊山オヤジになり、金春通りをタンタンタンとスキップして歩いた。

銀座通りの銀座ヨシノヤでは靴のバーゲンセールをしている。ヨシノヤは明治四十年創業の老舗で、手縫いで仕上げた靴で知られる。木型をつくって縫うと一足四〇万円前後で、仕上りまで四ヵ月かかる。銀座ヨシノヤの靴は、日本の最高峰と言っていいだろう。

一階は婦人靴がびっしりと並んでいて、値段を見ると一万円から二万円ぐらいのものもある。ヨシノヤブランドといえどもバーゲンとなれば安くサービスしている。メンズフロアは地下一階にあって、エレベーターを降りた目の前のショーウインドーに貴乃花親方のばかでかい足型がディスプ

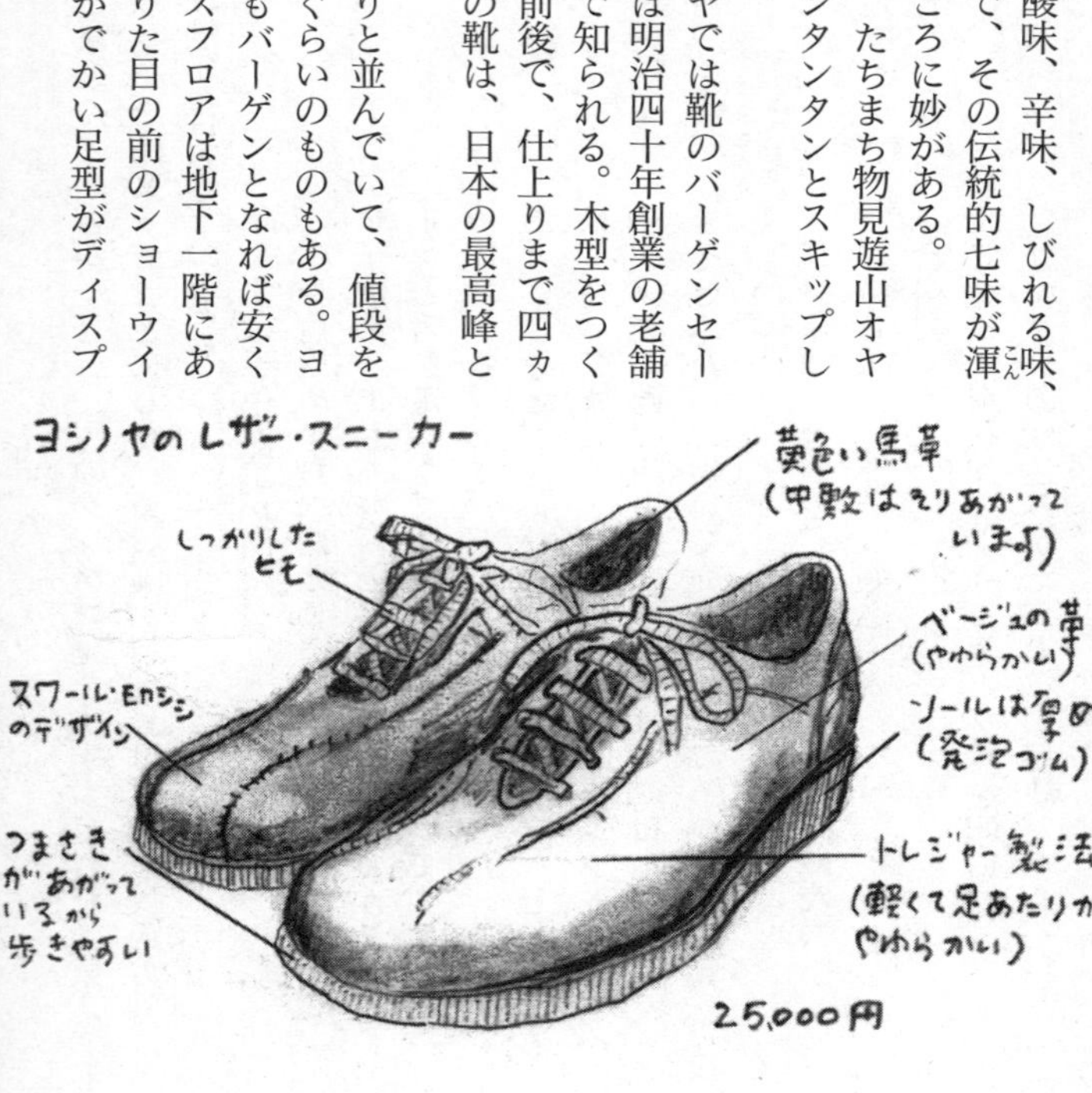

レーされていた。

　下駄をはいてヨシノヤの靴を見るのも、申しわけない気分だが、たまには靴だってはくのである。採寸してもらうと二十五センチの5Eだった。ぼくの足は、幅が広いからいままでは長さ二十六・五でないと痛くてはけなかった。

　探してみるといいのがありました。ベージュのレザー・スニーカーで革がやわらかくてとても軽い。これはトレジャー製法といって、中底を使わない、運動靴と同じつくり方だ。靴底のソールは発泡ゴムで、つまさきがあがっているからつまずきにくい。かかとの発泡ゴムは斜めにカットされているので、蹴り出しが強くきく。

　見ためはトラディショナルな革靴で、そのくせスニーカーのはき心地である。しょっちゅう旅をしているぼくは、こういう靴を探していた。ちらりと値段を見ると二万五〇〇〇円だ。四〇万円前後の靴がざらにあるヨシノヤでもこういう掘り出し物があるのだ。

　買った靴を箱に入れて自宅へ郵送してもらった。

　気分が高揚したところで、ギンザタナカへ向かった。田中貴金属ジュエリーの銀座本店である。店に入ると銀製五人飾り「出逢い雛《びな》」（一五万円）が目に入った。結婚のお祝いや外国へのお土産に使われる。エレベーターで三階の地金売り場へ行くと、金の値が上った日らしく、すごく混みあっている。

　奥の工芸品展示場では、純金三キログラムの松盆栽（一七〇〇万円）に売約済みの印がついていた。一・三キロの懸崖松は八〇〇万円で、まだ売れていない。

18金ワイングラスの値を訊くと店員がカシャカシャと計算機を動かして、ただいま六六万円です、と言う。ぐい呑みは、カシャカシャ、四四万円です、じゃ焼酎カップはいくらかね、カシャカシャ九二万四〇〇〇円です。

もう少し手ごろな18金の製品を探すと、ありましたね、18金のツマヨウジが一万三〇〇〇円。重さ二・四グラムで、長さ六センチ。正絹包みがついて桐箱入り。

このツマヨウジは人気商品で、父の日のプレゼントに使われるらしい。銀のスプーンをくわえて生まれた子がいるんだから、金のツマヨウジをくわえて定年退職するオヤジがいていい。

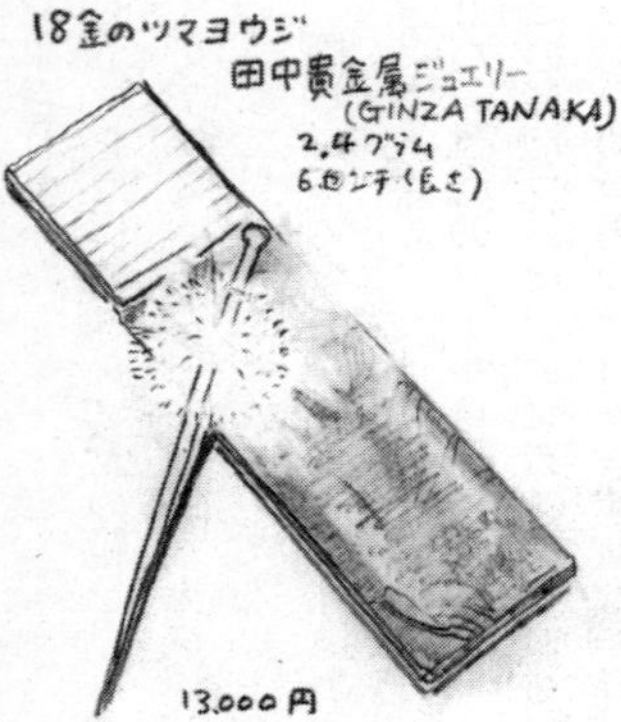

よく売れているのは18金の鈴で、振ってみると音がめちゃめちゃにいい。澄んだ音がハーモニーする。小槌の鈴を買って、熱海のヒロコ姐さんに送ろうか、と思案した。ひょうたんの鈴、菊花の鈴、といろいろあって、時価によって値が違う。いずれも一万円前後である。

そこから三原橋の交差点にある大野屋へ足を向けた。大野屋は、江戸時代に染め物屋として創業した老舗で、明治初めから銀座で足袋屋を営んでいる。

足袋を買うつもりできたのだが、ヨシノヤで靴を買ってしまったので方針を変更して手ぬぐいにした。

三百五十種の手ぬぐいがある。

はじめてイスタンブールからフランスへ旅行したとき、大野屋の手ぬぐいを大量にお土産として持っていった。手ぬぐいの柄は、花あり山あり鳥あり歌舞伎役者ありで、江戸の粋がつまっている。昔ながらの本染めだから色が鮮やかで、布の浮世絵といってよい。

五代目の梅澤道代社長が、柄の見本帳を出してきた。見ているうちにどれもこれも、全部欲しくなる。まずは亀戸天満宮の藤の花の柄を選んだ。藤の花が手ぬぐいのなかで色っぽく揺れている。

梅にうぐいすを一枚。紅葉の柄を一枚。

大野屋の手ぬぐいを手に持つと、ふっくらとあたたかく、気持ちがはればれとする。柄が鮮やかだから使うのが惜しくなるが、もったいないな、と思いつつ使ってしまうところがいいんですね。使って汚れたら洗う。洗うと少しずつ色があせていき、色あせた柄が、モノが生きている、という証明なのだ。すりきれるほどいとおしい。

大野屋でトントンと頭を叩きつつ、
　手ぬぐいに梅の香匂う三原橋
と手帖に書きこんだ。

❖桃花源　03・3569・2471
❖銀座ヨシノヤ　03・3572・0391

❖ギンザタナカ　03・3561・0491
❖大野屋　03・3541・0975

第13話　懐かしき月光荘で帆布製鞄を求む

懐食みちば～くのや～鳩居堂～五十音～月光荘画材店～理容米倉

六丁目の懐食みちばで檀太郎さんと待ちあわせ、そのあと理容米倉で散髪することにした。

懐食みちばは、かねまつ八階にあり、道場六三郎さんの創作料理を出す店だ。清直木支配人の奥さまが、道場さんの娘さんで、開店したときから、ちょくちょく通っている。昼席メニューの五法膳は「五味五法」を取り入れたコース料理で、前菜に胡麻ソースの豆腐が出てきた。

手造り豆腐にレンコンチップス、菜の花、しめじ、海老揚げ、ビーツの葉が添えられている。見ためは、フランス懐石だが、胡麻ソースは、まぎれもなく和食である。

つづいて、大きな木の盆に五品。海鮮サラダはレタス、タマネギ、クレソンの上にお刺身が盛られている。タイ（コリコリ）、ヤリイカ（シコシコ）、ミル貝（サクサク）、サヨリ（ピカピカ）、イクラ（プチプチ）と野菜（シャキシャキ）にドレッシングをかけて、まぜて食べると、コリコリシコシコサクサクピカプチシャキッとした味になる。

アンコウ壺むしはコチュジャンがきいていて、食通の檀さんが、

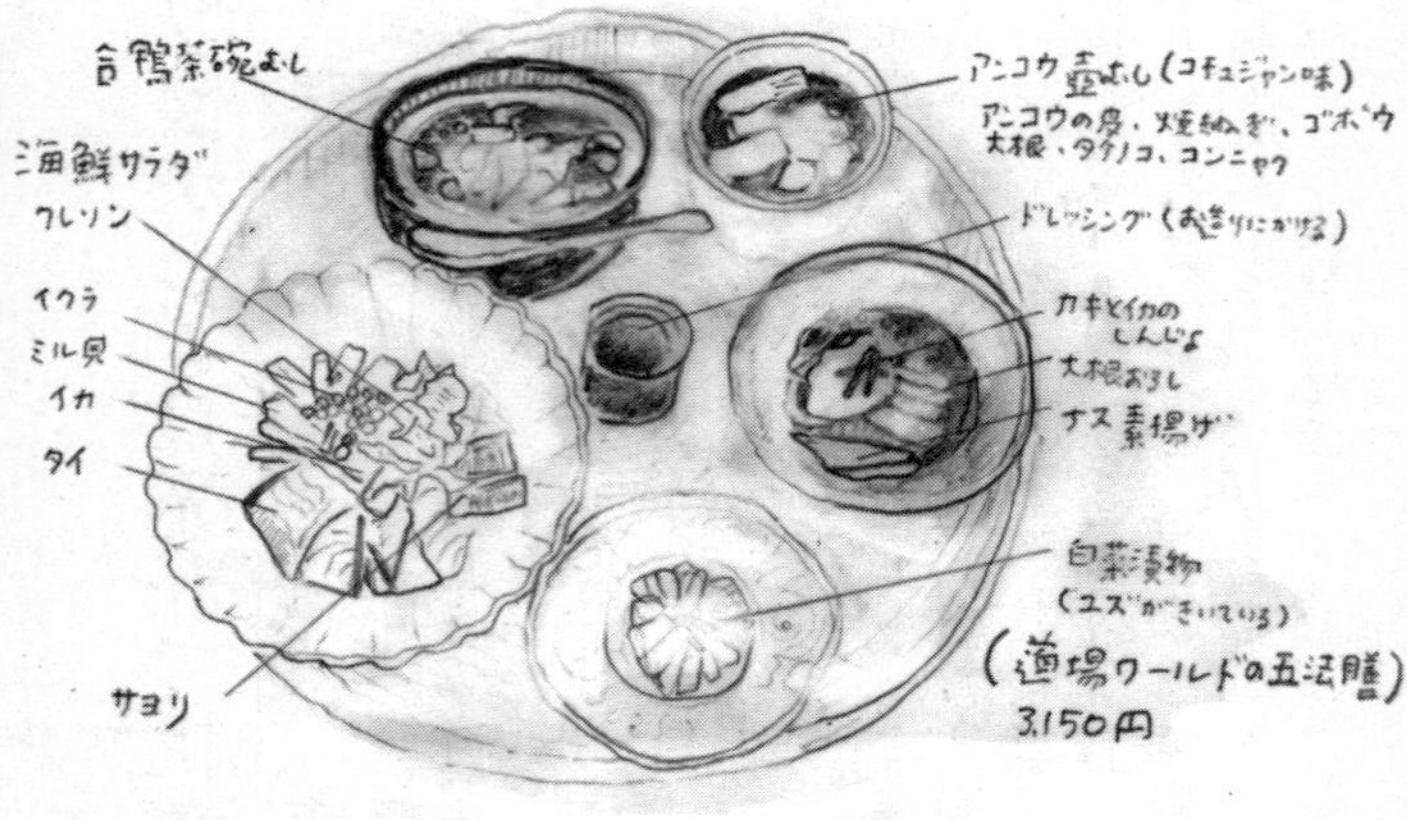

「焼きねぎがよろしい」

と太鼓判を押した。カキとイカのしんじょは、大根おろしとあわせると、さっぱりした味となる。合鴨茶碗むしは深みがあるとろみでどれもこれもが道場ワールド。

白菜漬物は、ユズがきいていて檀さんはおかわりをした。

赤だし味噌汁とごはんか、うどんか好きなほうを注文できる。デザートは紅玉リンゴのコンポートがのったプリンだった。

オープン・キッチンだから板前が調理をしている姿が見える。七十席はご婦人ばかりで満員だ。これだけバラエティーあるコースが三一五〇円だから人気があるはずだ。

ビルのエレベーターで一階へ降りるとすぐ隣が、くのやである。

四階の風呂敷コーナーへ行って、正倉院柄

の風呂敷（紺と赤）を二枚ずつ買った。銀座通りに面して畳敷きの和室があるなんて、贅沢だなあ。檀さんが、

「ここに泊まりたい」

と言うから、

「だれと泊まるのよ」

と訊いたら、

「そこまでは、まだ考えてない」

とモジモジした。

くのや主人の菊地泰司さんに挨拶して、鳩居堂へむかった。檀さんとは中国雲南省からメコン川まで一緒に旅をした仲で、日本中もあちこち廻ったが、銀座を歩くのははじめてである。

鳩居堂では、檀さんは香、武蔵野（伽羅《きやら》、麝香《じやこう》、沈香《じんこう》）一万一五五〇円を買った。香りを嗅いでみたい、と頼んだらたいてくれて、あたりに伽羅の香りが漂った。

檀さんは鳩居堂で名刺をつくっている。和紙であたたかみのある名刺だ。

銀座でいちばん小さい文具店、五十音へもう一度行くことにした。野球の手描き絵がついたセルロイド製のアンティーク筆箱が残っているか、を調べるためだ。

ありましたよ。

うれしくなって二万一〇〇〇円を払って、手に入れた。檀さんは、外国航路船の絵が

入った一万二〇〇〇円の筆箱を手にして、買おうか買うまいかと迷っている。

はい、つぎ、三越へ行きましょう。三越の前につくと、檀さんが、

「小学生のとき、オヤジ（檀一雄氏）とソフトクリームを食べたなあ」となつかしそうに八階の食堂を見あげた。八階へ行ってみたら、八階のレストラン「フォース・アベニュー・ギンザ」では、いまはバニラと抹茶アイスクリームしかない。あとはパフェになってしまう。

時計をみると午後三時で、理容米倉の予約時間が迫ってきた。いそがなくっちゃ。四丁目交差点の青信号が点滅しはじめ、檀さんはタッタッタッと突っ走り、それにつられてぼくも下駄でガタガタ走り、
寒明《かんあけ》や下駄をならして駆けぬける
の句を得た。

銀座を走るなんてめったにないことだが、走れば走ったで、なにか得をした気分になった。銀ブラじゃなく銀ガタ。

ニューメルサ一階の文明堂のカドを右へ曲って、みゆき通りを走りぬけ、外堀通りの赤信号を足ぶみして待ち、あ、そうだ月光荘にたちよろうと思いたった。

ぜいぜい息をきらせて、七丁目の月光荘画材店に到着した。月光荘の前の路地に入ったところに、ギャラリー路地裏がある。ぼくが書いた看板が、風雪にさらされている。

この画廊では、毎年一月に新春俳画展をひらいた。友人の画家や編集者や作家の俳画

を並べると、オープニングの夜に完売となった。

オープニングの夜に酒を飲み、出品者がおたがいに買いあってしまうのだった。俳画展は七年ぐらいつづいた。

「さらば過ぎ去った日々よ」

と三秒間の感傷にひたってから、足をしのばせて月光荘に入った。

月光荘は大正六年の創業である。

学生のころ、月光荘の黄表紙のスケッチブックを持ち歩くと、女子学生にもてた。ホルンのマークが入ったスケッチブックには、青春時代の思い出が重なる。店の奥に白髪の名物オヤジさんがいた。

月光荘の文字は与謝野晶子の筆である。晶子は、

　　大空の月の中より君来しや
　　　ひるも光りぬ夜も光りぬ

と詠んで、この店を「月光荘」と名づけた。月よりの使者がこの店の初代、橋本兵蔵氏なのである。

一九四〇年にコバルトブルーの絵の具をつくった。一九七一年の世界油絵の具コンクールで一位となった。

壁一面に絵の具が並べられ、店舗じたいが芸術作品となっている。店の日比なせさんは、絵のなかから飛び出したようなチャーミングな人である。

月光荘は、商品を安く提供するために、包装はなしで、新聞広告のチラシで手造りした紙袋に入れてくれる。まずは三二五円のスケッチブックと五五円の消しゴムを買った。それから、8Bの鉛筆が二二五円。8Bの鉛筆なんて、いままで見たこともなかった。芯だけの色鉛筆十二色入りが一〇一五円。ロウと顔料を材料にしているから発色がよく、これも月光荘ならではの発明品だ。

帆布製のショルダーバッグがあった。大型のキャンバスバッグ、デニムの画材袋、リュックにもショルダーにもなるゼッケンバッグといろいろあって、みんな欲しくなってしまう。ぼくはタテ長のちびショルダーバッグ（三二一五円）を買った。ワインを入れるのにもいいし、折り畳み傘とペットボトルを入れて散歩するときに便利だ。ちびショルダーに、買ってきたセルロイドの筆箱をしまった。

檀さんが、壁にかけてあるシンボルマークのホルンを手にとって吹いた。すると、ホコリと一緒にプワーンとやわらかい音が出て、日比さんが、

「いままで吹いた人でいちばんお上手よ！」

とほめてくれた。

ほめられながら店を出ると、人間が大きくな

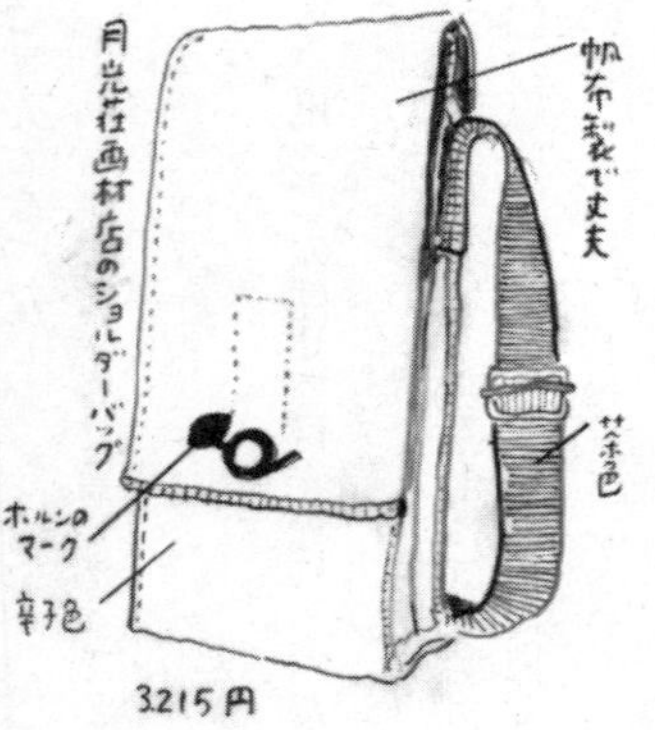

る。五丁目の数寄屋橋ショッピングセンター二階にある理容米倉にぴたり四時に到着した。

「十八年ぶりですね。ごぶさたしております」

と代表取締役の米倉満さんが迎えてくれた。十八年前に、雑誌ブルータスに初登場したとき、朝日ビル地下にあった米倉で調髪をした。そのときはたしか一万円だったが、いまは一万五〇〇〇円である。

理髪料一万円ときいたときは、

「高いなあ」

と思ったが、不思議なことに、その後、運がついて、する仕事がうまくいった。

米倉といえば政財界の大物が行く店で、ホテルオークラ店は、佐藤栄作や宮澤喜一が顧客だった。米倉へ行け、とすすめてくれたのは、マガジンハウスの木滑良久氏だった。

米倉の創業は大正七年で、震災後に銀座に進出した。戦前は四店の支店があった。いまはホテルオークラほか、大阪・京都・広島・神戸・アムステルダムに七つの支店がある。銀座店はその総本山である。

四代目の米倉さんは還暦を迎えた。

「理髪というものは、家庭の化粧室の延長だ」

というのが創業者米倉近氏のモットーだった。大正から昭和初期にかけては、和服にあうヘア・スタイルが求められ、米倉スタイルのショート・カットが一世を風靡《ふうび》した。

米倉は技術だけでなく、ソフトな応対で顧客に魔法をかけて、運を授けるのである。

椅子に座ると、鏡の横に苔玉《こけだま》が飾ってあった。古代の紙の原料となったシペラス（蚊帳つり草）の苔玉でなんだか、自分ちの縁側にいるようで心がなごむ。

檀さんは、

「ワン・フィンガーで」

と粋な注文をした。ぼくはどうしようか、と迷ったが、

「木滑カットで」

と頼んだ。木滑兄貴は、月に二回は米倉で調髪しているんだって。短く刈りつつも、インテリジェンスを出すスタイルだ。

ぼくの髪はくせ毛で、しかも薄くなりかけているから、十八年ぶりに米倉マジックをほどこしていただきたい。

髪を蒸しタオルで濡らしてからカットし、片栗粉とメリケン粉を混ぜた粉ではたく。こうすると、切り残した毛がわかる。チャッ・チャッ・チャッと手ぎわよく、刈り方がナイーブでまことに気持ちがいい。刈りあげてから髪をオリーブオイルでマッサージした。

一時間で、檀さんもぼくも、男前があがった。か、どうかはわからぬが、ご婦人が寄ってきそうな気がする。檀さんは父上の檀一雄さん似で黒髪がふさふさしていて、うらやましいなあ。

米倉で調髪すると自分の値が高くなったように感じられる。世間というのは、どうもそのようにできているらしい。

❖懐食みちば　03・5537・6300
❖銀座くのや　03・3571・2546
❖鳩居堂　03・3571・4429
❖五十音　03・3563・5052
❖月光荘画材店　03・3572・5605
❖理容米倉　03・3571・1538

第14話 血統書つきの「ザ・フレッシュサーモン」を試食

トラヤ帽子店～王子サーモン～ＢＲＩＣＫ

大村旦那（大村彦次郎氏）は、講談社文芸局長として勇名を轟かした先輩編集者である。

出版業界の兄貴ぶんと銀ブラするときは昼から酒を飲む、というアイデアは重盛旦那が言い出したのだが、なに、大村旦那は最初からその気だった。

七丁目のライオンビヤホールでビールを飲み、ほろ酔いで銀座マロニエ通りを歩き、中央通りを左へ曲って、トラヤ帽子店にてハンチングを探した。

大村旦那はハンチング好きで、この日かぶっているバックスキンのハンチングは浅草トラヤ帽子店で買ったものだ。この日は、ボルサリーノの麻一〇〇パーセントの黒いハンチングを買った。

重盛旦那がかぶっているソフト帽は、池波正太郎氏の文庫本解説を書いた原稿料で買ったものらしい。ぼくは麻五〇パーセントのハンチング（一万八九〇〇円）にした。大村旦那が買ったハンチングより一〇五〇円安いものを選ぶのが業界の礼節というものだ。八橋社長が「和服にソフトってのもカッコいいんだよね」と言う。とするとハンチングは、なんに似合うんだろうか。二十代のころはハンチングをかぶってサングラスをかけて歩き、痴漢に間違えられた。ハンチングをかぶりつつも常識人に見られるには年季がかかる。

　今日は大村旦那を王子サーモンに連れて行きたいが、兄貴分だから言い出しにくい。そこで、

「ちょっと伊東屋まで……」

　と銀座通りを渡って、絵ハガキを見て、万年筆売り場でペリカン万年筆を買ってから、

「奥村書店（P23参照）へ寄りましょう」

　と銀座マロニエ通りを歩いた。

　大村旦那の顔は、偏屈元祖内田百閒に似てきた。ミチコ姐さんがついていてくれるから安心するものの、出版業界の鬼平親分だからね。行きたくない店へ誘ったら、怒って帰っちゃうかもしれないし、こうやって少しずつ、王子サーモン直売店へ近づいていくのである。このへんが、ぼくの巧妙な手口である。

　古本の棚を見ているときの大村旦那は、おだやかである。重盛旦那は、三冊の古本を買った。ミチコ姐さんは、

「アラ、この本私がつくったのよ」

　と、棚から取り出し、

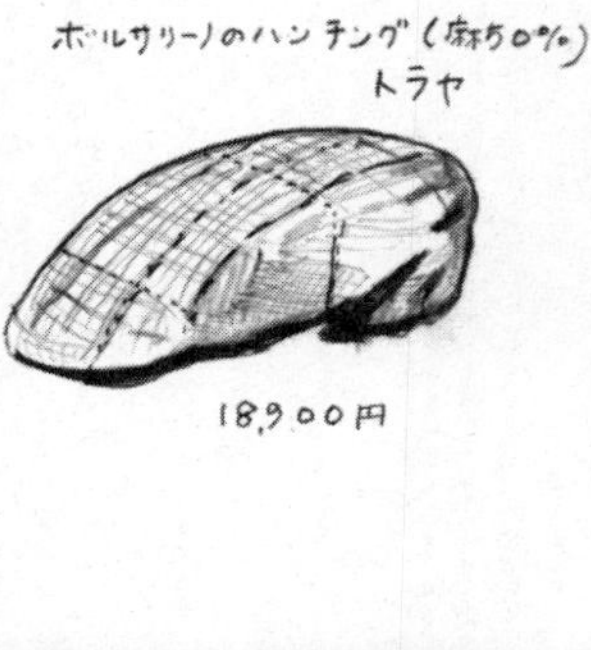

「ちょっと安いわ」

と不満そうに買い戻している。ミチコ姐さんの耳もとで、

「鉛筆で書いてある値段を、植草甚一さんみたいに書き直しちゃえばいいんですよ」

と小声で言った。だけど、あいにくと消しゴムを忘れた。

奥村書店から王子サーモンまでは目と鼻のさきである。ブラーリと歩きながら、偶然見つけたという感じで、

「あらら、こんな店がありましたよ。ちょっと入ってみましょうか」

と誘いこんで、スモークサーモンのパーティスライス（一一五五円）を買った。パーティスライスはチリ産サーモントラウトで、お買い得商品なのだ。

社長が出てきて、

「血統書つきのノルウェー産サーモンが入荷しましたから、食べてみませんか」

と言う。

「いや、ちょっと、ムズムズ」

とためらいつつ大村旦那の顔をうかがうと、

「せっかくだから食べよう」

とのご決断。

ミチコ姐さんが、

「食べましょうよ、さ、さ、さ」

と先頭にたってエレベーターに乗りこみ、一同は二階の応接間に通された。

脂ののった「ザ・フレッシュサーモン」（二〇〇グラム六二五〇円）が出てきた。十日前までノルウェーで泳いでいた鮭で、賞味期限は五日間。予約しておくと工場に到着した時期にあわせて宅配される。氷漬けで輸入し、苫小牧のオークでスモークした。

コーヒーを飲みつつ試食したら、重盛旦那が大声で、

「白ワインは……」

と言うから、口を手でふさいだ。

このあと、BRICK《ブリック》というバーへ大村旦那が案内してくれることになっている。

ここから、並木通りのBRICKまでは歩くと、ちょいと距離があるが、フレッシュサーモンのパワーで、銀座通りを鮭の川登りみたいにスーイスイと進んだ。

タカゲンで宮中のステッキを見て、ぜん屋で洋傘を見た。大村旦那の本に、五味康祐が『喪神』（芥川賞受賞作品）の原作映画化権を大映に売った話が出てくる。五味さんは

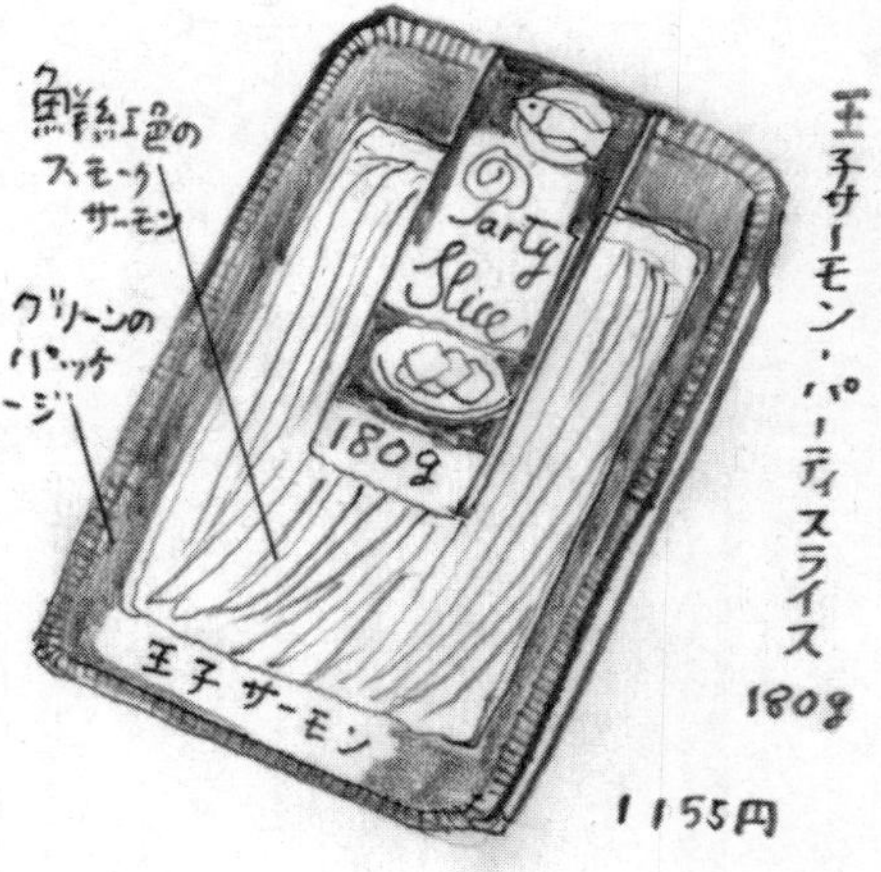

妻と二人で大映本社へ原作料を受け取りに行った帰り、雨の銀座で、初めて夫婦の長靴と洋傘を買った。ちょっと泣けるいい話だ。

そのまま花椿通りをすすんでBRICKへ行って、三五〇円のトリスハイボールで乾杯した。

「池波さんもよくきてた店なんだ」

まったく大村旦那は、いろんなことを知っているなあ。店は、午後三時から開いていて、カウンター席は満員だった。六〇〇円のコンビーフサラダとオリーブを注文して、スコーン、スコーンとハイボールをおかわりした。

いい気分で酔っ払い、池波さんゆかりのクラブ、コントアールへ出むき、アコーディオンの伴奏で、重盛旦那のオハコ「雨に咲く花」をうたいまくるうち、夜はシンシンとふけていくのでした。

❖トラヤ帽子店　03・3535・5201　❖BRICK　03・3571・1180

❖王子サーモン　03・3567・6759

第15話 和光の鐘の音を聞いて育つミツバチ

よし田～サンモトヤマ～銀座かなめ屋～紙パルプ会館～ライオン七丁目店

銀座は花の街である。

舗道の花壇は、よく手入れされてマーガレットやスミレの花から甘くかぐわしい匂いが漂ってきた。

七丁目のそば所よし田で下中美都さんと待ちあわせた。美都さんは、ぼくが勤めていた平凡社の下中邦彦社長のお嬢様である。邦彦さんは、ぼくの還暦パーティーにも顔を出してくれた恩人だが、その半年後に亡くなられた。

この日の美都さんは白大島の着物に塩瀬帯をきりりとしめて、ブルーグレーのレースのショールをはおっている。大正時代の長唄の師匠を思わせる麗人であるが、平凡社編集局長として、バリバリの編集者である。しかも、このところ、ヒットをとばして業績をのばしている実力経営者であるから、全身にオーラが輝いているのだ。

よし田は邦彦さんがひいきにしていたそば屋で、この店で、ソラマメを肴《さかな》にして酒を飲んでいた。邦彦さんの真似をして、玉子焼きとソラマメを肴にビールで喉をうるおした。美都さんは、

「オヤジは料理にうるさかったの。ソラマメは、ぷっくりしたほうに縦に切れめを入れてからゆでたのよ」

と、皮をむいた。

そうそう。そうだった。邦彦さんはうんちくがあって、それが嫌味にならない気さくな人であった。

この店の名物は、映画監督の小津安二郎が好んで食べたコロッケそばである。鶏のひき肉を叩いて、山芋と玉子でつないで揚げたコロッケだ。二八そばの上に鶏肉のしんじょ揚げと、長ネギが乗って九五〇円。東京流の濃いつゆにコロッケと長ネギがからまって、じんわりと舌にしみてくる。

しぶとく情の深い味である。

よし田の創業は明治十八年で、コロッケそばは創業当時からのメニューである。そば以外に西京焼きや昆布巻きなど、酒の肴が三十種類ある。邦彦さんは、二日酔いの夕方には、この店で飲んでいたんだろうなあ、と昔を思い出した。

店を出ると、並木通りのシナノキの葉がこんもりと舗道を覆っている。大きな影だから、強い日射しをよけられる。ヨーロッパの道に似て、それほど幅がない。買い物をするには、

ちょうどいい道幅である。街の中の森の小道である。シナノキは、五月から八月にかけて白い花をつけ、レモンに似たすっぱい香りを放つ。

サンモトヤマへ顔を出したら、茂登山長市郎会長が、

「よく来られましたね」

と迎えてくれた。背が高く黒い服に身を包んだ茂登山さんに肩を叩かれると、背筋がのびる。

サンモトヤマは、高級品店だから、ちょっと入りにくい。若い人は気後れしてしまう。そのバリアーをはねのけて、ドスドスと入り、目の保養をすることが銀座レディーの力の見せどころである。

茂登山さんは、今東光さんの書と絵を見せてくれた。サンモトヤマで個展をひらいたのは、日本人では藤田嗣治と今東光だけだった。

今東光がモデルを募集したところ、八十名の女性がやってきた。

「裸になれる人は？」

と訊いたら三人が残ったという。その裸婦のデッサン画を見せてもらった。今東光は『お吟さま』で直木賞を受賞して人気作家となり、その後、平泉の中尊寺貫主となった大僧正である。

破天荒な今さんと茂登山さんは気があった。両雄相通ずる快男児といったところだろう。

茂登山さんの昔話を聞いていると、時間がいくらあっても足りない。話を聞いてから、八丁目の銀座かなめ屋へ向かった。

かなめ屋の細長い店内には、べっ甲の髪飾りや帯留めをはじめ、蒔絵《まきえ》のかんざしがぎっしりと並んでいる。小さなかんざし美術館といった感じだ。

日本橋の袋物の老舗で修業した初代が、昭和九年に創業した店である。日本髪には上等品のかんざしが欠かせない。初代は自転車に品物を積んで、花柳界へ出張販売して、芸妓たちの評判をとった。

まあ、これは昔のことだがそのころは玄人衆相手の商売で、粋にきめるなら銀座好みという常連が多い。

いまは日本舞踊や邦楽をしている着物通の上客が増え、草履やハンドバッグに至るまでを取りそろえている。

新橋芸者の「東をどり」にはかなめ屋の和装小物が欠かせないものだったから、かつては新橋演舞場にも店を出していた。

銀座クラブのママさんだって、かなめ屋のかんざしをつけてこそ和風のマドンナになるわけで、スポンサーの社長が買ってくれた。

三代目の柴田光治さんは、そういった時代物のかんざしや袋物を、いまの若い人向けに品選びしている。着物ブームになって、かわいいかんざしを探しにくるお嬢さんむけの財布や帯締め、帯揚げから和装肌着を並べるようになった。ニュースタイルの銀座好みである。

店の奥の棚に籐をあしらった信玄袋（九九七五円）を見つけて購入した。表の布はしじら織りで、涼し気であるところが気にいった。店を出るときに外国人の女性客と入れちがった。外国人客は、江戸の粋があるしっかりした品を求めようとする。値が手ごろだから買いやすい。

さて、それより、評判の銀座ミツバチプロジェクトを、紙パルプ会館へ見学に行くことにした。

これは銀座産の蜂蜜をつくろうという壮大な計画である。パリのオペラ座の屋上でつくった蜂蜜がブランドとして定着しているのだから、銀座でつくれないはずがない。紙パルプ会館の屋上に、三万匹のミツバチが入った巣箱を設置したのは、「銀座食学塾」と「銀座の街研究会」のメンバーである。

屋上に三つの巣箱があった。蜂は四キロ四方を飛びまわる。ここからは皇居、東宮御所、日比谷公園、浜離宮庭園まで二キロである。

銀座は周囲に森が多い花の都である。四月はソメイヨシノ、五月は皇居の濠ばたに咲

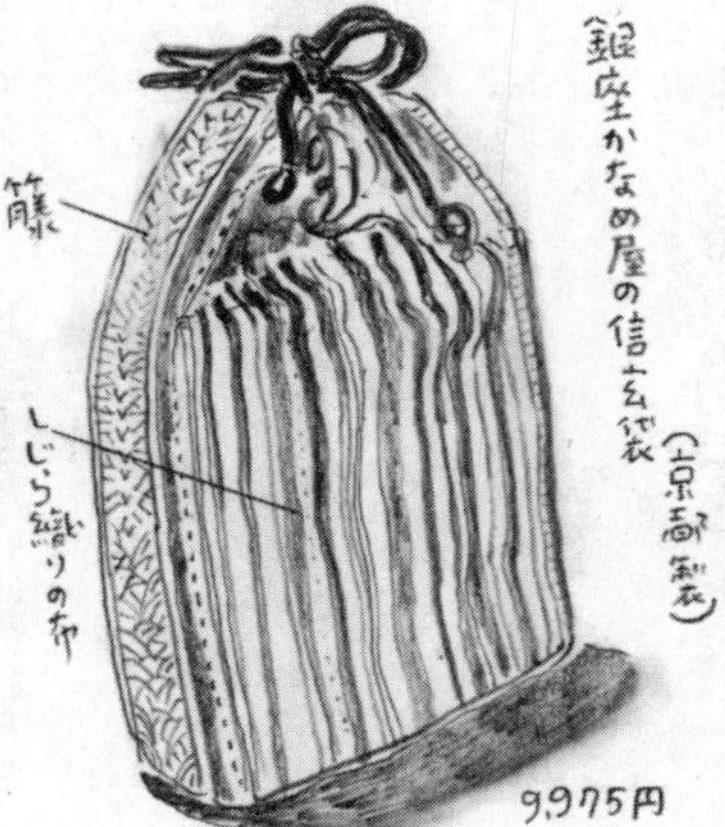

くユリノキ。木の花だって、受粉するため、蜂がきてくれるのを待っている。

二週間で十三キロの蜂蜜がとれた。巣箱から、採取したての蜂蜜を取り出して舌にのせると、花の香りのエキスがいっぱいに広がった。舌さきから体全体が溶けてしまいそうな甘味がある。とれたての蜂蜜であった。

巣に固まった蜂をさわらせてもらった。

密集した蜂のウブ毛は、カシミヤマフラーみたいにやわらかくてあたたかい。

山は杉やヒノキばかりが多く、花の蜜は望めない。里山では、餌がなくなって出てきたクマが、巣箱をひっくり返すようになった。銀座周辺は緑が多いから上等な蜜がとれる。

「ユリノキの蜜はロイヤルミルクティーにあうんです」

と係の人が教えてくれた。

「ミツバチが外へ出て働くのは二十日だけです。もうすぐ銀座生まれ、銀座育ちの蜂が生まれますよ」

「じゃ、泰明小学校へ通うのかな」

「それはわかりませんけど、和光の鐘の音を聞いて育つミツバチになる」

将来は銀パチ（銀座の蜂）の蜜を使って、銀座オリジナルの和菓子やケーキをつくることが目標となる。

このプロジェクトがうまくいくと、銀座は、いっそうかぐわしい花の都になる。蜂と花と木が共生すると、街は生命力を増すのだ。

たちまち銀パチ気分になって、ブーン・ブーンと夕暮れの銀座四丁目交差点を渡り、七丁目のライオンビヤホールに入った。広い店内は大入り満員だった。

ライオンは、下中邦彦さんが愛した店である。

この店で、邦彦さんとビールを飲んだ日々を思い出した。美都さんとビールを飲むと、なんだか、邦彦さんと一緒にいる気がする。

美都さんが、

「オヤジがここにいたら、一緒に騒いだだろうな」

と遠くを見る目をした。

一杯のビールが、昔も今も未来もみんなまぜこぜにしてしまう。

東京に数あるビヤホールで、ライオンビヤホールほど愛されてきた店はないだろう。

ここは、銀座の中央集会所なんですね。

ダンディーだった邦彦さんの姿を頭に浮かべて、邦彦さんにむけて、

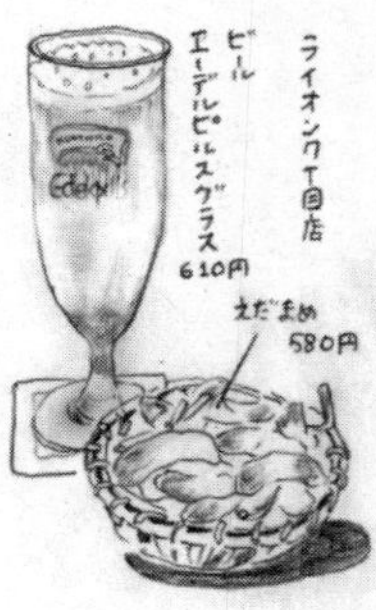

「カンパーイ」

とグラスをあわせた。

❖よし田　03・3571・0526
❖サンモトヤマ　03・3573・0003
❖銀座かなめ屋　03・3571・1715
❖紙パルプ会館　03・3543・8111
❖ライオン七丁目店　03・3571・2590

第16話 胃のなかがチョコレートの社交界

黎花～スコス（プランタン銀座）～和光チョコレートサロン

銀座の旦那衆は、どこで昼食を食べるんだろうか、と気になっていた。銀座には名店がひしめいているけれど、銀座で働いている人たちが行くマル秘レストランはどこか。「銀座百点」編集部のキョーコさんに訊くと、五丁目の「黎花《ライカ》」は人気がありますよ、と教えてくれた。

ライカとはカメラみたいな店名だな。中国薬膳料理の店で、デュープレックス銀座タワーの七階にある。

オーナーシェフの黎志健《ライシケン》さんは香港の出身でかねまつビル星福《シンフウ》に十四年いた。独立してこの店を開いて九年になる。

薬膳は中国家庭料理で、漢方薬をやたらと入れているわけではない。

「太らず、もたれず、深みがある、健康的な料理なのです」

とキョーコさんに教えられて、オーナーシェフおすすめの海鮮あんかけ炒飯（一三六五円）を注文した。

野菜が多く、女性が喜ぶメニュー。

ピーマンの赤、芝エビのピンク、キクラゲの黒、イカの白、チンゲン菜の緑と、色鮮やかで、そのほか、マッシュルーム、ホタテ、タケノコ、ニンジンが入っている。

梅酢が全体の味をひきしめているから、食べたあとがすっきりした。

ミチコ姐さんは、海鮮ヤキソバを注文した。こちらはオイスターソース味で、ホッキ貝、ホタテ、イカ、エビなどに、薬膳の基本であるナツメ、くこの実、白キクラゲを配している。濃いめの味つけだった。

キョーコさんが頼んだ一二六〇円のランチは、牛肉炒めに山クラゲとキクラゲが入っている。ドレドレと、それぞれの皿からとりわけて食べるのはいつものことだ。ランチには中国粥がついてくる。生米から一時間半煮込んだ香港式の粥である。

味がしっかりしている。香港のよき時代の味が残っており、なるほど近所の旦那衆がやってくるはずだと納得した。

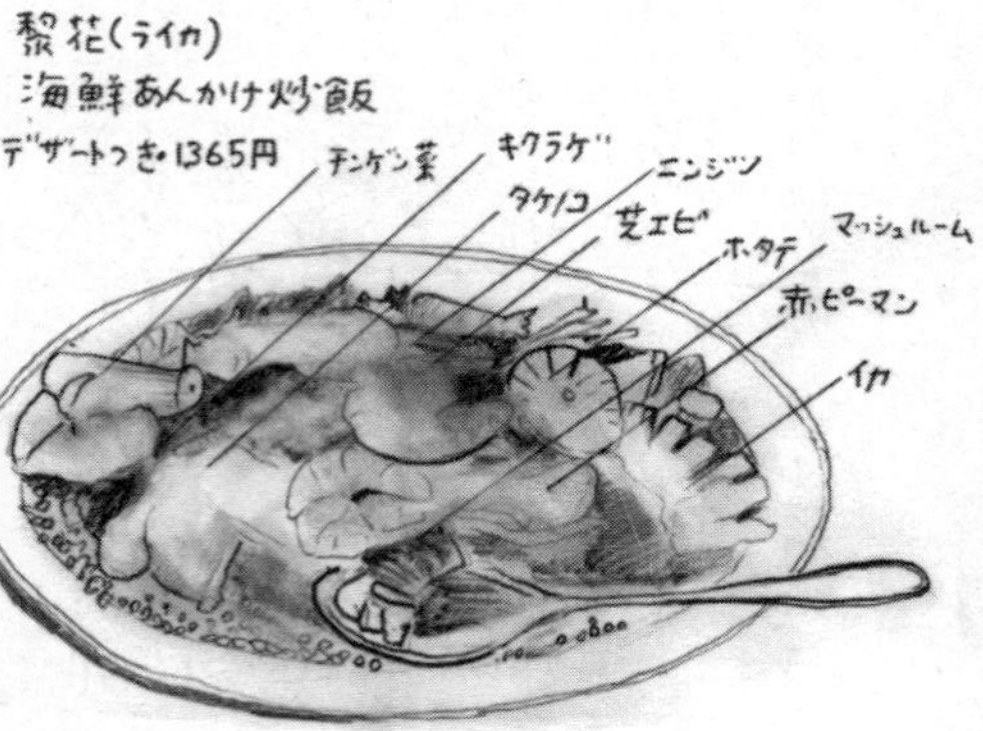

中国に返還後の香港は腕のいいコックが、カナダやアメリカに移ってしまったので、味が落ちた。日本ならば、黎花へ行くのがよい。

とかなんとかエラソーに講釈しながら雨のそぼ降るみゆき通りから銀座三原通りへ入った。

三原橋の手前を左に入ると三原小路という細い路地があり、銀座通が好む、マニアックな裏道だ。晴海通りの一本裏に、昭和の老舗が軒を並べている。

あづま稲荷に手をあわせて、三分も歩けば、そこが四丁目で手品みたい。時代物の裏町居酒屋の路地をぬけると銀座四丁目だった、というミュージカルができそうだな。

並木通りを右に曲ると、シナノキの葉が一段と濃くなっていた。松崎煎餅の前に、早くも「氷」の旗がぶらさがり、ワーイ、夏はもうすぐそこまできているぞ。

並木通りの郵便局に立ちよって、景品の赤いポストの形をした貯金箱を見た。五十円切手を買って、そろそろ暑中見舞いの季節か、と思い出した。夏が好きなので、夏をお見舞いする、という考え方には反対である。

新年おめでとうと年賀ハガキを出すのだから、夏もおめでとうと書くのが夏への礼儀で、暑中お祝い申しあげます、と書くことにしている。

プランタン銀座六階のリビングフロアには、めずらしい文房具店があり、本郷の「スコス」が、ドイツやチェコの文具を並べている。店というより文具コーナー、といった感じ。

スコスの品揃えはマニアックで、カエルのスタンプ（三六七円）、ノートや鉛筆をしこたま買いこんだ。「星の王子さま」の絵がついた子ども用トランク（ドイツ製）が二一〇〇円。こんなの、子どもじゃなくたって欲しがりそう。ぶ厚いボール紙でできているところに素朴な味わいがある。紺色の空に浮かんでいる月と星を見ている王子さまがかわいいんですね。カバンマニアのぼくはすかさず買ってしまった。

もうひとつはブリキのおもちゃのカルーセル。メリーゴーランドが、ねじ仕掛けでグルグル廻る。このところ、ブリキのおもちゃがリバイバル人気となり、手ごろな値段で出廻るようになった。アンティークショップでは、目玉がとび出るほど高くて手が出なかった。それが一九九五円で手に入った。

プランタン銀座は、マガジンハウスの「Hanako」と気があうらしく、店員がみんなハナ子さんに見えてくる。若い女性でセンスが「パリな感じ」の客が多い。

地下一階は食料品売場で、デパチカならぬプラチカである。ここに雑穀ごはんの「和デリ」ができた。玄米にぎり、山菜玄米にぎり、黒米にぎり、赤米にぎりといったおむすびが一個一三六円だ。黒米オムライスや玄米カレー弁当などがいずれも五〇〇円台である。

店にいる澁谷梨絵さんは目がクリクリッとしたお嬢さんで、し

ばし見とれてしまった。澁谷さんは「お米マイスター」と「雑穀エキスパート」の資格を持っていて、実家がお米屋さんなのだ。

　黒米、赤米、押し麦、はと麦、白麦、ひえ、あわ、きび、玄米がずらりと並んでいる。ミチコ姐さんは、興味しんしんで、黒米を買って、

「これは楊貴妃御用達の美容米ですのよ。老化防止、ホホホ」

と悦にいっている。

　と、そこで、トラヤ帽子店の大滝店長とバッタリ出くわした。大滝店長は、昼食の弁当をこの店で買っているらしい。ねえ、なに買ったの、と袋のなかをのぞいたら、玄米と十穀米の豆腐ハンバーグ弁当だった。

　うまそうだなあ、この店もまた銀座旦那衆の昼飯用なのだな、と気がついた。

　プラチカは、デパチカとはテーストが違った食料品を扱い、それぞれの店が商品をよ

く知っている。新製品アンテナショップの役割があって、マガジンハウスの編集者が目をつけるのがわかる。女性雑誌編集者も参加して、「つぎに売れるものはなにか」をさぐっている。クリエーティブ・ストアであって、商品が「銀座している」のであった。

プラチカを出て、マロニエ通りを歩くと、マロニエのピンクがかった花が雨に濡れていた。ビルが工事中で、巨大なクレーンがダダダダッと動いているのに、

「わたし知りません」

という感じで、おしとやかに咲いているのだった。

マロニエは栃の木である。マロニエ並木といえばパリである。

たちまち、

　マロニエが雨に濡れてる三丁目

という句を得た。見たまんまだけれど、散歩の途中で目についた風景をメモがわりに詠む。目玉を点にして、耳をシャッターにしてぱっと写生する。

句を得たあとは、なにか冷たいものを飲みたい。それも、オシャレな飲み物じゃなきゃ、やだもんね。

そうです。和光チョコレートサロンへ行くのです。銀座通りに和光チョコレートショップがあるが、その一本裏のガス灯通りの店（行く人はお間違えないように）である。

入り口はサロンの雰囲気であるが、おじけずに、ミシミシと木目調の階段を上っていく。二階は天井も壁も床もチョコレート色の部屋で、宝石店みたいにチョコレートが並

んでいる。ウインドーの奥にチョコレートをつくっているアトリエが見えた。メイドイン銀座のチョコレートである。

十六席八テーブルがあった。冷たいチョコレートドリンク（ビター）を注文した。隣の席で、お茶の水博士風の老紳士がシャンパンを飲んでいる。連れの娘さんはチョコレートパフェ。

板チョコみたいにデザインされた壁は、チョコレートでつくった家を思わせる。ボンボンチョコレート（ショコラ・フレ）が二十八種類あって、そこから二粒とコーヒーか紅茶を合わせるセット（一一五五円）がある。

さあ、なんにするか。

ミチコ姐さんはトリュフ　ウイスキー（スコッチウイスキー入り）と、トリュフ　コニャック（コニャック入り）。トリュフと名がついて、アルコール風味だから、まよわず、これにきめている。

キョーコさんは、クリオロ（ビタータイプのガナッシュにミルクをブレンド）と、ミエル（ハチミツ入り）。

こういうのは選ぶのがむずかしい。あてずっぽうにグアナラ（カカオ分七〇パーセントのガナッシュ）、カラメル　レ（カラメル風味のミルクチョコレート）にきめた。

コレとコレ、と指さすと、ウエートレスのお嬢さんが、「さす

が、お目が高い」という顔をした(ような気がした)。

ビターチョコレートは、喉をくすぐり、胃のなかがチョコレートの社交界となった。

とみるまに脳のなかにマロニエの花が咲いて全身がしびれた。

雨が降ってきた。

ぼくの胃袋にも、甘いチョコレートの霧がしとしととたちこめていく。

❖和光チョコレートサロン　03・5250・3135

❖黎花　03・6659・8212

❖スコス(プランタン銀座)　03・3567・0077

第17話 サンタ・マリア・ノヴェッラの高級石けん

金田中 庵〜サンタ・マリア・ノヴェッラ〜天賞堂〜野の花 司〜浜離宮庭園

新橋の金田中は、新橋五軒茶屋に名を連ねる名店で、一見《いちげん》さんお断りの料亭である。本店はしかるべき高級料亭だから、並木通りの資生堂本社前にある庵（金田中 庵）へ行って、昼ごはんを食べるのが、「期待されるおばさま」のスマートな姿であろう。ゆっくりと食べるのならば、日替りの「重ね皿」というのがあって、六三〇〇円と八四〇〇円。前日までに予約が必要だ。予約なしで食べるんだったら、三色半《さんしょくはん》の東丼《あずま》（二九四〇円）、丸玉地蒸《まるたまじむ》しご飯（二一〇〇円）、鯛あら炊き（二六二五円）。もうひとつ、おすすめは鯛茶漬け（二六二五円）である。

料理屋によっていろいろな鯛茶があるから、一度、本格を食べてみればよい。庵の鯛茶は、刺身が白ゴマのたれにつけてある。白ゴマのすりみ、醬油、みりんのたれだが、コクがあるのは卵黄が入っているためだ。それをあつあつのごはんにのせてかきこむ。

春慶塗りの盆には、新取菜（油菜）の煮浸し（新取菜にあげと鶏肉）と、じゅんさい、漬け物が添えてあった。まずは、これらをおかずにして、ごはんを食べる。このさい、

心得ておくことは、ゴマだれの鯛刺身を半分は残しておくこと。あたりまえですよね。で、ほどほどのごはんに、ゴマだれごと刺身をのせ、熱い出し汁をだばだばとかけてかきこむ。あ、わさびと海苔を入れるの、忘れていた。

ただこれだけのことだが、鯛の旨味に白ゴマの風味が加わり、わさびがつーんと鼻をくすぐって、さらさらと喉を通っていく快感は、妙齢の御婦人じゃなきゃ、わかんないだろう。これぞ茶漬けの醍醐味である。

金田中ビルの二階にある店は、カウンターが長く、清潔で、気分がよろしい。ご婦人の三人連れが、ほほほ、やんごとなきお茶漬けですわ、と食べている様子は、銀座ならではのめでたい風情である。

外は雨が降っている。

並木通りに祭の提灯がかかっていた。山王

様の神幸祭である。

十年前のことだが、重盛旦那とイタリア旅行をしたとき雨降るフィレンツェで傘を買ったことがあり、その傘を持ってきた。

「フィレンツェにサンタ・マリア・ノヴェッラという古い薬屋があったでしょう。ほら、アーモンドオイルとローズウォーターを買った店ですよ。あのとき買ったローズウォーター、どうしたの」

と訊くと、ああ、薔薇水ね、イタリア語ではアックア・ディ・ローゼっていうボディーローション、透明なビンに入っていて、薔薇の香りがしたなあ。神楽坂の芸妓さんにあげてしまった、と重盛旦那がうなずいた。薔薇水は昔は消毒に使ったり、ワインで薄めて飲み薬にした。お風呂に数滴をたらせば薔薇の香りの湯になる。アーモンドオイルは、マッサージに使われる。フィレンツェの店は、大理石の玄関で、なかは博物館みたいな造りだった。

その直営店が六丁目にできたんですよ。すずらん通り。さあ、出かけましょう。タッタカタッ。交詢ビルのかどを曲って、トットココ、はい、つきました。

ガラス張りの明るい店だ。入ってすぐに、大きな木製カウンターがある。足を踏み入れたとたん、ハーブの香りに包まれて、ポーッとなった。

石けんがずらっと並んでいる。ミルクソープ、オリーブオイルソープ、ザクロソープ。茶色いビンに入ったアーモンドオイルもあった。ラベンダーシャンプー、アイリスシャンプー、レモンのハンドクリーム。アロマキャンドルもある。アロマキャンドルはイタリアで人気がある。バスオイル、シャワージェル、オーデコロン、子ども用ソープまでそろっている。

薔薇水は三一五〇円と四七二五円のふたつがあった。花がらに文字が印刷された包装を思い出した。

サンタ・マリア・ノヴェッラは、十三世紀の修道院の薬局で、フィレンツェの丘から採れる野草を原料としていた。

友人のプレイボーイ(画家)の話では、女性への贈り物は、ヨーロッパ製の高級石けんがいちばん喜ばれるんだそうだ。高級石けんでおばさんを口説くんだって。ということは身を泡にしてまとわりつくわけで、色男ってのは苦労が多いんだな。

どれにしようかな、と選んでいると、凄いのがありましたよ。

アーモンドソープで、ベージュの紙に花柄がデザインされている。古代より美容に使われてきたアーモンドオ

イルを使った石けんだ。

これは映画『ハンニバル』で、食人鬼レクター博士が、ジュリアン・ムーア演じるFBI捜査官クラリス嬢にプレゼントして、一躍有名になった。よーし、これを買って、食人鬼になってみたい。

さて、この石けんをだれに差しあげようか。にたあっと笑ってアーモンドソープを女性に渡したら、映画『ハンニバル』を観たご婦人は逃げだすだろうが、なんにも知らないおばさまは、ジャブジャブと腹や足を洗ってそれっきりだろう。

たちまち、レクター博士の気合いが乗り移って、奥歯をむいてウーッと唸りつつ歩き出すと、道ゆく人がよけましたね。目玉が充血してきた。

晴海通りを渡ったかどの路地に、尻を丸出しにした裸の少年が立っていた。なにやってんだ、おい、食いついちゃうぞ、と首すじを押さえたらキューピッドのブロンズ像だった。

「天賞堂のマスコット・シンボルですよ」

と重盛旦那にたしなめられた。彫刻家山田朝彦氏の作品で、銀座のランドマークとなっている。

天賞堂は明治十二年創業の老舗である。重盛旦那とスイスのリュージュ社（オルゴール工場）へ立ちよったとき、リュージュ社社長が誇らし気に、わが社の商品は天賞堂で売っていると自慢したことを思い出した。TENSHODOは、ヨーロッパまでその名が鳴り響いている。

一階と地下一階は時計と宝石売場だ。昭和八年、天賞堂ショーウインドーに展示された時価二万円（当時）の金塊が、ガラスを割られてなに者かに盗まれる事件がおこり、新聞で「朝の銀座に怪盗ルパン」と話題になった。金塊を道路沿いに展示すれば、かっぱらいたくなる泥棒の気分もわからぬではないが、そういった事件もいまや昔語りとなった天下の天賞堂である。

二階から上が模型売場になっている。すべての部品を正確に縮小した精巧な模型は、コレクターにはたまらないだろう。

鉄道模型売場では、小学生の男の子が、ウインドーに顔をくっつけていた。なにしろ模型界のロールスロイスだもんなあ。
500系新幹線、のぞみは六輛基本セットが六万二七九〇円。翼型パンタグラフまで形を崩さずに再現している。EF58型61号機（お召し専用列車）もある。
ぼくは蒸気機関車ファンなので、店の人にいくつか話をきくと、やたらと詳しい鉄ちゃん（鉄道ファン）であった。
懐かしのデゴイチことD51型498号機が二三万一〇〇〇円だ。

蒸気機関車談義に花が咲くうち、ようやくレクター博士の悪霊が去っていった。シュッシュッポッポ、と頭から蒸気を出しながら店を出て、そのまま田舎の野山へ旅行したくなった。

銀座四丁目交差点を渡って、松屋デパートの裏へ出ると、野の花　司、という花屋がある。野生の切り花や寄せ植えを売っている。茶花、花器も並んでいる。

店のなかはそこだけが高原の花園だ。五十種類以上の山野草がひそやかに咲く野原で、魔法にかけられたように心地いい。

ヤマオダマキ、コメカヤ、アカツメグサ、クサフジ、ユウスゲ、ハマゴウ、シラヤマギク。どれも目立たぬ花だが、栽培された洋花よりも、はるかに存在感がある。イワナンテン、ブルーベリー。シロフジは富山から送ってきたばかり。ドクダミの花まである。

全国に司へ野花を送ってくる秘密の花園があり、自宅の庭に咲いた野花や、山地の花を宅配便で送ってくる。こんな花屋ははじめて見た。野花は、いざ手に入れるとなると難しい。

この店を知ってしまえばやみつきになるだろう。和室に生けるのは、野花がいちばんあう。司では、ザルや小鉢に野花をアレンジしたものもいっぱいあった。いいなあ。野花の花束が銀座で買えるのである。

友人に贈るときは、派手な洋花より、小さい野の花の花束のほうがずっとステキだ。ミヤコワスレの寄せ植えが、かわいらしいんですね。ホタルブクロは一鉢八四〇円だ。

野花を見ているうちに、重盛旦那が、

「浜離宮へ行こうか」

と言いだした。

時計を見ると午後四時で、まだまにあいそうだ。タクシーに乗って一区間、七分ほどで浜離宮恩賜庭園大手門橋前に到着した。閉園が午後五時で、四時半までに入園すればいい。

雨の影響で人影は少なかった。そこかしこに花菖蒲が咲いている。白、紫、絞りの三色が、互いに他をひきたてるように咲いているのだった。

浜離宮の周囲は高層ビルが建ち並んでいる。ビルの谷間に咲く花菖蒲が雨に濡れている。

浜離宮は海水が流れこんでくる庭園で、潮入の池がある。つがいの鴨が浮かんでいた。

かくして、野の花　司の原っぱから花菖蒲の庭に出た。

あれよあれよというまに、遠くまで旅をした気分だ。

庭をぶらぶらと歩くと、中島の御茶屋があった。お抹茶セットが五〇〇円。池を見渡す畳に座ると、和菓子と抹茶が出てきた。白い紫陽花《あじさい》の花が生けてある。

重盛旦那は、和菓子をぽい、と口に放りこんで、がぶりとふたくちで抹茶を飲み、モグモグと、
紫陽花の房の重さや浜離宮

と一句詠んだ。

ますます雨が強くなった。

浜離宮には野花も咲いていてピクニック気分だ。日が暮れてくると酒を飲みたくなる。こうなったら、水上バスに乗って浅草まで行っちまおうか。そうしましょうよ、こう、雨ばかり降ってるんじゃ、しみったれていけないや。

浜離宮には水上バスの発着所がある。やってきましたよ、水上バスが。タンタンタンタン。着きました。はい、乗りましょう。ということでギンザ散歩は浅草方面へと突入するのであった。

❖金田中 庵　03・3289・8822
❖野の花 司　03・3535・6929
❖サンタ・マリア・ノヴェッラ　03・3572・2694
❖浜離宮庭園　03・3541・0200
❖天賞堂　03・3561・0021

第18話 若菜の漬物ミルフィーユ

三笠会館「秦淮春」〜若菜〜理容米倉

やたらと暑い。

三歩で汗が出て、五歩で息切れして、七歩で目がくらみ、あと九歩で行き倒れそうになったら、目の前に三笠会館があった。

冷房がおいしい。

一階のエレベーター前の椅子に座ってしばし休んでいると、つぎからつぎへと紳士淑女が入ってくる。三笠会館は食の摩天楼である。

一階はイタリアンバール、中二階はイタリア料理、二階はフランス料理、三階は日本料理と懐石、四階は中国の揚州料理、五階、六階はパーティルーム、七階は鉄板焼きである。

ひっきりなしに入ってくる客にむかって案内するボーイさんも汗だくである。ボーイさんの応対を見て、こりゃ大変な仕事だなあ、と感心していたら宿酔の重盛旦那が、扇子をぱたぱたあおぎながらフーラフラとやってきた。

エレベーターに乗って四階へ行った。ウエイティングルームに、ミチコ姐さんとキョーコさんがドスーンと座っている。壁に「帰家隠坐」の書があり、これは、自分の家に帰ったときのようにくつろげという意味だからそうしているらしい。書にあわせるところに教養がある。

秦淮春と書いてシンワイシュンと読む。ランチメニュー（午後四時まで）は一五七五円だから、みんなランチを注文している。重盛旦那は、お粥（木の実入り、一五七五円）、ミチコ姐さんはどこへ行っても担々麺（一二六〇円）、キョーコさんは揚州料理のランチ肉末四季豆（インゲンと豚ひき肉の味噌いため、一五七五円）を注文した。

ものを知らんなみなさんは、揚州料理といやチャーハンだ。中国のどの地へ行っても、チャーハンは揚州ときまっておるのだよ。そうだよな、と店の人にきくと、にっこり笑って、

「揚州炒飯がございます」

とうなずいた。

この店では正宗揚州炒反《センゾンヤンジュウチオファヌ》（一八九〇円）という。よし、それだ。センゾンヤンジュウチォオファヌ

と覚えときゃ、中国へ行っても苦労しないぞ。長江の北岸にある江蘇《こうそ》省揚州は米どころで、昔より米料理が名物の地なのだ。

揚州炒飯には十種類の具が入っている。芝エビ、干しエビ、干しナマコ、貝柱、金華ハム、ニンジン、シイタケ、タケノコ、ネギ、タマゴ。これらを細かく刻んで、米と渾然一体にして炒める。さらに蝦子《シャーズ》という魔法の粉を入れると、エビのタマゴの香りがたちあがる。米の一粒一粒がピカッと光っている。あっさりして、パリッとして、かつ旨みが濃い。こういうチャーハンは自分ちではつくれないから、専門店で食べるに限る。

みんなが欲しそうにしているので少しずつわけてやった。どうだ、まいったか、と自慢したら、気分がすっとした。

食べているうちにどしゃ降りの雨になった。インゲン豆の味噌いためをキョーコさんからとりあげて食べるとチャーハンにあう。ランチとチャーハンはスープがつく。

食事が終わるころに雨があがり、雨のおかげで涼しくなった。並木通りの舗道が赤く濡れている。

交詢ビルを右へ曲り、めざすは資生堂本社の裏手にある漬物店、銀座若菜である。

父は若菜のファンで、暮れになると若菜の千枚漬を買ってきた。わが家のお正月は、いつも若菜の千枚漬が並んでいた。父は友人へもお歳暮は若菜から贈っていた。若菜の漬物はわが家の定番であったが、七丁目の店へ行ったことがない。さて、どんな店なんだろう。

どきどきしながら店へ入ると、漬物が花壇みたいに並んでいた。枝付き焼き楽京、馬込半次郎胡瓜、豆涼み、江戸ごぼう、矢しょうが。

店内には一九六〇年代のジャズが低く流れている。漬物も昔のジャズを聴くとスウィングして、味が熟成する。泉州みず茄子《なす》。漬物ミルフィーユなんてのもある。こういった新漬物は父は知らなかったものだ。

店舗のデザインがモダンで、江戸の粋がある。浅草生まれの父が好きだったんだろうなあ。

美しい女将の井手茉莉さんが、特別に二階へ案内してくれた。木の階段をぎしぎしと鳴らして入る途中、熊谷守一画伯の揮毫《きごう》で「若菜」と書いた額があった。そうだ、父が買ってきた千枚漬の包装紙には熊谷守一の絵が描かれていたっけ。だんだん思い出してきた。

二階の板の間には木のテーブルがあり、茉莉さんが、漬物を皿に盛って出してくれた。粋な試食会である。ビールが出た。

若菜の前身は得月楼という料亭であった。文政十一年（一八二八）、名古屋の堀川にかかる納屋橋のたもとにあった店で、久保田万太郎が、

　わすれめやかの得月の夏のれん

とほめたたえた。

吉井勇は、

得月のつけものの味いや深し
　禅味やはある俳味やはある

と絶賛した。

文人にかくも愛された店は、戦後は職人の技術をうけついで漬物専門店になり、銀座に店を開いたのが昭和二十八年である。若菜という名は作曲家の山田耕筰がつけた。

これほどの歴史がある店なのに、そんな由来も知らずに、若菜の千枚漬を食べてきたのだった。

さあ、食べてみましょう。

まずは豆腐の味噌漬。信州味噌につけたお江戸御膳豆腐は薄味のレアチーズに似た味、八丁味噌に漬けた尾張御膳豆腐はほっくりとした禅味があり、ビールにあう。

若菜は奈良漬や泉州みず茄子といった地方名産を扱っているが、いずれも若菜流の新工夫がある。焼き楽京という創作漬物は、枝付きらっきょうを焼いて醤油に漬けており、新春の土の香りがした。

茉莉さんが、ワインにあう漬物として考えたのは、漬物ミルフィーユ（六三〇円）である。キャベツの漬物のあいだに、パプリカ、アスパラ、真鯛がサンドイッチみたいに重なっている。伊勢の真鯛を昆布〆にして重ねるという凝りようで、オリーブオイルをかけて食べる。

もうひとつのおすすめは、伊勢沢庵三年もの（百グラム二六三円）。糠床は米糠に茄子

の葉と柿の皮と塩をまぜただけ。三年間熟成させたひね沢庵を細切りにして、白ゴマをかけてごらんなさい。いままで、いろんな沢庵を食べてきたけど、文句なくこれがいちばん。ゴキゲンになってビールをもう一本頼んでしまった。

品ぞろえが多く漬物に気品がある。国産の野菜しか使わない。添加物も極力使わない。そのため、季節によって商品が入れかわる。

井手茉莉さんは銀座育ちで、泰明小学校では、江戸前鮨久兵衛の主人と同級生だったんだって。銀座っ子は、進取の気象があるんだなあ。

いい気分に酔っぱらって花椿通りを歩くと、いくぶん涼しくなってきた。そこらじゅうの店がバーゲンをしている。

花椿通りで、着物姿に下駄ばきの老人とすれ違った。お茶の先生か剣術の師範か、あるいはただのオヤジか知らないけれど、下駄ばきの人に会うと、一緒にビヤホールへ行きたくなる。

このあと、夕方から大村彦次郎旦那の出版記念会がある。八丁目のジャズクラブ、シグナスはすぐ近くだが、ちょっと時間がある。

重盛旦那と、それまでどうしようか、と相談して、そうだ、米倉へ行って、フェイシャル・マッサージをしようと思いたった。

いいから行こう、と強引に誘って、銀座ファイブの理容店、米倉へ行った。

椅子に座ってオリーブオイルでマッサージして、あたたかい霧をシューシューかけてもらうと気持ちよくなって眠ってしまった。

熱いタオルを何度もつけかえると、皮膚だけでなく、気持ちがシャンとしてくるのが不思議であった。顔の汗がすーっと消えて、目の皺がのびて、オリーブオイルの香りが漂って、男っぷりがあがった。

重盛旦那は、「顔マッサージってブルドッグにあま噛みされてるみたい」とブツブツ言っている。

❖三笠会館「秦淮春」　03・3289・5665
❖理容米倉　03・3571・1538
❖銀座若菜　03・3573・5456

第19話　カフェ・ド・ランブルの「琥珀の女王」を味わう

三亀～ミキモト・ブティック～菊秀～カフェ・ド・ランブル

数奇屋通り、寿司幸の向かいにある三亀は、終戦直後、銀座がまだ焼け野原だったころにはじめた日本料理店で、主人の南條勲夫氏は二代目である。

カウンター五席、四人用のテーブルが四つのこぢんまりとした店だ。夜は一品料理を出し、通好みの客で賑わっているが、昼（十二時から二時）は一七五〇円の魚定食を出す。

「銀座百点」のキョーコさんは、魚を食べたいな、と思ったときはこの店へ行くらしい。じゃ、ぼくも連れてってよ、と、ノコノコついていくのがオヤジの習性だ。壁に優良施設㊝のマークが貼ってあった。

この日の日替り定食は、わらさのお刺身、さわらの照り焼き、きんぴらごぼう、漬物（きゅうりの糠漬となすのしば漬）、大根千六本の具の味噌汁。

ごはんは炊きたてのほかほかである。さわらの切り身が大きくて、皮がこんがりと縞模様に焼けて、身がほくりとした江戸前の味つけだ。

マギー司郎に似た主人は愛想がよく、客のひとりひとりに、ていねいに挨拶をしてい

る。壁に、村松秀太郎画伯が描いた店の絵が飾ってあった。日経新聞に連載された渡辺淳一作『失楽園』の挿絵で、『失楽園』の主人公は、この店で、いしだいの刺身とまつたけの土瓶蒸しを注文していたんだな。

そう思ってさわらの照り焼きをほおばると、ムラムラと欲情して、『失楽園』に出てくる書道家と不倫したくなった。

もじもじしていると、ミチコ姐さんに、なに考えてんの、とどつかれて、立ちあがった。

店を出ると、雨が降ってきた。

台風が近づいている。

台風がよく通るルートを台風銀座というが、この一帯は、夜になるといちばんあでやかな通りで、順子や麻衣子といった人気クラブが並んでいる。そういった店の看板は、昼はスッピンで、化粧を落とした顔に戻る。

昼の銀座を歩くようになって、銀座の夜の

顔と昼の顔の落差が目につくようになった。高級クラブのフカフカの席に座れば、一時間で五万円はふっとぶが、三亀で飯食ってりゃ一七五〇円だもんね。

まあ、それが銀座という土地なのだと感じいりつつ、晴海通りへ出た。

ケヤキの葉が濃く繁ってきた。

並木通りとマロニエ通りの交差点に淡いピンクの星の塔のようなビルが建っている。ミキモト・ブティック（ミキモト・ギンザ2）である。

改築前のこの店は、ぼくのマル秘の店で、ちょくちょく買い物をしていた。ミキモトインターナショナルのペン（二六二五円）を三十個まとめ買いして、仕事場へきた人のおみやげにしていた。シルバーのボールペンに真珠がひと粒ついている。箱に入れて、ミキモトの包装紙で包んで、リボンをつけてもらった。

ミキモトは包装がシックで、リボンがエレガントだ。どう見ても、ひとつ五〇〇〇円ぐらいには見えた。シルバーのブックマーク（二一〇〇円と二六二五円）も五十個ぐらい買っておき、本好きの友人にプレゼントすると喜ばれた。

本店は超高級品ばかりだが、ミキモト・ブティックには普段遣いの宝飾品や磁器、ガラス製品が揃っている。ペーパーナイフ、キーホルダー、シャープペンシルもずらりと置いてある。

いろいろ見たあげく、アーチ型の置時計を買うことにした。

透明なアクリルに銀時計がはめこんであり、下に真珠がひと粒ついている。目がくぎづけになりましたね。星空から真珠のしずくが落ちてきて、それが水晶時計になったんじゃないだろうか、とかなんとか。

透明な時間。時計の針がコチコチと音をたてて、時間が洗われていく。五二五〇円。ありったけ欲しくなったが、はやる心をおさえて五つだけ買った。

新しくなった九階建てのビルは、いろんな形のガラス窓がついている。フロアの高さが四メートルもあって、ゆったりしている。内装は白くて清潔感がある。

三階にあるラウンジではハーブを入れたブレンド緑茶（八〇〇円）を飲める。四階はブライダルサロン、五階はホール、六階はコスメティックスで、七、八、九階がレストランである。

ぜいたくな銀座の星の塔である。

台風の日は心がさわぎ、やたらと買い物をしたくなる。あ、そうだ、包丁を買おう。マロニエ通りをずーいっと歩いて、昭和通りを右へ曲り、歌舞伎座の前にある刃物店・菊秀へ入った。店の前の槐《えんじゅ》の木が雨に濡れている。

菊秀は銀座で百年の老舗で、以前は銀座二丁目にあった。いまの主人は三代目の井上武さんだ。ウインドーに二百四十ミリの大鉈《なた》が飾ってあって、度肝を抜かれた。カムイという鉈で、白土三平の漫画『カムイ伝』からとったのだろうか。

取手が桜皮《かば》細工の鉈がある。取手がはがねでできている渓流刀がある。これは取手に

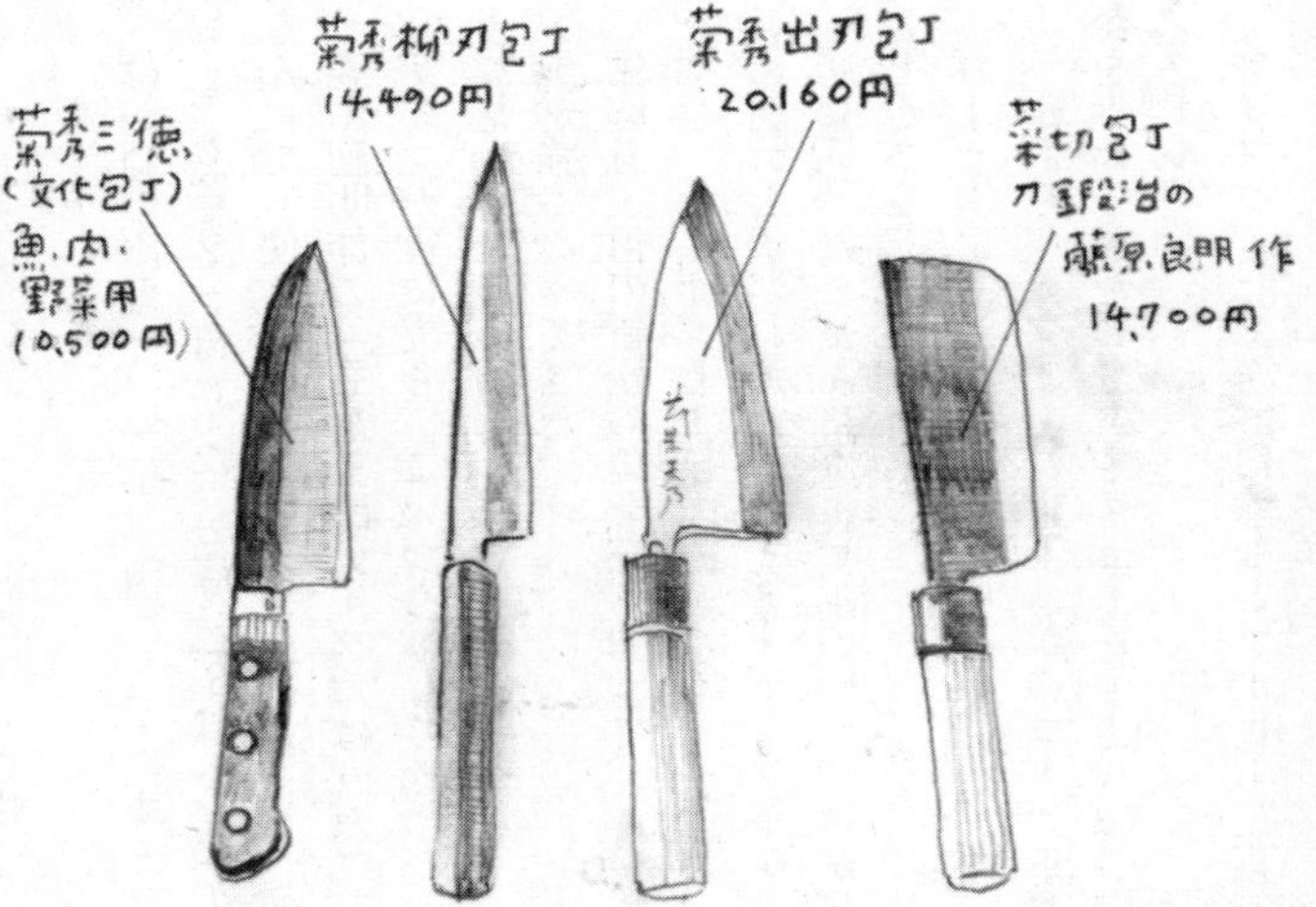

紐や布を巻いて使う。

理髪店用のはさみと剃刀《かみそり》がある。裁縫用の和ばさみから爪切り、鈴つきのとげ抜きまである。倉田福太郎作のとげ抜きは、肌を傷つけずにとげをつかむ細工がほどこされ、抜くときにすずやかな音がするんだって。

ミチコ姐さんが、肥後守定駒（一三八〇円）を買ったんで、ぎょっとした。まさかそれでだれかを刺そうってんじゃないでしょうね。

ちがうわよ、鉛筆を削るのよ、私は工作だってうまいんだから、と言われて、ぼくも負けずに出刃包丁を買った。

沖釣りに凝っているので、釣りあげたひらめや鯛をさばくのに出刃包丁が欲しかった。今まで使っていた出刃包丁は、ひらまさの骨を切るときに刃が欠けてしまった。

はがねの出刃（二万一六〇円）を手にすると、ずしりと重い。もうひとつ三徳（文化包丁）も買うことにした。三徳包丁はスウェーデン製のはがねで、魚、肉、野菜など、なんにでも使える。

鹿山利明作の「豆八丁出《まめはっちょうで》ナイフ」は五万二五〇〇円だ。キャンプに行くときはこういうナイフが役に立ち、こいつも欲しくなったが、台風の夜に刃物を三つも持ち歩くと、変に思われそうだから、あきらめた。

風が強くなってきた。

銀座五丁目の新松の角を左へ曲って、あづま通りをビュンビュン歩いた。松坂屋の裏を通り、ライオン七丁目店の裏を進んでいった。銀座ナイン三号館の手前に、「珈琲だけの店」と書かれたカフェ・ド・ランブルがある。

店に入ったとたんにコーヒーのいい匂いがした。まてよ、この店は大学生のころ来たことがあるぞ、と思い出した。

コーヒーにくわしいおやじさんがいた。席に座ると、「コーヒー・オンリー・メニュー」があり、カフェ・クレームからコーヒーゼリーまで十九種が書いてあった。暑いなかを歩いてきたのでアイスコーヒー（八〇〇円）を注文した。重盛旦那はブラン・エ・ノワール。

アイスコーヒーを一口飲むとコーヒー特有の香りが鼻をつきぬけた。シャープな味である。アイスコーヒーに入っている氷は、コーヒーを凍らせたものだ。これぞ日本一のアイスコーヒーである。

重盛旦那が注文したブラン・エ・ノワール（直訳すると白と黒）は、別名を「琥珀《こはく》の女王」と言って、シャンパングラスに入っている。グラスの下にシェーカーで冷やしたブレンドコーヒーが入り、その上にエバミルクが浮いている。これをかきまわさずに飲む。

これですよ、これを飲まなきゃ、と重盛旦那に自慢されて、一口すすってみると、やられたァ！　とのけぞった。飲むクリームケーキと言ったらいいのだろうか。

これは主人の関口一郎さんが考案したもので、関口さんはついさっきまで店にいたという。

会えなくて残念。

店が西銀座にあったころは、永井荷風が通っていた店である。いまの銀座八丁目店は、先代の中村勘三郎がひいきにしていた。店の入口に焙煎《ばいせん》室があって、焙煎したての豆を売っている。

メニューをしげしげと見ると、コーヒーには、シングルとダブルの二種があり、ダブルがお得だ。

コーヒーは青い生豆を熟成させてから、毎日焙煎

している。

これほど完成度の高いコーヒーは日本広しと言えど、カフェ・ド・ランブルがいちばんだろう。コーヒーのエキスが褐色の粒子となって骨にまで染みこんでいくのだった。最高のコーヒーを追い求める伝説的コーヒー専門店である。

学生のころ、噂をたよりに訪れた記憶がゆっくりとよみがえった。コーヒーに酔うってことがあるんですね。

❖三亀　03・3571・0573

❖菊秀　03・3541・8390

❖ミキモト・ブティック　03・3562・2929

❖カフェ・ド・ランブル　03・3571・1551

第20話 銀座鹿乃子の栗ぜんざいで「甘い生活」

阿波屋〜ギャラリー無境〜銀座鹿乃子

ぼくの下駄ばきの影が並木通りの舗道に映った。ここで、

下駄ばきのわが影伸びて秋日和

の下駄句を得て、意気揚々と六丁目の、履物店、阿波屋へ向かった。新しい下駄を買うのだ。いま履いている下駄がすり切れてきた。

月一回、立川談志家元のNHKラジオ番組『新・話の泉』に出演しているが、「もうちょっといい下駄を履きたまえよ」

と家元に言われた。素足で履くから、下駄がすぐ汚れてしまう。夕方から番組収録があるので、新しい下駄を履いて行くことにした。それも「桐の本柾《ほんまさ》」にする。

阿波屋は明治四年の創業で、原田康之助さんが相手をしてくれた。時代小説に出てくる剣豪みたいな名前だ。

阿波屋は草履が有名で、船の形をした船形草履に人気がある。糸で縫いつけた手縫い草履である。ありがたいのは下駄も扱っていることで、ぼくはそんなにバカじゃないのに「バカの大足」だから、大足にあう下駄が少ないのだ。

阿波屋にはいろんなサイズの下駄の台がある。鼻緒だけでも二、三百種類揃っていて、鼻緒を入れる箪笥《たんす》からとりだして、好きなものをすげてくれる。桐の本柾は下駄台が二万円から四万円で、桐の状態によって値が違う。柾は、一本の木から型をとった台である。あいにくと、本柾は大きいのがなく、ごま竹（桐の上に竹を貼っている）台があった。竹の黒い斑点《はんてん》がごまのように見えるところから、ごま竹と言う。

　鼻緒は正絹（八四〇〇円）とナイロン（三一五〇円）があり、そりゃ正絹のほうが上品だが、乱暴に履くから丈夫なナイロンにした。桐の貼柾《はりまさ》は桐板を貼ったもので、これは大きい下駄台があった。鼻緒とあわせて八四〇〇円。目の前でベテランの職人がカンカーンと鼻緒を通す穴をあけ、きゅっと鼻緒をすげ、下駄のうしろに阿波屋の刻印を押してくれた。こちらは茶の鼻緒だ。

　ごま竹の下駄はベージュの鼻緒をつけて一万四七〇〇円で、家へ送ってもらうことにした。新しい下駄は鼻緒のさきが固くしまって、足の指が緊張しているのがわかった。

　新しい下駄を買うと、いままで履いていた下駄がいとおしくなり、これはこれで近所

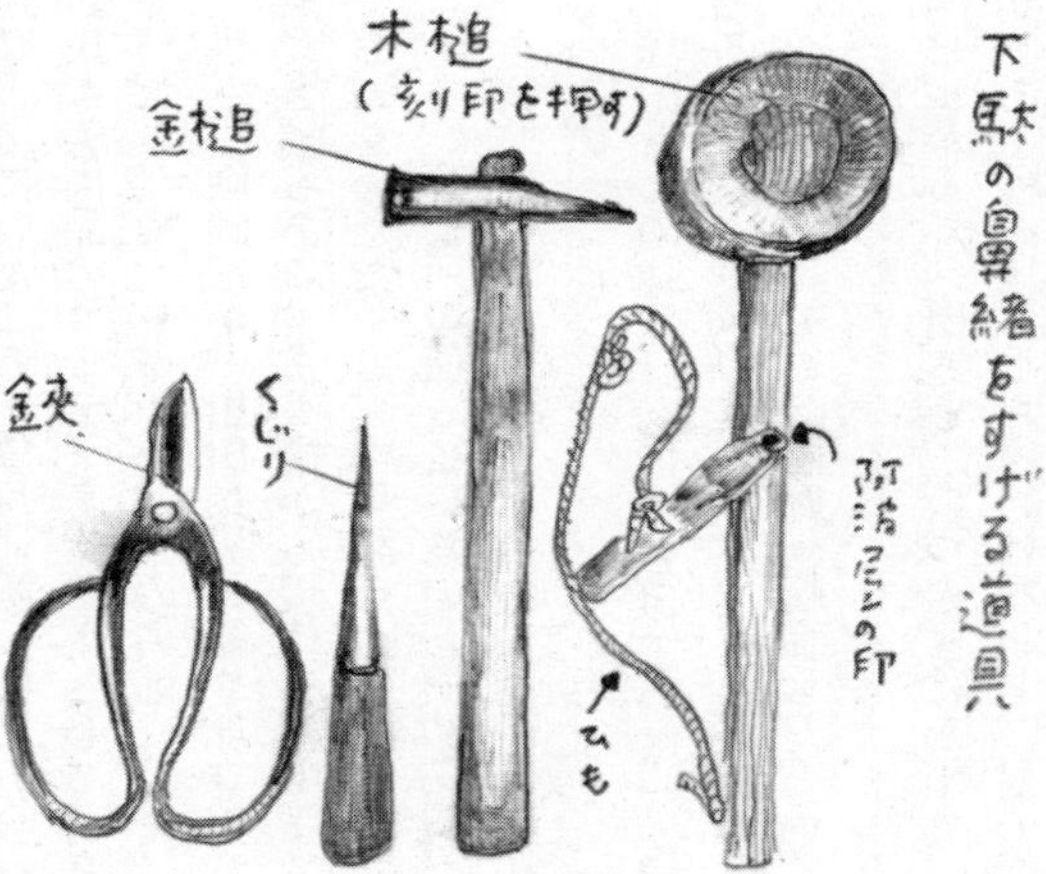

にラーメンを食いに行くときに使えばいいと思い、紙袋にしまった。

晴海通りに出て、天賞堂の角を左へ曲がり、ミキモト・ギンザ2の裏にさしかかると、ビルの工事をしていた。クレーンで大きな機材を持ちあげているあいだ、しばらく通行を止められた。

古い一軒屋の前に、草木が植えられ、まだ朝顔の花が咲いている。レストランだろうかと思ったら、歯科医院だった。その隣には大衆食堂の三州屋があり、キョーコさんが、

「この店の鳥豆腐がしぶといのよ」

となかをのぞきこんだ。

そのさきにオザミフルールというパリっぽい花屋があり、「おひとりさま」系のご婦人がバラの花束を買っていそいそと出てきた。

花屋オザミフルールの手前に細長いアネックス福神ビルがあり、福神漬でも売ってい

るのかと思ったら各階に丸窓がついていて、潜水艦をタテにしたような建物だ。船好きの設計家が建てたのだろう。

エレベーターで五階へ上がるとギャラリー無境がある。この画廊は、ミチコ姐さんが筑摩書房にいたころ、望月通陽氏の展覧会へきたことがあると言う。オーナーの塚田晴可氏は美術品のコーディネーターとして著名な人である。晩年の魯山人《ろさんじん》が号として使っていた「無境」をギャラリーの名前にした。

小さな画廊だが、山口長男の絵や加守田章二の陶器が展示されていた。魯山人の「聴泉」書幅もある。古美術から現代アートまで、個性的な美術品が揃っており、奥の部屋でお茶をいただくと、中里隆氏の茶碗で、ミチコ姐さんが、

「あら、事務所で使っているのと同じ茶碗だわ」

と言った。その翌日は、唐津の隆太窯（中里隆氏の窯）コンサートへ行くことになっている。

塚田さんの趣味は、ぼくと似ているなあ、と感じいり、明染付けの皿（松に鶴・三万円）を手にとってみた。ギャラリーにいるキュレーターは和風麗人で、出版社に勤めていたが、縁あってこの画廊へ転職したという。名ギャラリーに美人あり、ってことですな。

ビルから外へ出ると、いつのまにか雨で、秋の天気は気まぐれだ。せっかく買ったばかりの下駄を濡らしちゃいけないと、足の指に力を入れて、道のすみっこを歩き、さっ

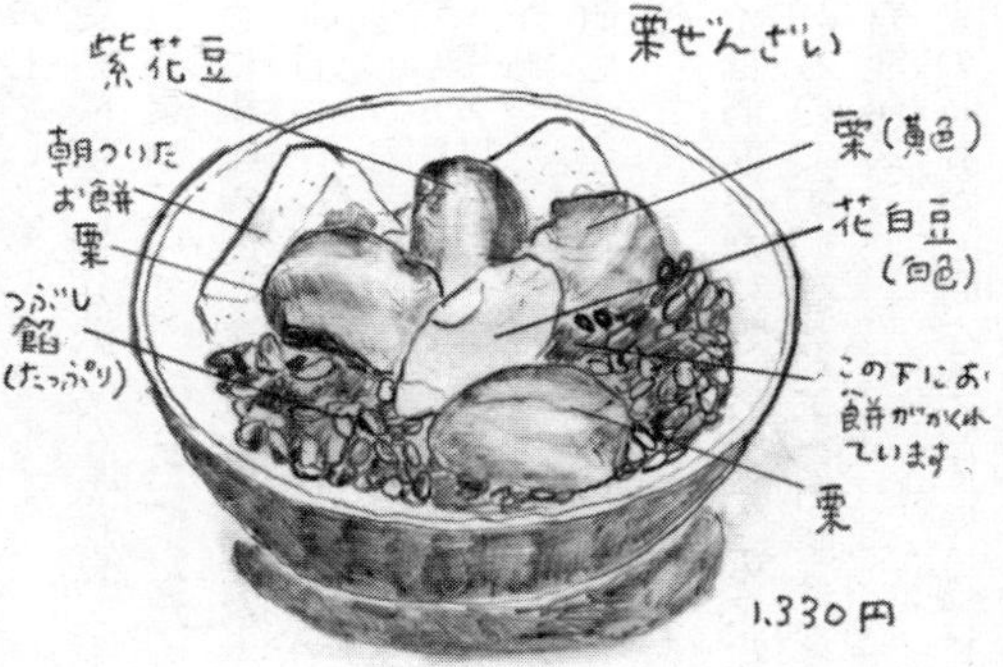

ききた道を戻って、五丁目の銀座鹿乃子に到着した。

　四丁目交差点が見える窓側の席に座った。満席で、ぼくのほかはすべてご婦人ばかりだ。キョーコさんはみつ豆（一三三〇円）を注文した。

　ミチコ姐さんは甘くないゆでたてあずき（一一三〇円）。これは備中大納言極太豆を水で炊いただけで、豆がほっくりとふくらんで、豆本来の味がある。

　砂糖を入れていないため、足が早く、炊いて十時間しかもたない。毎朝炊いたものをその日のうちに出して、売り切れたところで終わり。

　ぼくは栗ぜんざい（一三三〇円）にした。新栗が出たんだから、これでいかなくちゃ。

　店の主人は三代目の小川敦弘さんで、

「三十一歳までアンバに入ってました」

　アンバ？　アンバってなんなのかと訊くと、「餡場」で、餡をつくる工場である。銅製のサワリ釜を使い、回転プロペラなどの機械は用いず、手でこねる。

先代の父が四十六歳で没したため三代目は、父のレシピを守り、暖簾を守ってきた。昭和二十一年、戦後まもなく創業した店は和風オリジナル銘菓「かのこ」をつくった。この地に新喫茶店を開業したのが昭和三十四年である。三代目は一途な人柄で、目がキラキラしている。

新栗の横に、軽井沢産の紫花豆、十勝産の花白豆が並んでいる。この日の朝についた餅が二つ乗っていて、つきたてだから、こしがあって、よく伸びる。すーっと伸ばすと、餅ごしに銀座の街が透けて見えた。

餡が甘い。ひきずりこまれる甘さで、この味を覚えたら、くせになりますね。脳がジーンとしびれるほどの甘さで、しかもさわやかである。

豆や栗の甘さと、餡の甘さと、甘さに二種類ある。すすりこむと、餡の下にもうひとつ餅があった。

口直しに塩昆布と、しそときゅうりの漬物を食べ、京の香煎茶（梅昆布茶の味）を飲んだ。

ぼくは酒飲みだけど、甘いものには目がない。甘いものを食べてこそ「甘い生活」にひたれるのです。「鹿乃子」の餡は蜜のように甘く、骨にまで染みてくるのだった。甘さの官能がある。

和光の時計が五時をさしている。NHKの公開放送の時間が迫ってきた。キョーコさんとミチコ姐さんを残して、ひと足おさきに店を出た。

NHKで談志家元に、買ったばかりの下駄を見せ、

「桐の本柾は四万円もするんで買わなかった」

と報告すると、

「そりゃ、そうだろ」

と言われた。

「本柾の下駄っていうのは、粋な芸人が足袋を履いて使うもんですよ、シロート衆が素足で履くもんじゃねえんだ。だから、嵐山さんにはその貼柾ぐらいがちょうどいいんだよ」

❖阿波屋　03・3571・0722
❖ギャラリー無境　03・3564・0256
❖銀座鹿乃子　03・3572・0013

第21話 伊東屋でネーム入り便箋を注文

久兵衛～リヤドロ～伊東屋～北欧の匠～ウエスト銀座店

銀座久兵衛は食通の魯山人がひいきにしていた鮨で、初代の今田寿治さんは、魯山人に「もっとマグロを厚く切って握れ」と注文されて、「なんだとォ」とカチンときてケンカになり、そんなことがあった以後は仲良くなった。

二代目の今田洋輔さんは、先代のココロザシをひきつぎつつ、久兵衛を現代の江戸前鮨にふさわしい店に仕立てて繁盛している。外国人客を連れていっても安心して食べられるサービスが評判である。

銀座に出没するおばさまは、一流好みで、値段やサービスに敏感だ。値段のぶん、味やサービスに納得しないと二度とやってこない。

本店の向かいにオープンした新館へ出かけた。創業記念で、ランチコース（十一時半から二時）のみ、十貫コース（七五〇〇円）が二〇〇〇円引きになっていた。

十二時きっかりに店に入ると、おばさま三人組とシニアのカップルが、もう食べはじめていた。お通しのわかめの小鉢を肴にしてビールを一杯。三陸のわかめは香りが強く、グリッとした弾力があって、歯を押し返してくる。

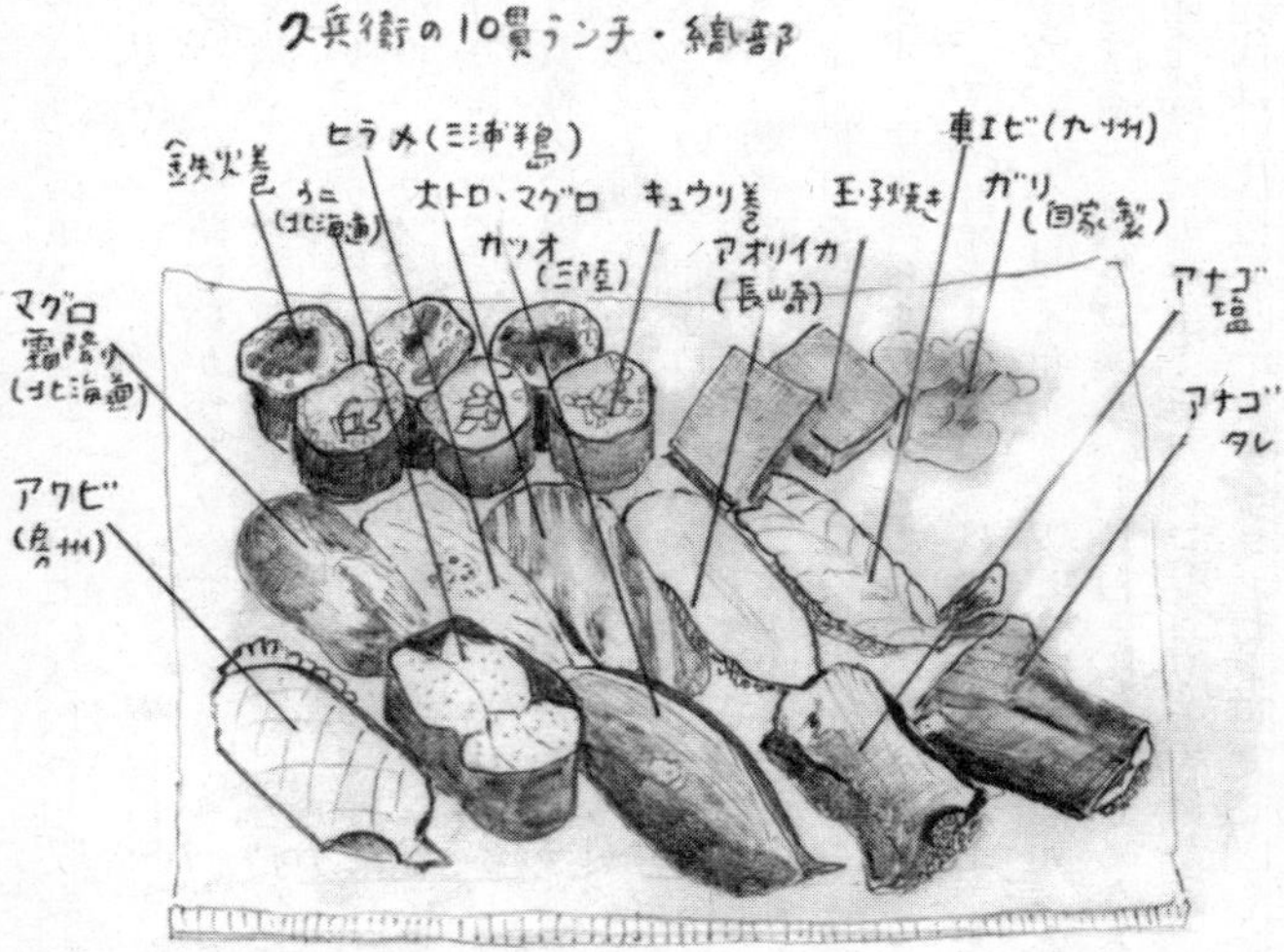

鮨を盛る器は織部焼で、魯山人の孫弟子の作である。熱い茶をすすって襟を正すと、ご当主の今田洋輔さんが霜降りのマグロを握ってすっと出した。

目にもとまらぬ早業だ。ゆったりと構えているが、指の芯にしなやかな力がみなぎっている。マグロ特有のほのかな酸味が舌に走って、いきなりドカーンときて軀《からだ》が揺れた。

二貫目はヒラメの握り。煮切り醤油をつけてから、スダチを少々しぼる。ヒラメの旨みにスダチの香りが漂って、舌がひきしまった。三貫目は長崎産のアオリイカ。あら塩をかけて、これもスダチをしぼる。

なるほど、これが久兵衛かあ、と唸ったところへ生の車エビの握りが出た。透明の車エビがシャリの上にぴしっと収まっている。

主人が、

「シャリの分量はいかがですか」

と訊く。シャリを大きくして欲しいと注文する客もおり、それぞれの客の好みに応じるという姿勢が久兵衛の鮨の自在さである。

つづいてカツオのたたき。シャリにアサツキを乗せ、カツオに生姜のすりおろし。客の好みによってニンニク醬油をトッピングする。

久兵衛のガリは砂糖を使っていない。さっぱりとした塩味だ。

そのあとはマグロの大トロ握りで、カツオになじんだ舌が、ゆるやかにマグロの脂身に移っていく。握りの流れがいいんですね。鮨は、それぞれの一貫が小さな一品料理で、どういう順番で食べていくか、に妙味がある。

大トロ握りをほおばるときは、目をつぶっちゃう。舌を緊張させて、マグロの旨みを残らず、すみからすみまで味わうのである。

ここで熱い茶をすすって、はっと我に返った。あ、そうか、車エビのつぎはアワビの握りだったな。ぼくは蒸しアワビで、ミチコ姐さんは生のアワビだった。

とすると、大トロ握りが七貫目ということになるか。と指おり数えていると、車エビの頭を焼いたのが出てきた。コリコリと香ばしく、日本酒を飲みたくなった。

先代は二代目が四十歳のとき、七十四歳で亡くなった。二代目の隣では、息子の景久さんが握っている。髪を剃りあげた首すじが初々しい。

二代目は英語が堪能だが、三代目の英語は「まだ修業中」なんだそうだ。そんなことを話しているうち、八貫目のウニ。ウニの軍艦巻を最初に考案したのは久兵衛である。ウニの握りには、ガリをひとひら箸でとり、醤油をつけて、刷毛のように塗る。九貫目のアナゴは、シャリに巻きつけるように握るのが久兵衛流だ。一貫をトーンと半分に切り、それぞれに塩とツメをつける。

そのあとは、エビのすり身入りの玉子焼き。絹ごしの食感で、喉ごしが気持ちいい。とめはマグロ中落ちの鉄火巻とキュウリ巻。

鮨コースは、ひとつの物語であって、最後に茶をゆっくりと飲んで、はっと現実に戻る。

隣席にいた三人連れのおばさまは、いずれも満足気にうなずいてほほえんでいるのであった。

鮨を食べると全身がリニューアルされて、やたらと買い物をしたくなる。

中央通りへ出て、リヤドロ・ブティックへ立ち寄った。リヤドロは中央通りにある店で、スペインのバレンシアに本店がある。細長いビルに五階まで、スペイン陶磁器を展示している。

バレンシアといえば、パエリア発祥の地だな、と考えながらエレベーターで五階へ上り、階段を下りて見学した。シンデレラ姫の馬車が三四六万五〇〇〇円。

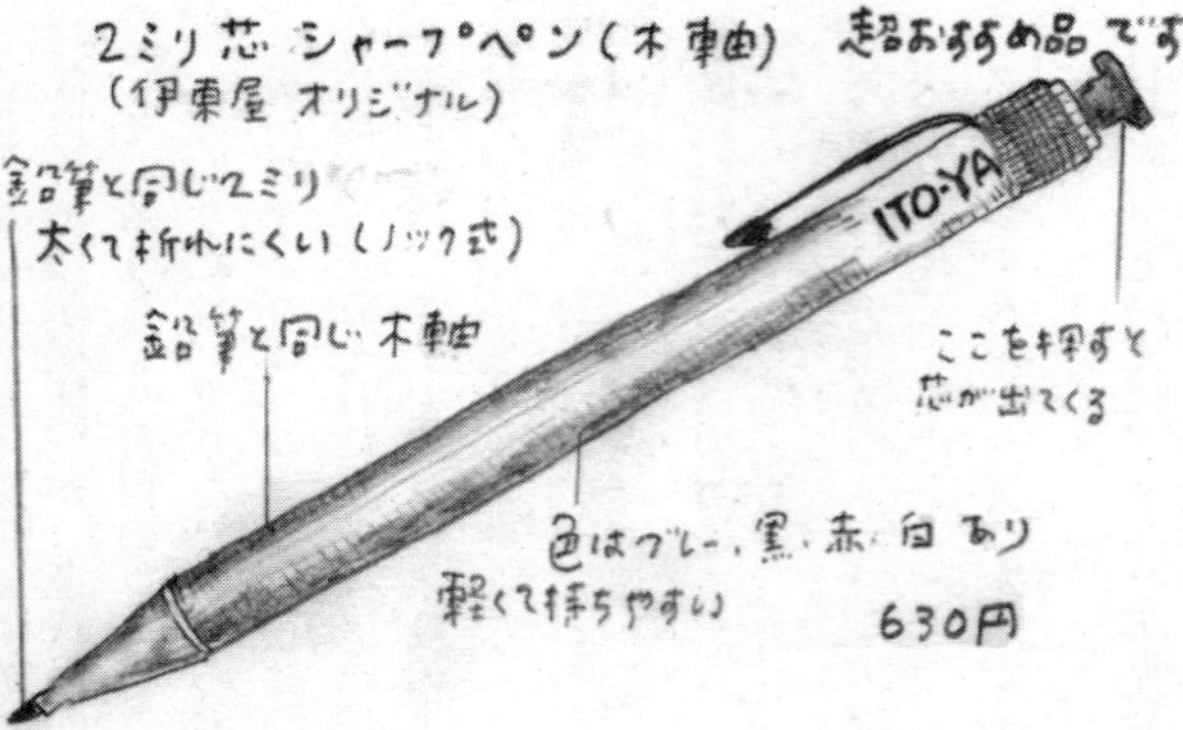

ベンツ並みの値段のものまであるが、ロマンティックな磁器が好きなファンにはたまらないんだろう。

高級品は上の階にあって、下へ下りてくると手ごろな品があった。新作の天使が二万一〇〇〇円、花飾りのついた白ウサギ（二万八九〇〇円）がかわいい。

その足で伊東屋をのぞいたのは、ネーム入りの便箋を注文するためであった。伊東屋製の便箋には、いろいろの種類があり、罫の下に名前を印刷する。

売場の机の前に座って便箋を選ぶと、胸が高なってくる。ぼくはけっこう筆まめでよく手紙を書いたものだが、このところ、無精をして書かなくなった。それを克服するには上等の便箋と封筒を使えばよい。漢字だと大げさなので、ローマ字で、K.ARASHIYAMAと印刷することにした。

もうひとつ欲しかったのは、伊東屋オリジナルのシャープペンである。ぼくは原稿を2Bの鉛筆で書く。シャープペンを使いたいが、従来のものは芯が細くて、筆圧を強くすると折れやすい。ぼくの世代はシャープペンが苦手なのである。

で、鉛筆と同じ太さの芯でしかも握りが鉛筆のような木製のペンがあればいいと思っていた。

伊東屋が、それをつくった。

売場へ行くと、六三〇円で二ミリ芯のシャープペンが並んでいた。色は黒、白、赤、グレー。グレーのシャープペンを七本買った。試し書きをすると、あたりがやわらかくて、鉛筆とほとんど差がない。芯を折らずにすらすらと書ける。

軽くて、丈夫で、形がいい。

伊東屋を出ながら、ひきかえして、あと二十本ぐらい買っときゃよかったと思った。

ITO-YAのロゴがついた手提げ袋をぶらさげて、銀座柳通りを右へ曲り、一丁目十五番地にある「北欧の匠」へ向かった。

この店の成川善継さんは、デンマークの会社「レゴ」（ブロックのおもちゃ）に二十五年間勤めていた。日本とデンマークを行き来して、銀座に店を出したのは平成八年である。

店には職人ハンス・オスター氏の鞄や財布が並んでいる。

バブーシュ（三万九〇〇〇円）はシェルパ用の手縫いの靴である。牛革をベジタブルタンニングして、水のなかで縫って、ひっくり返す。

地下足袋に似た履き心地で、すぐに欲しいと思ったが、注文してから一年待ちであるという。なんとも気の長い話で、これもデンマーク流なのであろう。オスター氏の鞄は五十年以上の使用に耐えるというから、成川氏もオスター氏のような人だと察した。

バブーシュをもう一度手にとってながめると、底にはゴムが貼ってあった。この靴もたしかに五十年ぐらいもちそうだ。

柳通りのシダレヤナギが風に揺れている。シダレヤナギごしに見る銀座の街は、平成の浮世絵といったところ。ビルの上に晩秋の空が広がっている。

西銀座通りまでブラブラと歩いて七丁目の喫茶店ウエストへ入って、コーヒーを飲んだ。この店は、昔はＤＪつきでクラシックレコードを流す店であった。学生のころは、レコードプレーヤーは高級品だったため、みんなクラシック喫茶へ行ってレコードを聴いていた。

店の奥に巨大なベートーベンの胸像が置いてあるのは、そのころの名残である。長居ができる上等の店だった。

コーヒー（八四〇円）はおかわりができる。クリームパフつきのコーヒーセットは一一五五円。クリームパフはカスタードクリームと生クリームが二層になっていて、口のなかでシュワシュワッととける。粉雪みたいな粉砂糖がふりかかり、粉砂糖の甘みがコーヒーにあう。
五十二席あるのに店内は満席だった。
年配の客が、ゆっくりとコーヒーを飲みながら本を読んでいる。
白いテーブルクロスに茶色い椅子。リンドウの花が生けてあった。
コーヒーをおかわりして伊東屋で買ったばかりのシャープペンを取り出して、ノート
にクリームパフの絵を描いてみた。

❖久兵衛　03・3571・6523
❖リヤドロ　03・3569・3377
❖伊東屋　03・3561・8311
❖北欧の匠　03・5524・5657
❖ウエスト銀座店　03・3571・1554

第22話 菊廼舎本店のあん菓子「金座・銀座」

スカイバス～鳥ぎん～大和屋シャツ店～くのや～菊廼舎本店～つばめグリル

銀座を歩いていると、ときどき赤い二階建てバスに合う。バスの二階に乗っている客が手をふると、こちらも手をふって、いつか乗ってみようと思っていた。

東京駅丸の内南口の三菱ビル前から一時間に一本出ている。午後一時発のスカイバスを予約し、重盛旦那と乗りこんだ。

まず、シートベルトを締める。三・八メートルの高さだから、イチョウの葉に手が届きそうだ。十五人の乗客がいた。若い女性の添乗員が、マイクで説明してくれる。

皇居の周りの建物は、地味なものが多く、それは〝皇居の景観を損ねてはいけない〟という規制があるためだ。重盛旦那は、

「平成というのは、平らかに成れという意味だから、皇居より高いビルを建ててはいかん」

と力説した。

そうこうするうち、バスは皇居を一周して銀座中央通りに入った。スカイバスの二階から見る銀座は、夢の劇場である。行きかう紳士淑女が名作映画の登場人物のように見

える。おやじもおばさまも、銀座を散歩するときは、みんな二枚目俳優になっちゃうんですね。

　中央通りは信号が同時に変わり、四丁目の信号だけをワンテンポ遅らせている。こんなことは、スカイバスに乗らなければ、わからない。

　五十分間のバスツアーが終わるとやたらと腹がへった。

　めざすは五丁目の鳥ぎん銀座本店だ。並木通りの三笠会館そばの路地を入ったビルの地下にある。路地を歩くと、木枯らしの音にのって焼鳥の匂いがコケコッコーッと流れてきた。

　重盛旦那とビールで乾杯し、鳥皮焼（一六〇円）、椎茸焼（二一〇円）、もつ焼（一五〇円）を一本ずつ注文した。

「あ、それから、アスパラベーコン巻

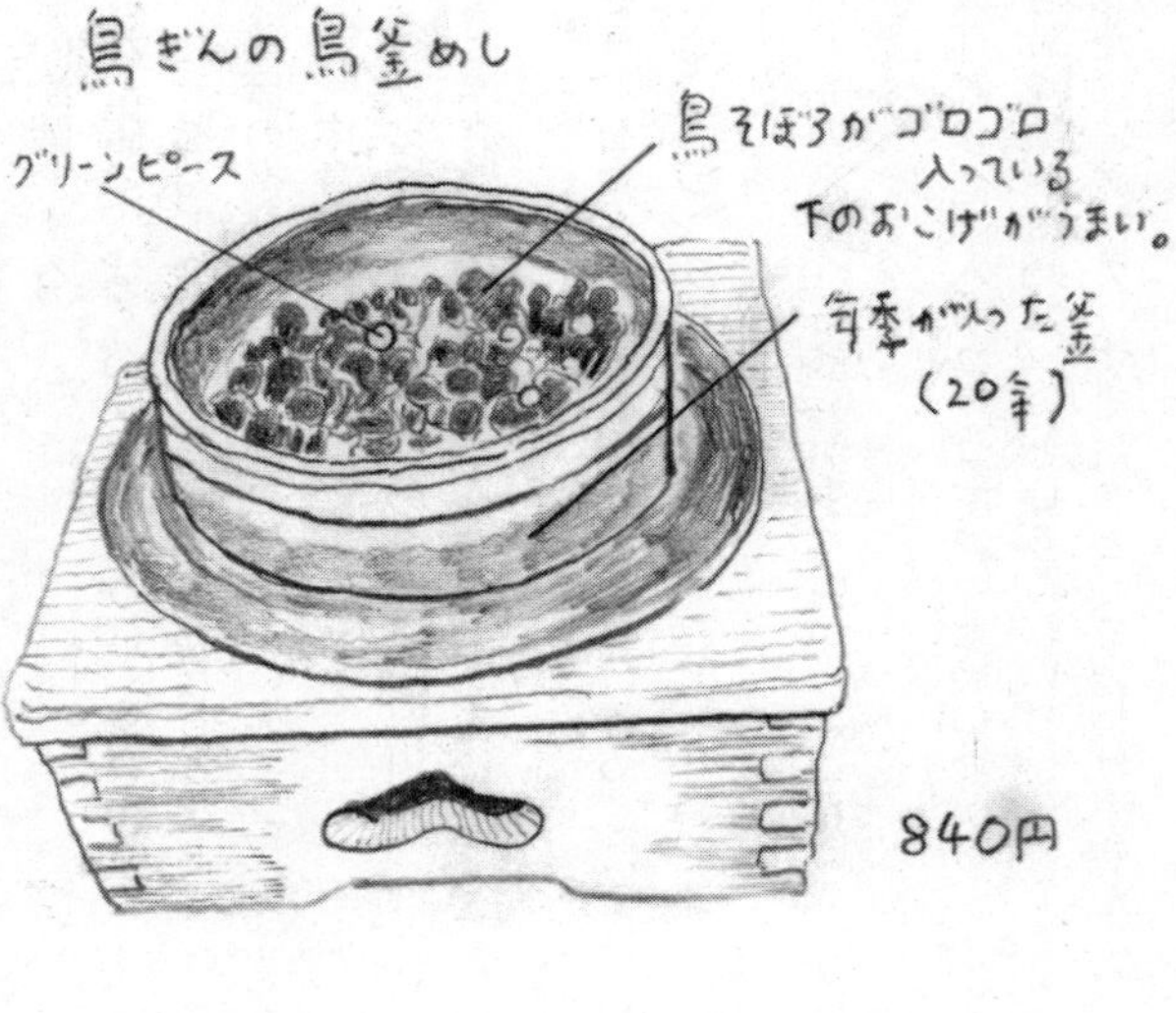

（二六〇円）も」

と追加注文するのは、重盛旦那のいつもの流儀である。

鳥ぎんは、戦後まもなく、銀座に創業された店で、ぼくが学生のころは、狭い小路に看板が出て、サラリーマンでにぎわっていた。なんてったって銀座の焼鳥だもんなあ。茨城産の鶏肉を部位ごとに使いわけて、秘伝のタレをつけ、備長炭の強い火でコンガリと焼きあげる。表面はガッチリと香ばしく、中身はやわらかい。

鳥ぎんの定番は釜めしで、十二種類あり、秋になると松茸や栗の季節ものが出る。ぼくは八四〇円の鳥釜めし、重盛旦那はかき釜めし（十月〜三月・九五〇円）にした。生米から炊くので十五分ぐらい待った。

周りを見渡すと、焼鳥三本と釜めしのセットを食べているご婦人が多い。釜めしによって値段は一二六〇円から一三七〇円と変わる。ランチタイムは二時までで、小鉢と鳥スープがつく。

気ぐらいの高いご婦人は、焼鳥などというものを食べる機会が少ないから、こういうときに亭主がどんなものを食べているかを調べるのだ。

と、まあジロジロ観察していたら、三人連れのご婦人がコッコッと笑いながら、大口をあけてつくね焼きを食べていた。これを銀座焼鳥マダムというらしい。

おっと、ぼくらの釜めしもできてきました。マテマテ、すぐ蓋《ふた》をとってはいけません。一呼吸おいて、釜めしを蒸らすのである。

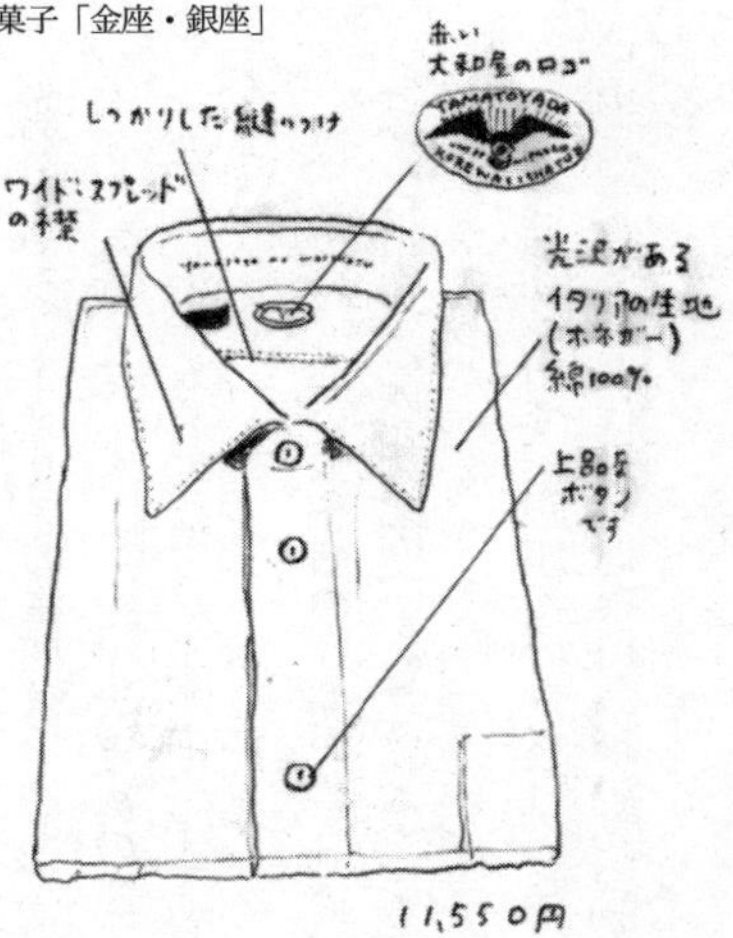

五分間蒸らしてから蓋をとると、かき釜めしから、磯の香りがたちのぼってきた。かきは親指大のものが食べごろである。

鳥釜めしの鳥そぼろは、市販のひき肉より大きくゴロゴロしている。黄色い脂身からでる出汁が、ごはんにしみこんで、おこげのところがゴリゴリして、舌にからみついてくる。

重盛旦那と半分ずつ交換した。鳥釜めしは醤油味がきいていて、懐かしい味だ。サラリーマン時代は、一週間に一度は釜めしを食べていた。使いこまれた釜は年代物で、二十年ぐらいと推察した。

釜めしには昔の記憶が重なり、そうだ、白いワイシャツを買わなきゃ、と思いついた。会社勤めをやめると、白いワイシャツを買わなくなり、いつまでも古いのを使っている。

六丁目に大和屋シャツ店がある。この店はオーダーメードのシャツが主流で、一着二万四〇〇〇円ぐらいする。襟と袖が白で、ブルーやピンクの縞柄のシャツは、大和屋のブランド品だ。

ワイシャツは、英語のホワイト・シャツが訛《なま》ったもので、ワイシャツを日本で初めてつくったのが大和屋シャツ店である。開業当時の客に小泉八雲ことラフカディオ・ハーンがいた。戦前にはニューヨーク五番街にも店を出し、ルーズベルト大統領も、お得意様であったという。大正天皇もこの店でシャツを誂《あつら》えた。

店の壁一面に、五百種類の生地が並んでいる。オーダーメードは二、三週間かかるから、せっかちなぼくは、既製品をさがした。

そのなかに、ぴったりとサイズがあうのを見つけた。手ざわりがやわらかく、生地に光沢がある。イタリアの生地メーカー、ホネガーのシャツで綿一〇〇パーセント。ネクタイを大きく結べるように、大きめの襟（ワイド・スプレッド）であるところが気にいった。一万一五五〇円。ノーネクタイで着こなせるボタン・ダウンカラーと二枚購入した。

襟の下に、赤い大和屋の商標がある。翼が生えた鐘に日の出のマークが描かれ、これは、「日出《い》ずる大和の国」を意味している。こんなのを見たら、洗濯屋はていねいに扱うだろうなあ。

中央通りへ出て、銀座くのやへ行くと、店内は、おばさまでごったがえしている。入口に着物姿の七代目菊地泰司会長が立って、やわらかい物腰で、おばさまに応対している。

くのやのディスプレーは数日ごとに取り替えられ、思わず手にとってみたくなる商品ばかりだ。

六階へ上がって、お年始用のガーゼ手拭い干支セットを見た。三十年以上つづいている干支セットは絶大な人気で、さて、どれにしようかと迷った。ガーゼ手拭いは、昔は化粧落としに使っていた。いまは首に巻いて汗をとったり、飾りにしたり、いろいろな使い方があるが、肌触りがやわらかいので、お年始の品にはもってこいだ。

ご存知「五本原《ごほんばら》」のデザインの、大小二種類入ったもの（九四五円）を百セット注文した。

百セット買うと、畳紙《たとうがみ》に名前を入れてくれるので、嵐山似顔絵入りを印刷することにした。横でそれを見ていた重盛旦那が、

　　正月にふた足早きくのやかな

と、うまい句を詠んだ。

嵐山の似顔絵入りの干支セットをうけとったご婦人が、

「あら、なんてすてきなんでしょう」

とほめてくれるシーンを想像してニヤニヤしていると、重盛旦那が、

「九四五円の手拭いでヨコシマなことを考えちゃいけませんよ」

と釘をさした。

　　甲高の足袋五そく買う年の暮

重盛旦那はもう一句詠んで、中央通りをズンズン進んでいく。負けずに、ぼくも、

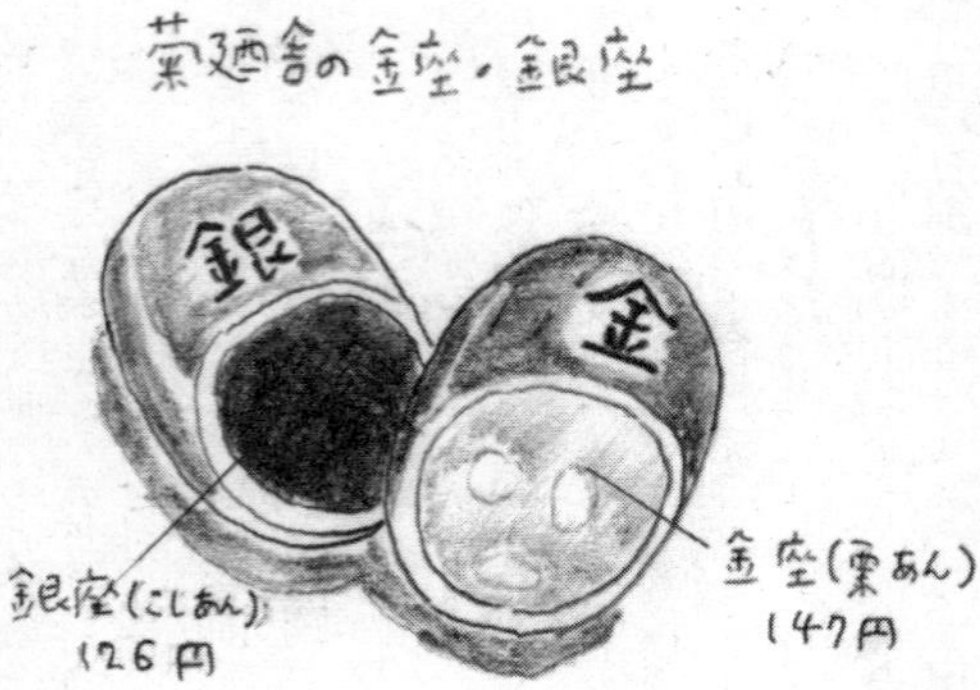

シャツ買って年内二十日残すのみ

と詠んだ。

銀座コアに和菓子の老舗・菊廼舎《きくのや》本店がある。この店は明治二十三年の創業で、干菓子「冨貴寄《ふきよせ》」が知られている。松葉、松茸、紅葉、松ぼっくり、栗など、四季おりおりの風物を干菓子にかたどった。店の前でフランス映画の撮影があったとき、出演中のイヴ・モンタンが店に入ってきて、この干菓子を買った。イヴ・モンタンは、干菓子が「枯葉」に見えたんだろうか。

えらく気にいったらしく、撮影終了後にまた店にきて、さらに二缶を買ったという。

ぼくの目あては、「金座・銀座」という和菓子である。これは、枯葉が小判に化けたアンコ菓子で、金座には栗あん、銀座にはこしあんが入っている。

銀座という地名は、この地に銀貨鋳造発行所があったためについた。銀貨、金貨をかたどったアンコ菓子は、まことに豪勢で、くのやの干支セットにこの和菓子をつけて年始とすれば、ご婦人はぐらっとくるんじゃあるまいか。

気ぜわしい年の瀬は、あらぬ妄想がかけめぐる。

さきほど乗ったスカイバスが、中央通りを走っていく。午後五時発のスカイバスである。

中央通りを歩いて、一丁目のつばめグリルでビールを飲んだ。つばめグリルは、昭和五年、新橋駅構内にあった洋食店が始まりで、当時開通した特急つばめ号にちなんで命名された。一丁目に移転したのは昭和二十一年である。ニシンの酢づけを肴にしてビールを飲むと、そのまま、つばめ号に乗って昭和時代へ旅したくなった。

❖スカイバス　03・3215・0008
❖鳥ぎん　03・3571・3333
❖大和屋シャツ店　03・3571・3482
❖くのや　03・3571・2546
❖菊廼舎本店　03・3571・4095
❖つばめグリル　03・3561・3788

第23話 ステーキでお肌つるつるモーッと唸る

三笠会館「大和」～もとじ～銀座あけぼの～フットケアサロン・セリナ

三笠会館七階の「大和」へ入ると、あっちでジャーン、こっちでジューン、と鉄板でステーキを焼く音がする。ジャーン、ジューン、ジュージュー、にぎやかだなあ。

五人がけの庭に面したソファー席に座って布製のエプロンをかけた。

夜は神戸牛サーロインの一万一〇〇〇円コースが評判だが、ランチタイム（十一時三十分～四時）は、一二〇〇〇円のコースがある。牛肉か鮮魚介かのどちらかを選ぶのだが、ぼくは二二〇〇円の牛肉と鮮魚介ハンバーグコースにした。これは、一日二十食限定。

周囲を見渡すと女性連れの紳士が多い。五十四席はほぼ満席だ。

まずは岩のり入りスープが出た。磯の香りがたちのぼって食欲がぐいぐいそそられる。つづいて、サラダ。ドレッシングのあと二杯酢をかけた和風の味付けだ。

シェフが、点茶の手前のように魚介ハンバーグを焼きはじめた。銀ダラ、ホタテ、イカをミンチして季節野菜をあわせている。

銀ダラの脂とホタテの甘みがミックスされた味だ。醬油、八丁味噌、ポン酢、牛すね肉ブイヨンを煮込んだ大和特製ソースをかけて食べる。

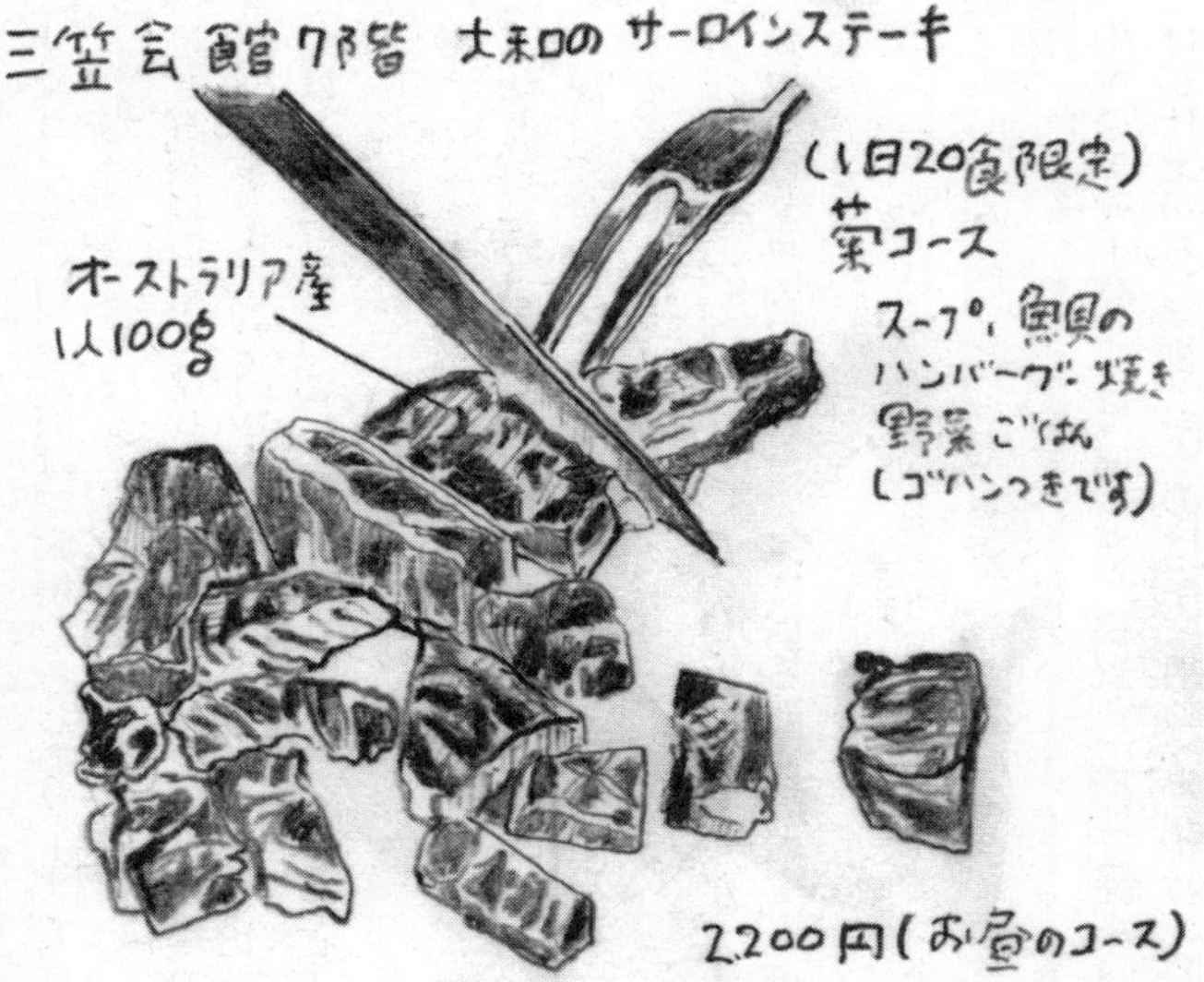

あと、バターをちょっとつけてみた。

奥の席に、パンをこのソースにつけて食べるご婦人がいたから、真似してみたら、これがいける。常連客ってのは、いろんなことを知っておりますな。

で、ステーキとあいなる。オーストラリア産のサーロインステーキの肉は、ミチコ姐さんとキョーコさんとぼくと三人分三百グラムである。

肉をいたわるように丁寧に焼いていく。塩はソルトレーク産でほんのりとピンク色だ。黒コショウはベトナム産。

肉のすじをカットし、脂分をとりのぞいていく。

サイコロ型に切った肉は、大根おろしのソースで食べるが、隣席のご婦人連れは塩コショウだけで食べている。

焼き野菜は白菜とほうれん草と小豆のもやしだ。小豆のもやしはちょっと太めで、シャキシャキッとした歯ざわりがいい。

ごはんは福島産のこしひかり。なめこの味噌汁と漬物（梅干し、しば漬、大根）がついてくる。

せっかくだからガーリックライス（二人前、一〇〇〇円）も注文した。ニンニクのみじん切り、玉ねぎ、しいたけ、脂身が用意され、じっくりと脂身を焼く。脂を二度捨てて、焼けた身だけを残す。脂をしぼりきった脂身は、コラーゲンたっぷりで、お肌がつるつるになります。

見ているうちに喉がかわいたので麦茶を頼んだ。冷えた麦茶は無料である。

鉄板焼はプロの料理人が、見ている前で調理するんだから、こんなにおもしろいものはない。

ニンニクをきつね色になるまで炒めるのがポイント。大豆油を加えて残りの野菜を炒めてから細かく刻み、ご飯はおこげができるまで焼く。最後に醬油とコショウで味付けする。

中華のチャーハンとは違って、鉄板に広げて焼くので、コンガリと歯ざわりのいいおこげが仕上がる。こういうのは家庭用のフライパンではつくれない。

ひさしぶりにステーキを食べて肌にツヤを出して店を出て、モーッと唸った。入れかわりに若い女性二人を連れた老紳士が入っていった。銀座もとじで買い求めた正絹紬角袖コートを着て、四丁目を歩きながら、

「そうだ、もとじへ行こう」

と思いたった。

主人の泉二《もとじ》弘明《こうめい》さんは、泰明小学校五年生に、課外授業として柳染めを教えている。銀座の柳を剪定して出た葉と枝をもらいうけ、煎じて染めるのだ。銀座の柳を染料として使うという着想は泉二さんならではのものである。

タッタッタッと歩いてもとじの店に着くと、運よく泉二さんがいた。すっかり着物がなじんだ男っぷりが粋である。ぼくは着物を数着持っているのだが、着付けが難しいので、めったに着ることはない。

「コートみたいにぱっと羽織る着物ってないんですかねえ。歌舞伎の早替わりみたいに簡単なやつで、角帯もマジックテープで止められる横着なのができませんか」

と言うと、

「やってみましょう」

と二つ返事で、さっそく寸法をはかることになった。なにごとも即座に対応するのが泉二さん流で、ぼくの性分にあう。かくして、泉二さんが開発したプラチナボーイ生糸（オスの蚕《かいこ》からとった糸）を織った大島紬着物（四八万円）第一号を誂えることになった。

プラチナボーイは奇跡の糸なのである。

目についたのは「銀座の物語」という九十一センチ角の大判風呂敷である。グレー地に銀座の柳が染められ、昭和初期の銀座点描がはめこまれている。えーと、これは四丁目の和光でしょう、都電もあるし、モボとモガ、森永ミルクキャラメルのネオン、バーのカウンター、「君の名は」のシーンまで描かれている。

二九四〇円で、名前を刺繍するとさらに六〇〇円。歌舞伎座裏にいる女性職人が刺繍してくれる。

自分のほかに、重盛旦那の名入れも注文した。もとじへ行くといつも新しいものを見つける。この風呂敷は十数年前から販売していて、ひそかな人気商品となっている。

風呂敷の刺繍が仕上がるまでは、二週間ほどかかる。さて、プラチナボーイ着物がどんな具合いに仕上がるか、できあがってのお楽しみだ。

五丁目の銀座あけぼのへ歩いて行き、地

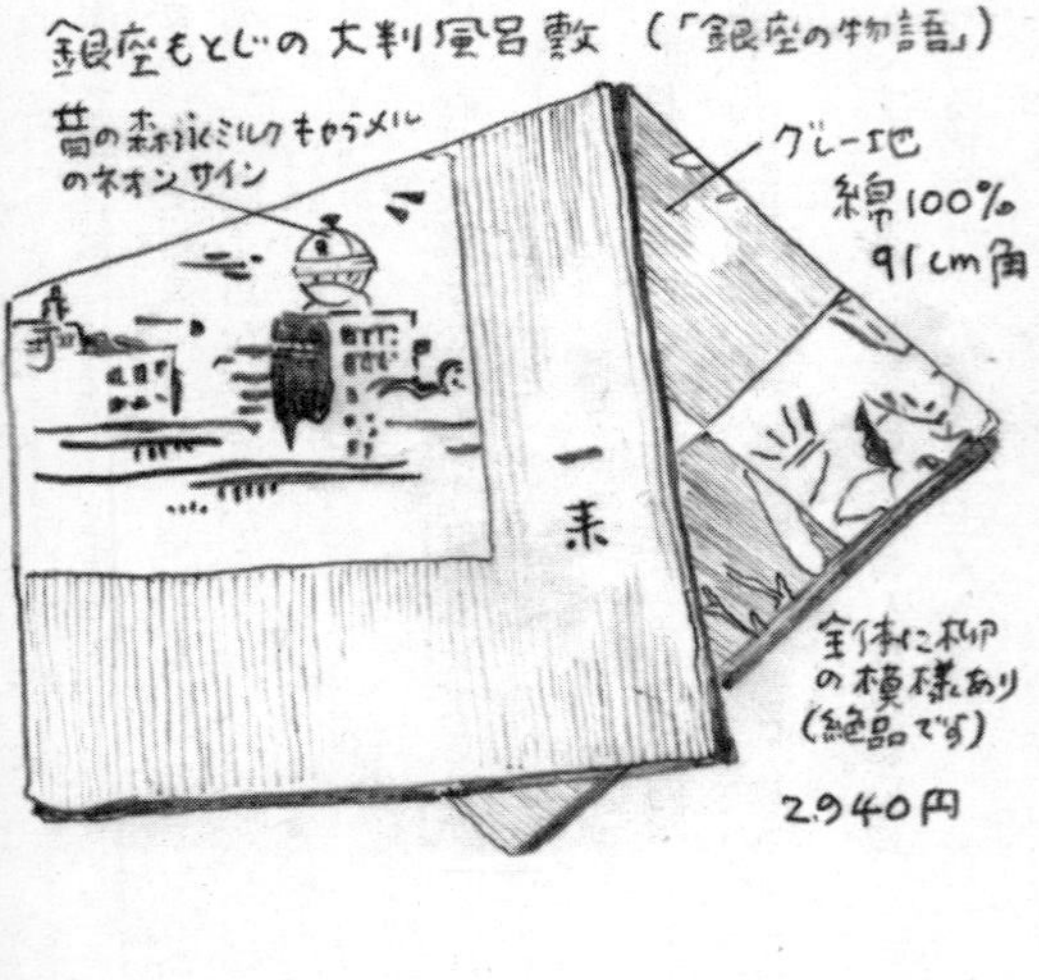

下一階でいちご大福を探すと、わずかに三個だけ残っていた。

銀座あけぼのは、全国に百店を超える店舗を持ち、あけぼのの煎餅はどこでも手に入るが、いちご大福だけは五丁目本店ほか六店舗でしか入手できない。

銀座オリジナルとして五年前に開発したところ、口コミで人気が出て、いまでは一日七百個売れるヒット商品になった。工場からは午後二時に入荷し、早いときは五時に売り切れると言う。

ひと口かじると大粒のいちごの味がジュワーンとはじけた。いちごの周囲をはさんでいるアンコと一緒にはじける。白玉粉ともちのブレンドに秘伝の技があり、食感が色っぽい。一個二六二円で、十二月から三月までの限定販売だ。

銀座オリジナルの和菓子は、どれひとつとっても魅惑の色香がある、と感心したのだが、歩きすぎて足が疲れてきた。

そういうときは、六丁目にある銀座ワシントンのフットケアサロン・セリナへ行けばよろしい。このところ、足裏マッサージの店がやたらとできたが、セリナは平成十年にオープンした店で、英国式のコースがある。

昭和八年に創業した靴専門店が、足裏マッサージのサービスまでするのが銀座の風雅というものだろう。

キョーコさんは、ドイツ式フス・フレーゲで魚の目をとったと言う。ぼくは英国式の五十分コース（五七七五円）にした。すべて個室である。

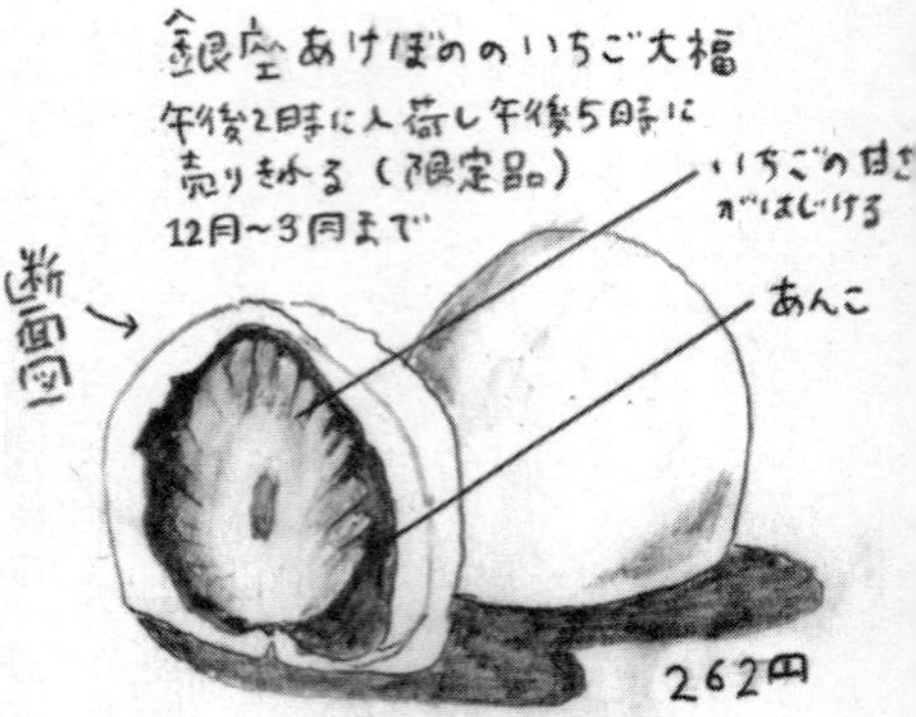

部屋に入ると、グレープフルーツの香りがして「星に願いを」の音楽が小さく流れていた。

フットバスに足を浸し、首にホットタオルをあてて、リクライニング・シートに寝ころんだ。ラベンダーの香りがするパウダーを足にはたいてから足裏をマッサージすると、ジーンとしびれましたね。血流がよくなっていくのが実感できた。気持ちよくて、いびきをかいて眠ってしまった。極楽、極楽、ああ、なんという心地よさだろう。汗が出てきて、足がぽかぽかしてきた。命が延びます。

最後はふくらはぎまでマッサージしてくれた。ぼくは、リンパの流れがよくて、きわめて健康体なんだそうだ。親指がはっているのは寝不足だと言う。足裏を見れば、その人の健康状態がわかるらしい。
最後はハーブティーを飲んで、全身がすっきりした。銀座ワシントンは足の総合健康会社ってことですね。これで、朝の目覚めがよくなりそうだ。

マッサージしてから下駄をはくと足裏がまだほてっている。足がほてったときは歩くに限る。

❖三笠会館「大和」　03・3289・5663
❖銀座もとじ　03・5524・7472
❖銀座あけぼの銀座本店　03・3571・3640
❖フットケアサロン・セリナ　03・3572・2011

第24話 真昼の贅沢、竹葉亭の鰻丼と鯛茶漬け

竹葉亭本店〜ナチュルア〜空也〜バー煙事

はじめて竹葉亭の鰻丼を食べたのは中学三年だったから、もう五十年前になる。ふたりの弟を連れて、有楽町にあった父の会社へ行き、竹葉亭でかしこまって食べた。

そのころ、鰻丼といえば、年に一度か二度しか食べることができないごちそうで、まして銀座の竹葉亭となれば興奮のあまり、舌がジグザグにうち震えるのであった。

というような記憶をたぐりつつ、八丁目の竹葉亭本店の門をくぐると、石畳をわたって、離れに通された。この離れは、関東大震災直後の大正十三年に建てられた。

床の間に「鶴飛千○雪」と書かれた掛軸がかかっていて、四文字目の○の部分がわからず、重盛旦那、ミチコ姐さんと解読につとめた。

鰻を焼くのに少々時間がかかる。そういうときは、掛軸の字を読むにかぎる。

「人」(重盛旦那説)

「丈」(ミチコ姐さん説)

「里」(嵐山説)

と言いあったが、達筆な略字だから、わかりかねる。腕組みをしているうちに、炭火

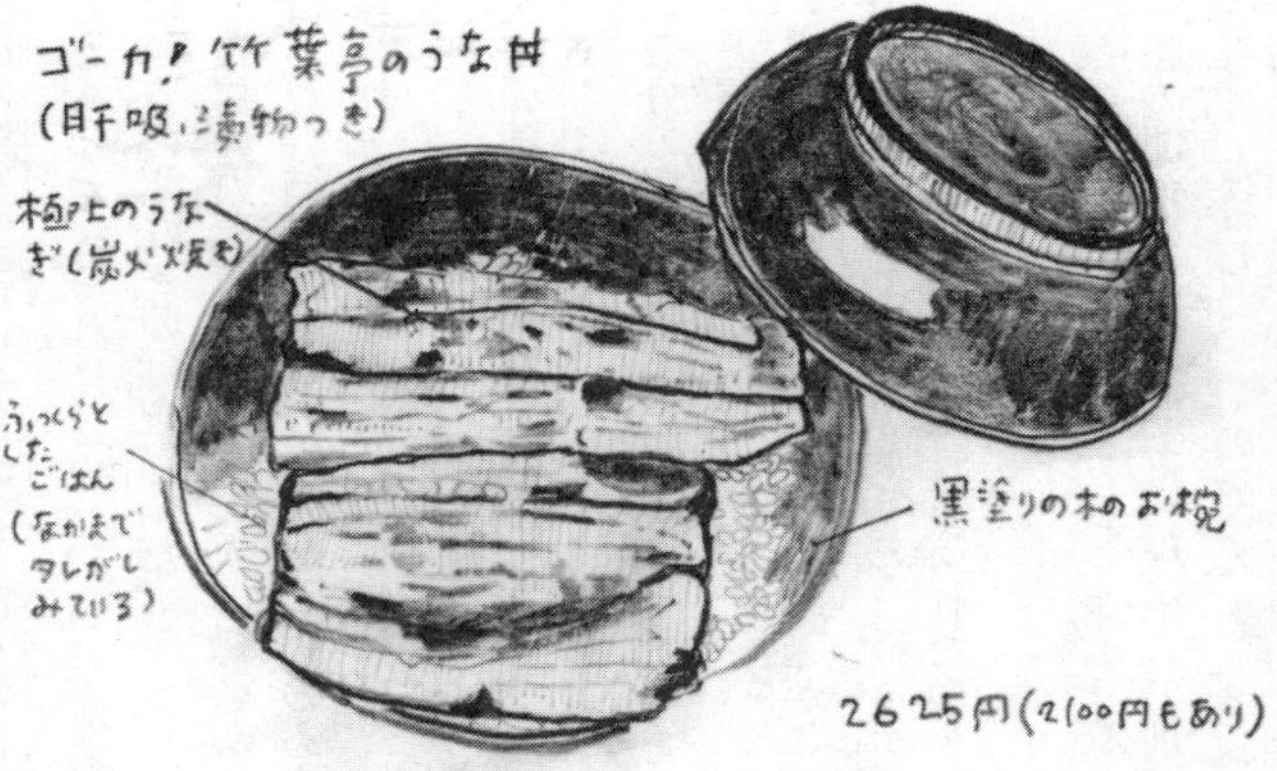

で鰻を焼く匂いがウナウナウナウナと漂ってきた。こういう時間が幸せなのである。鰻丼（二六二五円）の前に鯛茶漬け（二一〇〇円）を注文して、ぬる燗の酒をなめつつの判読である。

竹葉亭へ行くと、鯛茶にするか鰻丼にするか迷うので、両方とも注文することになる。ここで重要なことは、鯛茶のごはんをほんのちょっぴりにすることで、そうしないと、ごはんを残してしまう。鯛茶は、大きい切り身を胡麻ダレにまぶしてあり、ほどよい歯ごたえで、酒の肴にむく。半分を肴にして半分を茶漬けとする。

と、そこへ、女将がきて、〇の字を訊くと〝尺〟であった。「鶴飛千尺雪」（鶴は飛ぶ、千尺の雪）であって、一同、そうかアと膝を打ったところへ、茶色に焼きあげた鰻丼が出てきた。

この離れは七三五〇円の昼のコース（先付、

刺身、吸物、蒲焼き、ごはん、香の物、果物）を注文した客の部屋であるが、頼んで入れてもらった。それには少々、わけがある。拙書『文人悪食』（新潮文庫）斎藤茂吉の項に茂吉の鰻好きの話を書いた。

長男の斎藤茂太と茂太夫人の縁談がまとまったとき、両家の顔合わせが竹葉亭でとり行われ、結婚前の茂太夫人が緊張のあまり食べ残した鰻を、茂吉は、

「それを私にちょうだい」

と言って食べてしまった。

その部屋がこの離れなのである。

茂吉は、鰻を食べると、

「数分で樹々の緑が鮮やかに見える」

と言うほどの鰻信奉者だった。

鰻丼の鰻は香ばしく、野生の味がこげて、五十年前に食べた記憶がモリモリとよみがえった。炭で焼いた皮にコラーゲンが宿り、そのくせ脂がよくきれている。

食卓にタレの継ぎ足しを入れた塗りの器があり、こういうのを見ると、つい継ぎ足してしまうのであった。

鰻丼を食べると、目がランランと輝いてくる。

店の創業は江戸末期で、現主人の別府允さんは七代目になる。中国では、酒のことを「竹葉」と称した。その故事にちなんで「竹葉亭」という屋号がつけられたと言う。伝

統ある暖簾を守って竹葉亭の鰻蒲焼きは、日々、進化しているのであった。

昭和通りのイチョウは、すっかり葉が落ちて、枝ごしに銀座の空が見えた。樹々の一枝一枝が鮮やかに目に入ってくる。晴海通りを右へ曲がって、歌舞伎座横の細い木挽町《こびきちょう》通りに入ると、右手にナチュルアという店があった。

二〇〇五年十月にオープンしたお茶の店である。ハーブティー、紅茶、中国茶、緑茶など百八十種の茶葉がガラス棚に並んでいる。

客は中年のご婦人が多い。ティーセラピーという趣味で、近ごろの中年婦人はこういうのが好きなのだ。オレンジフラワー、マスカットの香りがするエルダーフラワー、エリカ、クローブ、ジャスミン、ハイビスカス、マリーゴールド、ローズピンク、ローズレッドとありまして、えーと、あとはなんだ。

ブルーベリー、レモンピール、オリーブリーフ、ストロベリーリーフ、セージ、ペパーミント、ローズマリー、イモーテル、といろいろあるが、ハーブティー系の種類が多い。

ティーセラピーの用紙があり、そこに、五十項目の体調を書きこむと、ティー・コンシェルジュがカウンセリングし、栄養士がブレンドしてくれる。

カラダのどこが気になるかと訊かれたから、

「中古品になったこと」

と答えたら、ただちにイモーテル（中国の永久花）が出てきた。黄色い葉で菊の香り

がして、老化防止となる。

重盛旦那は「不眠症」ということでカモミールブレンド。これはカモミール（ドイツ原産）とマリーゴールドとペパーミント（エジプト原産）のブレンドで、トローンと眠たくなる香りがする。

ミチコ姐さんは「二日酔い」にきくお茶ということで、ローズヒップブレンド。ローズヒップ（バラの実）、ハイビスカス、オレンジピールのブレンドだ。

キョーコさんはマローブレンドで、風邪による喉の痛みをやわらげるハーブティー。マローブレンドはこの店で、人気ベスト3のひとつで、ローズレッド（赤いバラ）、リンデン（緑色のボダイジュの葉）、マローブルー（茶色のウスベニアオイ）をブレンドしている。ぼくもつられて、

「それちょうだい」

と注文してしまった。

銀座散歩で買い物をつづけるうち、おばさん化していく自分に気がついた。

こういったティーセラピーのたぐいは、本来は苦手だったのに、このところ、はまっ

てきた。

このお茶屋さんで、ブレンドティーを買って試したら、これまたはまって、とんでもない領域に入っていくんじゃないでしょうか。

こういうときは、気分を一新して空也へ行って和の心をとり戻すしかない。

空也は最中が超人気で、いつ行っても「売り切れ」の札がかかっている。上等品なのに安く売るという商売が客の心をつかんでいる。

最中より手に入れるのが難しいのが黄味瓢《きみひよう》という和菓子である。瓢箪形の生菓子で、白インゲン豆を餡にして、卵の黄味で色をつけている。空也上人の瓢箪をかたどった菓子だが、ビワの実にも似ている。

店の上にある小さな工房でつくる生菓子は、保存料や添加物は使わず、その日のうちに食べなくてはいけない。

キョーコさんが十日前に注文しておいてくれたから、六個入り（一八五〇円）が手に入った。配達はしないので、予約をして、自分で受け取りに行くしかないのである。

買い手にそれぐらいの手間がかかるから、進物とするともらった人も喜ぶのである。

店の人に、

「つぎは、いつの日に買えますか」

と訊くと、カレンダーを見て、十日後と二週間後のぶんが残っているのがわかった。

大量生産しないところに老舗の面目がある。

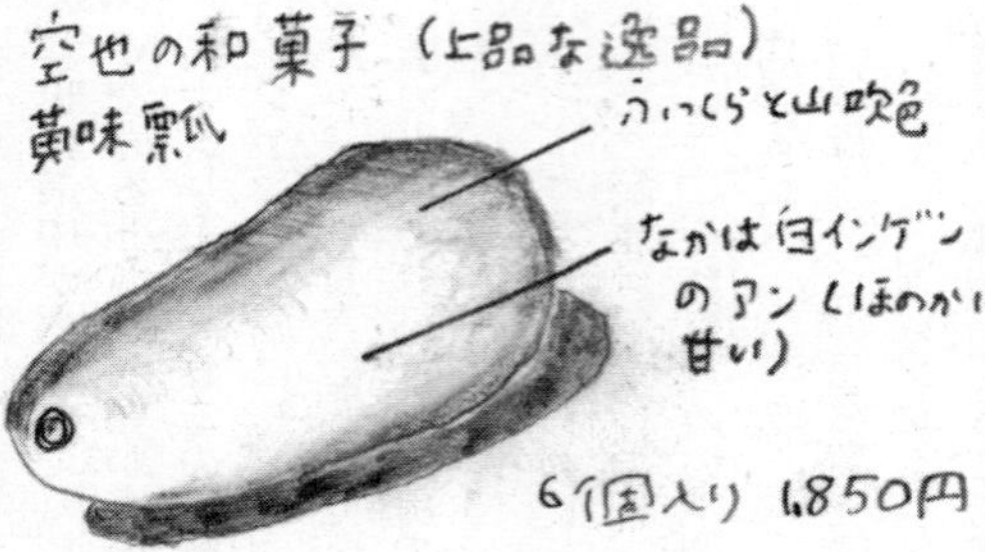

空也の黄味瓢の箱をぶらさげて、下駄をはいて、エルメスのビルの屋上を見たら、馬に乗った騎士像が目に入った。両手に旗を持っている。これは、エルメスが創業百五十年を祝ってセーヌ川に大型の筏《いかだ》を浮かべたときに使った花火師の像だと言う。

今まで気がつかなかったが、銀座にはパリからの使者もおみえになっているのだ。

もう、こうなったら、わが体内に繁殖するおばさま菌をとめようがないのであった。

七丁目、資生堂本社の裏にあるバー煙事は夕方六時からのオープンだ。この店は燻製《くんせい》が得意で、男っぽい気配があるから、おばさま菌を中和させるのにいい。

燻製盛り合わせは、スモークチーズ、タコ、卵、タクアン、ベーコン、鴨であった。食べられるものはなんでも燻製にしてしまう。盛り合わせのなかでは一位タコ、二位タクアン、三位鴨の順によく仕上がっていた。店内はまたたくまに満員となった。燻製は軽井沢でつくっていると言う。モンゴル岩塩とインド黒胡椒を使い、ナッツやカラスミ、アワビの燻製まである。

チリワインのドンメルチョー・1998年を一本注文すると、わずかに冷えていて、冷やし加減に技がある。ワインをボトルで注文すると、店の力がわかります。はい飲みましょ、ドボドボ、グビグビ、ウーイけっこうなお味ですなあ、赤ワインには明石のタコがあいます。ほら、淡白な燻製だけど、かみしめたあと、煙の匂いがファーンと舌を追いかけてくるでしょ。ワインが喉にしみますなあ、タクアンだってスモークすりゃワインの肴になることがわかった。

❖竹葉亭本店　03・3542・0789
❖空也　03・3571・3304
❖ナチュルア　03・3541・0753
❖煙事　03・5537・5300

第25話 オーダーメードの子供服、サヱグサの名品

木村屋總本店〜吉兆・ホテル西洋銀座店〜大和屋シャツ店〜サヱグサ

四丁目にあんぱんの甘い香りが漂ってきて、くんくん嗅いで桜の匂いを感じとった。木村屋總本店のあんぱん売り場から、焼きたてのあんぱんの匂いがたちのぼっている。木板《もくばん》に、桜あんぱん、けしの実あんぱん、小倉あんぱん、白あんぱん、うぐいす（えんどう豆）あんぱんが詰められ、飛ぶように売れていく。栗あんぱん、クリームチーズあんぱんもある。一階のあんぱん売り場は、いつも縁日みたいな賑わいである。

銀座木村屋が開業したのは明治二年で、翌三年に銀座に店舗を移し、明治七年に酒の酵母を使った酒種あんぱんを売りはじめた。

桜あんぱんをつくったのは明治八年で、明治天皇への献上品であった。八重桜の塩漬けをまんなかのへそに添えた。以来、桜あんぱんは木村屋の名物となった。

頼みこんで七階のあんぱん工場に案内してもらった。髪の毛が落ちないように白い帽子をかぶった。酒種のぱん生地は有明工場でつくり、朝と午後の二回運ばれてくる。あんぱんを焼く職人は十名である。

丸めた二十五グラムの生地が機械からコロコロと出てくる。生地は赤ん坊の肌みたい

に柔らかい。あんこも生地と同じく二十五グラムだ。

職人は生地を丸める役、あんと桜塩漬けを詰める役、釜で焼く役にわかれている。立って見ていると、職人たちはてきぱきと働き、休むひまがなく、ぶつかりそうになった。手ぎわのよさに驚いているうちに、こんがりと栗色のあんぱんが焼きあがった。焼きたてはカリッとした表面だが粗熱がとれると、色が濃くなり照りが出てくる。

桜あんぱんだけで一日三千個を焼きあげる。そのほかのあんぱんをいれると一日一万個だ。焼けたあんぱんは、すだれを敷いた木板に詰められて、一階の店舗で売られる。

木村屋總本店のあんぱんがかくも人気があるのは、店のすぐ上で焼いているからだ。日本一地価が高い銀座四丁目にあんぱん工場がある。

同行したのは高校の同級生の収ちゃん（佐藤収一氏）で、収ちゃんはSANKOと書かれた焼き釜を、どうやって七階まで運んだかに興味があるらしい。

「あ、部品を分解して、エレベーターで上げて、七階で組みたてたんですか。なるほどねえ」

と、収ちゃんは感心している。六階の事務所で焼きたてを

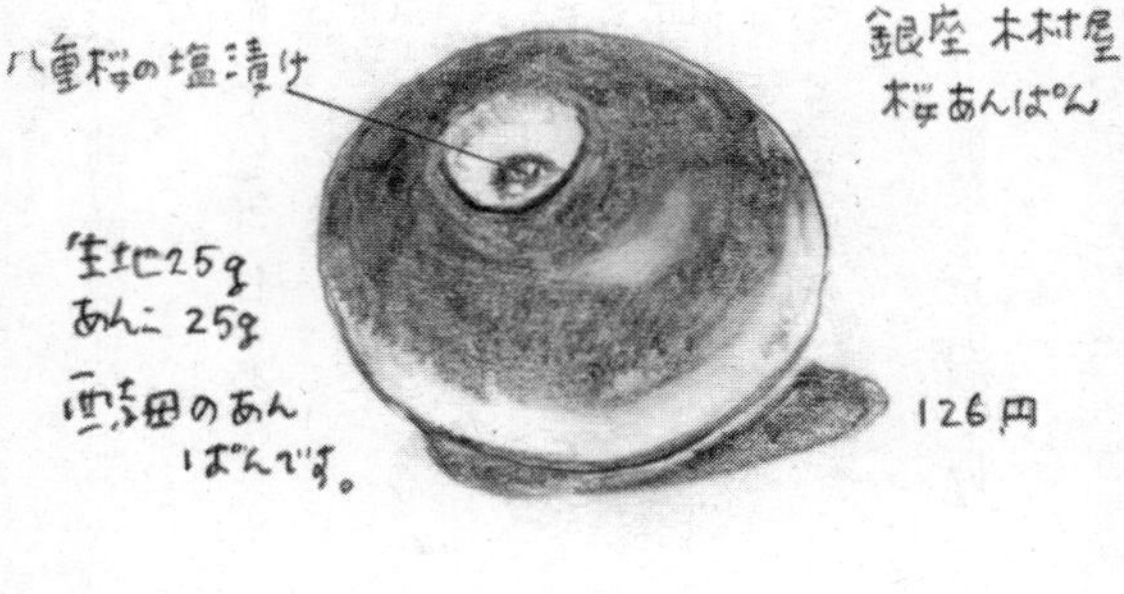

食べたら、あちちちち、あんこまで熱くて舌が火傷《やけど》しそうになった。酵母菌の香りにまじって、桜の香りがやわらかく広がって、口のなかが桜の園になった。

昔は吉野産の桜を使ったが、今は富士五湖の八重桜を塩漬けにしている。甘いあんこに、塩味の桜をあわせたところが、木村屋ならではの発想である。

お茶を飲んで一階へ下りると、あんぱん売り場に行列ができていた。行列しても二、三分も待てば焼きたてあんぱんが手に入る。桜あんぱんは一個一二六円だ。たちまち、

あんぱんに桜の園が埋ってる

というアンパン句をチェーホフ氏にかわって詠んでおいた。

ホテル西洋銀座の地下にある吉兆は、本店の味にアレンジを加えたやさい懐石が評判だ。ご主人は初代湯木貞一さんの孫、湯木俊治さんである。

昼の献立でいちばん安いのが、九二四〇円のやさい懐石である。ざっと見わたすと、ご婦人連中がしずしずとやさい懐石を食べている。

テーブル席に清元が流れ、ふんわりと和風気分になったところへ、前菜と食前酒（梅酒）が出た。

春野菜のゴマクリームあえは、菜の花、しいたけ、うど、百合根、京にんじん、くこの実、つくしの七種である。つくしは湯がいて乾燥させてから油で揚げる、という手のこみようだ。

お椀代わりは、白味噌仕立ての田楽鍋。紙鍋に豆腐、ちんげん菜、しいたけ、京にん

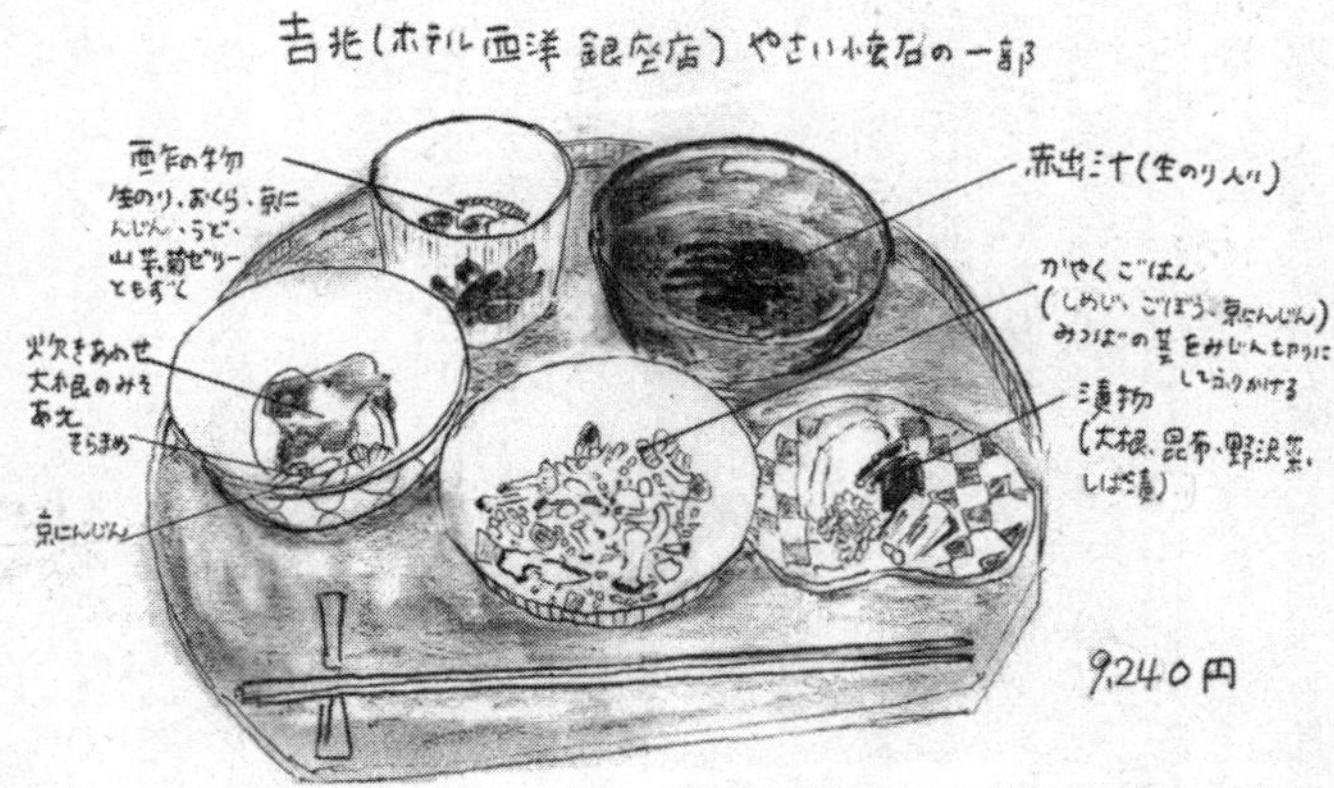

じん、南京が盛られている。

コーンスープに白味噌（京味噌二種）で生クリームを隠し味にしている。鍋のスープがクリーミーで甘酒の香りがして、洋風味を加えたところが見どころである。

刺身代わりはなんだろう。本来の懐石なら、ひらめかまこがれいのお刺身だろうが、野菜で見たてるのである。しばらく待つと、湯葉のジュレがけが出てきた。湯葉の上に水前寺海苔、うるい、温泉卵、京にんじんを乗せ、かつお出汁のゼリーをかける。ゼリーが湯葉にからみついて、ねっとりと弾力のある味だ。

焼き物代わりは、ふきのとう味噌のコロッケ。土のなかから顔を出すふきのとうがコロッケになりました。

「よく考えましたねえ、こんなの自分じゃ食べられないもの」

とほめたら、

「家庭でつくれないものを出さなきゃ商売できません」

と湯木さんがニコニコとうなずいた。ま、そりゃそうだな。

炊きあわせは大根のからしみそ添え、酢の物は山口産もずくに野菜とゼリーをそえる。

かやくごはんは銅釜で炊き、おこげのところが香ばしい。残ったごはんは、お土産に包んでくれる。

そのあとのデザートは、ブルーベリー、パパイヤ、ヨーグルトアイス、イチゴにイチゴソースがかけてある。

和食のデザートは、フランス料理にくらべてシンプルだけど、吉兆では、アレンジを加えて和風味を出している。

やさい懐石のメニューは、湯木さんがスタッフと相談しながら三週間ごとに替えていく。野菜だけで懐石料理を創作し、フォンドボーや魚のスープで、持ち味をひき出す。さっきから、モクモクと食べている食通のミチコ姐さんに感想をうかがうと、

「感心しました」

とのことでありました。

「さ、つぎはワイシャツですよ」

と収ちゃんをせかして、中央通りをひきかえして交詢社の横にある大和屋シャツ店へ向かった。

収ちゃんは五つの会社を経営する社長で、工事中のビルばかりを見る。建設業もして

いるから「この土地はいくらか」という計算をしている。店舗を見ずに、工事を見る変な散歩人なのだ。

はい、大和屋シャツ店へ着きました。日本のワイシャツ発祥の店です。幾多の世界博覧会で賞賛され、戦前は皇室ご用達、英国皇太子プリンス・オブ・ウエールズやルーズベルト大統領のご愛顧を受けて、さらに……。

と講釈しているうちに、収ちゃんは寸法をはかりだした。腕、首、胸囲、腹、とどんどん寸法をとっていく。ワイシャツの生地だけで五百五十種類そろっているんだからね。

収ちゃんはブルーベースに白ラインの生地を選んだ。襟の形は八種類から選ぶ。最上級のシャツで、袖は二つボタンのデザイン。

ぼくは、えーと、イタリアのテスタ社の糸の最上級品にした。ネクタイをしないオープンカラーだから、ボタンの位置を定番のワイシャツより三センチあげた。これは三万五七〇〇円だ。

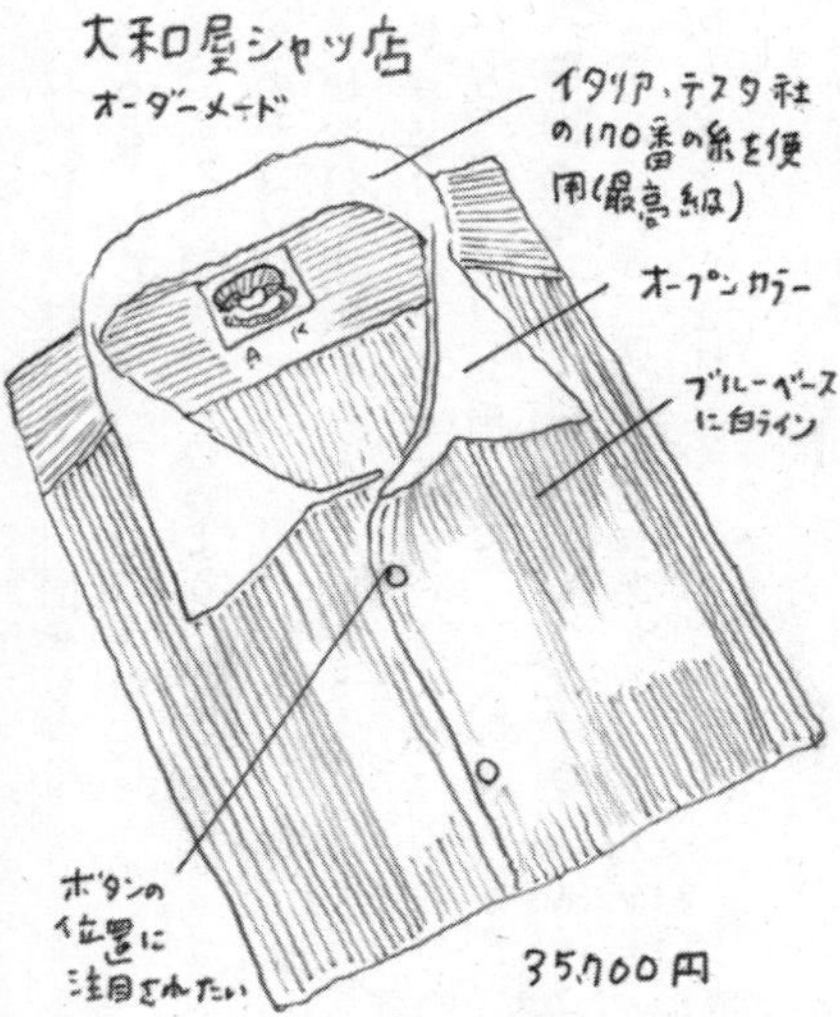

ワイシャツは着る人が自信をもって着ると、たちまちシャツのほうがなじんでくる。顔映りがいいように仕立てるのがコツだ。

せっかく寸法をとったんだから、白いチェーン柄（国産・一二〇番の糸・二万一〇〇〇円）も頼んだ。一度採寸しておくと、あとは電話でも注文できるのがいい。三週間でできあがる。

ワイシャツを仕立てつつ、収ちゃんは、

「子ども服はないかね」

と言う。収ちゃんには、三歳の孫娘がいる。自分のシャツよりも愛孫の服のほうが気になるらしい。

そりゃ、サヱグサでしょう。日本で初めて子ども服のオーダーメードを始めた店です。

交詢社通りに出て、中央通りを新橋方向に歩くと、ギンザのサヱグサがある。

創業は明治二年で、銀座に店を出したのは明治八年である。昭和八年に、ジャージーによるオリジナル子ども服を開発した。

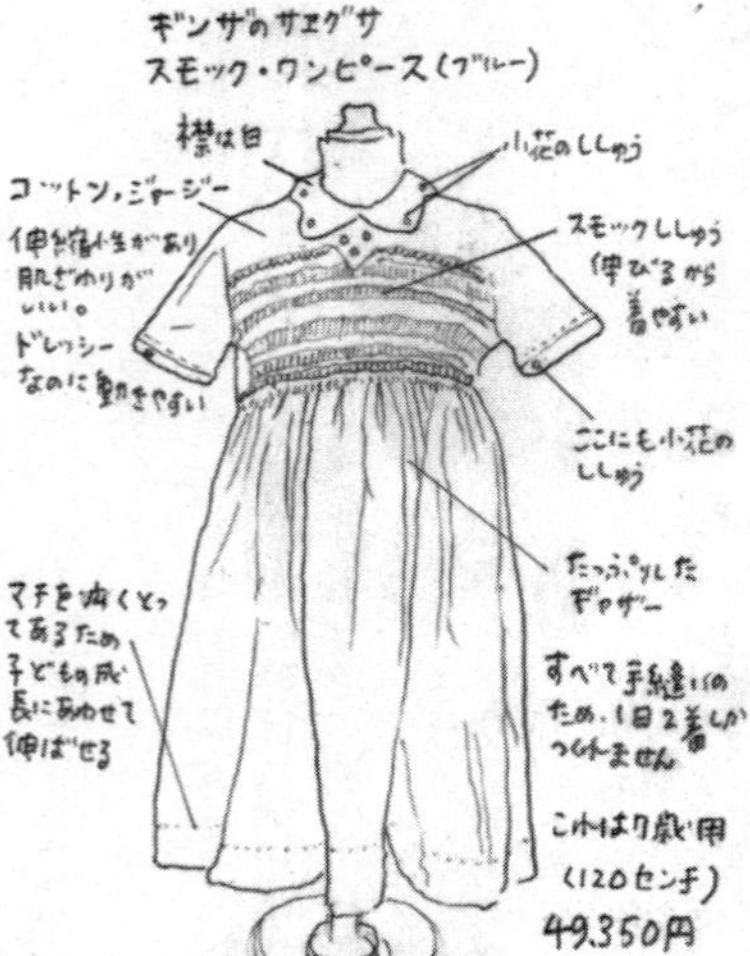

ジャージーという運動用の素材をフォーマルに仕立てたところがサヱグサのアイデアである。子どもが動きやすいように春はコットン・ジャージー、冬はウール・ジャージーを使う、スモック・ワンピース。

ほかにもかわいいのがいろいろあるが、「サヱグサの名品」といえばコットン・ジャージーである。白い襟には小花のしゅうがポツンポツンとついていて、

「わあ、子どものころ、こういう服を着たかったなア」

と声を出したら、ミチコ姐さんに、

「これは女の子の服です」

とたしなめられた。

スモックししゅうは伸縮性があり肌ざわりがいい。すべて手縫いで、毎日この服だけをつくっている職人がいる。一日二着しかつくれない。

四代目社長の三枝進氏（七十歳）が、

「裾は広くマチをとっているので、成長にあわせて伸ばせます。子どもは背は伸びても肩幅は大きく変化しません」

と説明してくれた。

三枝さんは銀座の歴史博士とも言うべき人で、街の重鎮である。コットン・ジャージーを、いたわるようにながめているのだった。

色はピンクとブルー、ネイビーの三色で、収ちゃんはブルーの服を買った。

高校生のころ、泥まみれで山へ登っていたイタズラ坊主の収ちゃんは、すでに孫の服を買う年歳になった。

❖木村屋總本店　03・3561・0091
❖大和屋シャツ店　03・3571・3482
❖吉兆・ホテル西洋銀座店　03・3535・1177
❖サヱグサ　03・3573・2441

第26話 春燈にプラチナボーイ輝けり

煉瓦亭～安藤七宝店～鳩居堂～東京凮月堂～タニザワ～モントレ ラ・スールギンザ～もとじ

銀座もとじに注文しておいたプラチナボーイの着物（四八万円）ができあがった。プラチナボーイは、オスの蚕《かいこ》だけから紡がれる生糸で、その糸を織った着物が、銀座もとじの新製品である。

オスの蚕からとれる糸は、艶があって細く、しなやかで強い。なかなか実用化には至らなかったが、主人泉二《もとじ》弘明氏執念の着物である。ぼくの大島紬着物は、その第一号になるから、その発表パーティーに出席することにした。

帯は、マジックテープで留める超簡単方式（二万八〇〇〇円）をつくっていただいた。泉二氏は、銀座の泰明小学校で、生徒たちに、柳染めの技法を教えている。銀座の柳を染物にするというアイデアは銀座もとじならではの発想である。

昼間からプラチナボーイの着物で歩いて、うっかり醬油のシミなんかつけちゃったら大変なことになるから、いつもの服に、銀座もとじで買った和服コートを着て、三丁目のレストラン煉瓦亭へ向かった。

煉瓦亭は、池波正太郎さんがひいきにしていた洋食店である。

三階の座敷で旧友の秋山祐徳太子と待ちあわせた。十二時には、店の外まで行列ができている。煉瓦亭は日本人の嗜好にあわせた洋食をアレンジした店で、トンカツ(ポークカツレツ)が有名である。トンカツにきざみキャベツを添えるのは、煉瓦亭が発案した。

えーと、どれにしようかな。

ポークカツレツ　一二五〇円
ハヤシライス　一四〇〇円
元祖オムライス　一二五〇円
エビライス　一二五〇円

池波さんと食べたときのように四つとも注文して、みんなでわけることにした。秋山氏、ミチコ姐さん、キョーコさん、私の四人ぶんの小皿にとりわけるのだ。あと、野菜サラダ(八五〇円)を注文して四人でわける。

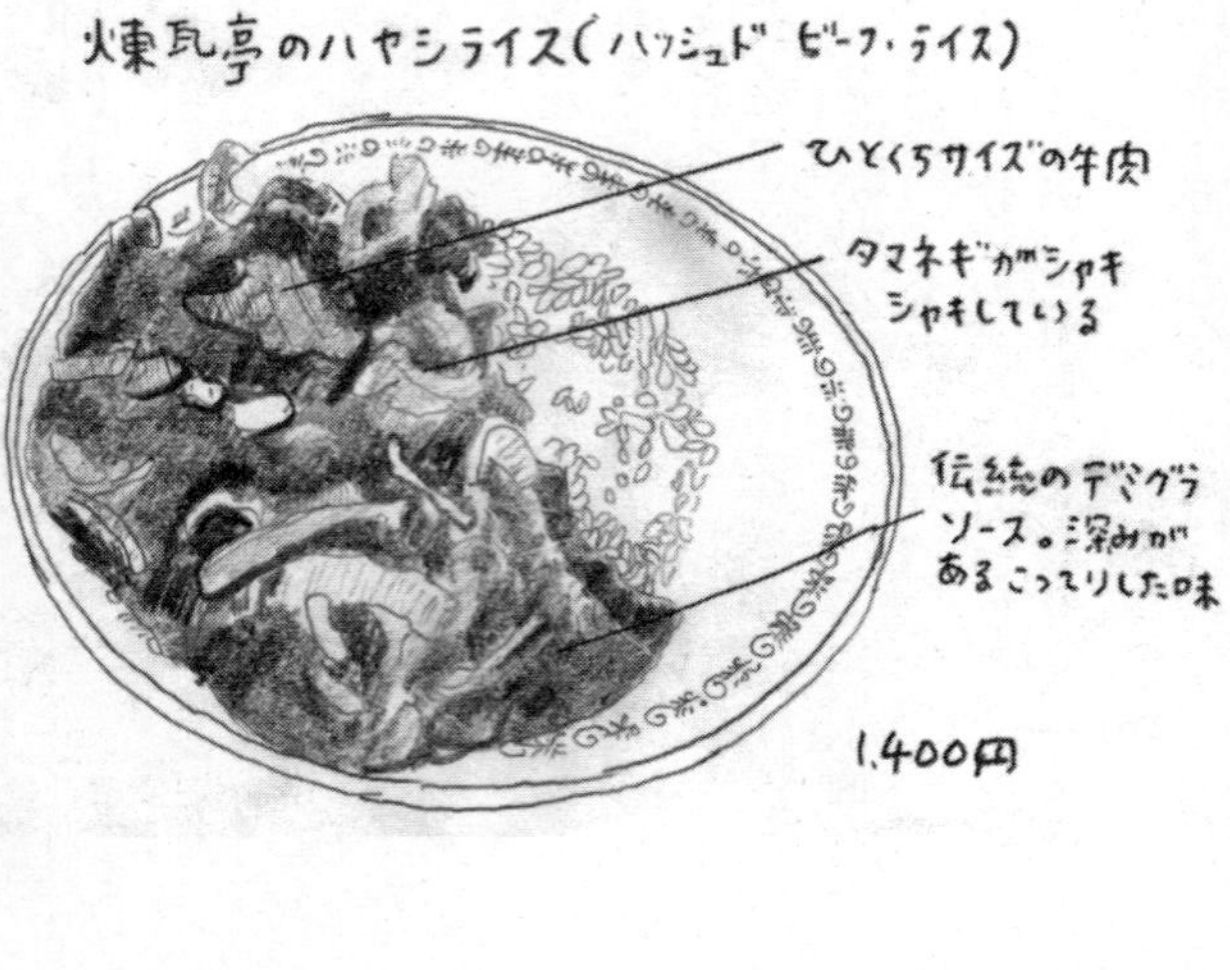

元祖オムライスは、牛と豚の合挽き、マッシュルーム、グリーンピース、タマネギとごはんを卵に混ぜて一緒に焼いたもので、卵焼きでくるんでない。これが、元祖のレシピである。

エビライスは大きめのプリプリのエビとごはんを、ケチャップ味でいためている。ポークカツレツは豚肉ロースを揚げて、コロモがさくさくする。

池波さんが好んだのは、ハイカラでたっぷりのハヤシライスであった。ひとくちすすると、ぐらぐらっとくる濃厚なハヤシライス。

はい、食べましょうね。

ミチコ姐さんは、欠食児童に給食を配るように、てきぱきと四枚の小皿にとりわけた。ハヤシライスはタマネギがシャキッとして、歯ごたえがいい。

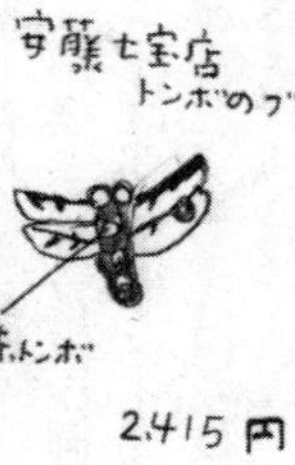

秋山氏がやたらとほめるのは、ハヤシライスに添えてある福神漬けとラッキョウで、

「これぞハヤシライスの外堀である！」

と力説した。

秋山氏は、ハプニング芸術家であって、ブリキ細工のオブジェに定評がある。芸術生活の半生をつづった『ブリキ男』（晶文社）が出版されて、一冊をぼくにくれた。

ギャラリー58へ行き、秋山氏の傑作写真展を鑑賞してから、五丁目の安藤七宝店へ歩いて行った。七宝は日本で発展した特有の工芸品で、安藤七宝店は、明治十三年に創業された宮内庁御用達の店である。

カフス、ループタイ、ネックレス、ブローチなどが豊富で、レース編みのような茶たく（一〇五〇円）は、深い緑色が美しい。ミチコ姐さんはお気にいりの髪留を、

「買おうかしら、どうしようかな」

と手にとっていたが、その横にトンボのブローチ（二四一五円）があったので、そっちを買った。

すぐ近くの鳩居堂へ行くと、いつもながら、女性客で賑わっている。鳩居堂の和紙細工は、女性客をひきつけるフェロモンがあるんですね。

こどもの日が近いので、張り子の五月人形や、鯉のぼりカードなど、和紙でつくった小物が豊富である。和紙でつくった鯉のぼり（一〇五〇円）を買った。還暦をすぎた身にあっても、鯉のぼりには男子の心をゆり動かす華やぎがある。

いろいろと見ていくと、やたらと買いこんでしまいそうだ。

銀座四丁目の信号を渡って、和光と木村屋あんぱん店を左に見まして、教文館書店を通りすぎると明治屋がある。明治屋のひとつ手前に、東京凮月堂銀座本店がある。

老母のヨシ子さんに
「凮月堂のゴーフルを買っといで」
と頼まれていた。ヨシ子さんは、凮月堂のゴーフルをCDとまちがえて、プレーヤーへ入れたことがある。一階の売店で十二枚入りの缶（一五七五円）を買って、二階ティールームへの階段を上って行った。ティールームからは、目の前にティファニーの時計が見え、銀座通りを眺める特等席である。

アフタヌーンティーセット（一五七五円）を注文して、イギリス紳士の気分になりました。
上の皿には、あたためた紅茶スコーンと、きょうはイチゴとブルーベリーが乗ったエクレアである。スコーンはメープルシロップをつけて食べる。豪華だなあ。
下の皿にはサンドイッチとつけあわせのピクルスがある。飲み物は紅茶かコーヒーのどちらかを選ぶ。

ミチコ姐さんとキョーコさんと三人でわけて食べるのにちょうどいい。と思ったら、向かいの席のおばさま三人連れは、ひとりひとつずつとってじっくりと腰を落ちつけていて、「負けたア」と、腰がくだけた。

オヤジは、銀座を散歩して、日本のおばさまの底力を学習しておくといい。おばさまの根性がわかる。

がっくりと肩をおとしつつも、こんなことで負けてなるものか、と胸をはって、銀座通りを進んで、カバンの銀座タニザワへ入った。

和服を着て持ち歩くカバンがほしかった。和服を着るとき、巾着を持ち歩くが、巾着だとノートや本が入らない。和服に巾着というのは、いかにも、という感じがある。

やわらかいベージュ色の革カバンで和服にあうのを探すと、ありましたよ、さすがタニザワである。

ソメス（SOMÈS）のカバンはソフトで持った具合がいい。ソメスは北海道で馬具をつくっているメーカーで、両サイドのマチにケイタイを入れるサイズのポケットがある。三万四五〇〇円。

手紐がビスでとめてあるため、シンプルで軽い。内側はこげ茶色の布ばりで、頑丈である。

と、ここまできて、眠くなった。前夜は三時間しか眠っていない。銀座もとじのプラチナボーイ発表パーティーまでは、まだ二時間ほどある。

で、パーティー会場のホテル西洋銀座のすぐ近くにあるホテル、モントレ ラ・スールギンザへ向かった。このホテルは、デイユース（十二時〜十六時）ができる。

銀座のプチホテルというのは、泊ったことがない。モントレ銀座の姉妹ホテルで、十二階のツインに通された。デイユースは一万一〇〇〇円。

ペパーミントグリーンの壁で、部屋は小さいが、ベッドや家具のインテリアは女性好みだ。アールヌーボー調の鏡と椅子。

銀座通りに向かって開いている窓からは、今行ったばかりのタニザワが見えた。

ミチコ姐さんとキョーコさんに、近くの喫茶店へ行ってもらって、一時間ほど昼寝をした。銀座散歩のさなかにホテルで昼寝する、というところが、われながら図々しい。

一時間ぴたり眠って、洗面場でヒゲを剃り、歯をみがいて、シャワーをあびて、すっきりとした顔で、銀座もとじへ行って、誂《あつら》えたばかりの大島紬を着た。

肌に吸いついてくる着心地で、しなやかである。光沢があって、歌舞伎役者になった気分だ。糸がきしっとしまって、毛羽だたない。

帯を巻くときにキシキシと音がして、腹がきゅっと締まった。自然と背筋がシャンとのびる。プラチナボーイとはよくつけた名称で、着物でありながら、白金のあわい光がピカッと輝いて、自分のカラダから光線が出ていく感じだ。

こんな着物で夕暮れの銀座を歩けば、おばさまたちが、ぞろぞろとついてくるんじゃなかろうか。けれどおばさまが服にふれると、ビリッと電流が走って、感電してしまうかもしれない。

銀座もとじの店内は、パーティーに参加する紳士たちが揃ってそれぞれ、自慢の着物を着つけている。ミチコ姐さんが耳もとで、

「嵐山さんのがいちばんいいです」

と言ってくれたので、自信がついた。あ、そうだ、羽織を忘れていたな、と気づいて、店の人に

「なにかこれに合うのはありますか」

と尋ねると、引き出しの下から、薄紺の越後紬羽織（二七万六〇〇〇円）が出てきた。裏地に、風神雷神図があって、これをはおれば、悪霊を退治して、怖いものはない。ぴたりとあうので、それを買った。

胸を張って、下駄の音をならしてホテル西洋銀座の三階ラウンジへ行くと、着物姿の

紳士淑女が、しずしずと集まってきた。

檀ふみさんの着物姿が、天から舞いおりた鶴のようにあでやかだ。ふみちゃんが女優になる前の中学生のころより知っている。

ふみちゃんは、着物を銀座もとじでつくっていて、着物姿のぼくを見ると、

「お似合いですよ。やっぱり、年歳が着物にあうのね」

とほめてくれた。

パーティー会場は、着物姿の男女であふれていた。プラチナボーイの養蚕農家、蚕の研究にかかわった研究所の博士、製糸工場の技術者、大島紬の染織をした名人が、つぎつぎに壇上に上って、挨拶をした。

歌手の橋幸夫さんがやってきて、

「ちょっとさわらせてください」

と言って、ぼくの着物に手をあて、

「これは凄い。たいしたものだなあ」

と感嘆の声をあげた。ほめられると、ますますいい気になって、

「この会場の着物でも、ぼくのがいちばん輝いておるな」

と改めて、鼻が高くなった。

❖安藤七宝店　０３・３５７２・２２６１
❖鳩居堂　０３・３５７１・４４２９
❖東京凮月堂　０３・３５６７・３６１１

❖モントレ　ラ・スールギンザ　０３・３５６２・７１１１
❖もとじ　０３・５５２４・７４７２

第27話　トンカツに昔をしのぶ卯月かな

松坂屋銀座店～トリコロール本店

松坂屋銀座店のお好み食堂が登場したのは昭和五年で、天ぷら、お寿司、トンカツが評判をよんだ。なかでも人気があったのはヒレカツである。

小学生のころ、母親に連れてこられたころは、カタカナで、「マツザカヤ」と表示されていた。

就職した二年めの昭和四十一年に、松坂屋で象を売っているときいて、見に行った記憶がある。

同級生が松坂屋に就職して、

「象一匹が一二〇万円だぞ」

と自慢の電話をよこした。ぼくの月給が三万円だったから四十ヵ月ぶんの値段である。屋上の金網のなかに子象がいて、腹に一二〇万円と書いた札が張ってあった。

昭和十年の八階食堂は「星の食堂」といって、家族連れで賑わった。西条八十が「星の食堂の歌」を作詞している。

今宵逢ひましょ、銀座の街で
名さへあなたを松坂屋
昇降機《リフト》上れば、星かげ、灯かげ
空のサロンの朗かさ

楽しそうだなあ。

あのころは、松坂屋の「星の食堂」へ行くことが東京の子のあこがれだった。

ところが、昭和二十九年に大事件がおこった。ゴジラが松坂屋を襲撃してぶちこわしてしまったのだ。といっても、これは東宝映画「ゴジラ」の話で、海から上陸したゴジラが、銀座のビル群を破壊光線でなぎ倒すシーンが出てきた。松坂屋は銀座の象徴であった。

と、いうようなことを思い出しながら、松坂屋七階のお好み食堂へ入った。三十年ぶりか四十年ぶりか、そのへんの記憶はさだかでないが、とにかく、なつかしい思いでショーケースのな

かを見つめた。今のお好み食堂は「蘭」という。

ぼくは一五七五円の幕の内弁当。

ミチコ姐さんは一六八〇円のミニ天丼セット（稲庭うどんつき）。

キョーコさんは一六八〇円のヒレカツ定食。

それぞれを食べわけると、やはり、ヒレカツがダントツであった。コロコロと丸いヒレカツ六個を、食べやすいように半分にカットしている。コロモがさくりとして、肉がやわらかくお年寄りむけの枯淡のトンカツである。

千切りキャベツにソースをぼたぼたかけるなんてひさしぶりだ。年配の女性が「研修生」のバッジをつけて料理を運んでくるところが、お好み食堂らしい。

周囲にいる客は、ほとんどがヒレカツ定食で、家族連れはお寿司を食べていた。食堂の奥が寿司カウンターになっている。

ミチコ姐さんの後ろのおばさま二人連れが、大声で、

「だから、わたしが、きちっといってやったのよォ」

と話していて、おばさまの世間話も、ごはんのおかずになる。

七階の食堂街には、お好み食堂のほか、赤坂飯店、永坂更科、資生堂パーラーが入っている。はたして資生堂パーラーのオムライスの味やいかに、とショーケースを見つめていたら、ミチコ姐さんに、

「それは見本用のロウ細工ですから、さっさと行きましょう」

とどつかれた。

ここんとこ急に暑くなって、息ぐるしいわ。外へ出て、サンソ吸いましょう。サンソ、サンソ。

すると、キョーコさんが、地下に酸素バーがありますよ、と教えてくれた。あらま、松坂屋は酸素まで売っているのか。

地下二階へ下りると、アロマテラピー酸素バーのカウンターがあって、ピンク・ブルー・イエロー・透明の液体がブクブクと泡を出していた。ここは酸素を吸うバーなのだ。十分で六〇〇円。三十分で一八〇〇円。

茶髪のおばさまが、カウンター席に座って、酸素水を水割りウイスキーみたいに飲んでいる。その奥の個室に三席あり、特製上等酸素セット四十五分が三一五〇円だという。

ミチコ姐さんとキョーコさんは足デトックス（三十分・三六〇〇円）というのを試すことになった。フットバスに両足をつっこんで鼻から酸素を吸う。

ぼくは、透明のアクリル製マスクを顔につけて、リクライニングシートに座った。濃縮酸素がシューシューと出てきて、体のなかに涼風がそよいだ。二十分吸ってから、ミ

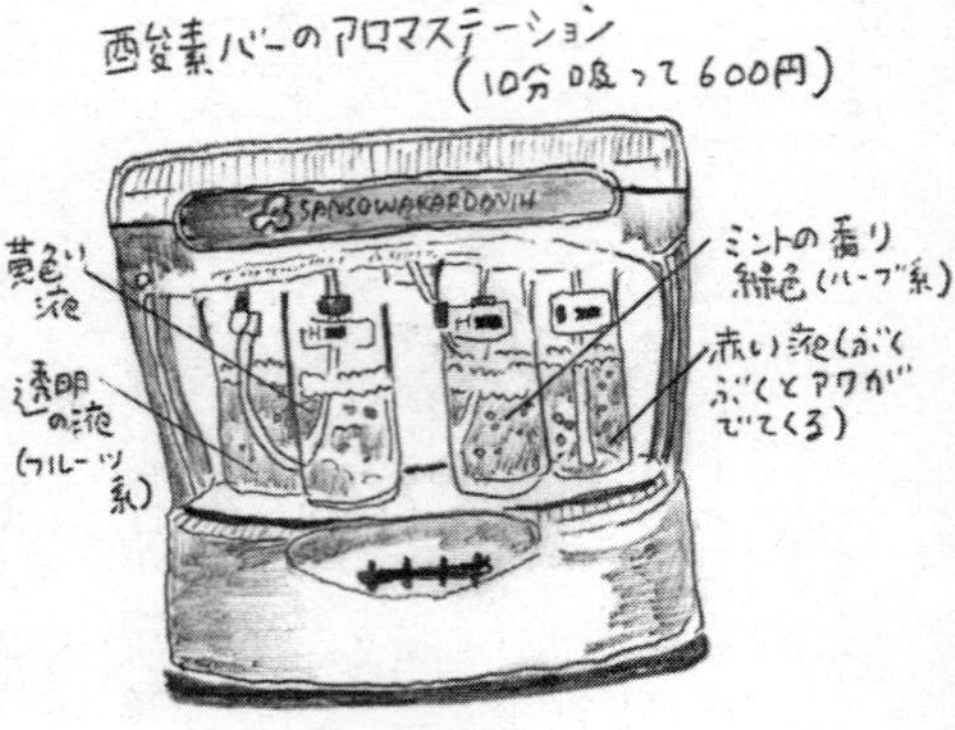

ストトリートメント（霧吹きつけ）をして、また酸素を吸う。こうするとお肌が若がえるのです。マドンナがこれをやっているという。

隣の席では、ミチコ姐さんが、

「わっ、毒が出てきた！」

と叫んでいる。ミチコ姐さんの両足を入れたフットバスの水が茶色になった。

「げっ、わたしは緑の毒だわ」

とキョーコさんが唸っている。フットバスにミネラルを入れて、電気分解すると色が変化する。

「わだじ、妖怪みだいな緑色だわよ、茶色はオバゲがもね。でも、なんだがいいギモヂー」

おふたりさまは、鼻で酸素吸引をしているため、国籍不明の、ずーずー弁になっている。この足デトックスは、ダイアナ元妃がしていたイギリスのセレブの方式なんだって。

ひととおり終わってから、アシタバ杏仁茶を飲んだ。お店の女性が、

「このあとは水を二リットル飲んで、うんことおしっこをいっぱい出すと、ききめがあります」

という。

酸素を吸って銀座通りを歩くと、ボワーッと酔っ払った気分で、目が泳いでくる。ミチコ姐さんは、足が軽くなったらしく、キョーコさんは足首がひきしまった、という。

酸素がきいてきて、やたらと、コーヒーを飲みたくなった。さっき来たみゆき通りを戻って、あづま通りを右へ入ったところに、老舗のコーヒー店トリコロール本店がある。

トリコロール本店は、コーヒーを普及させるために、昭和十一年に創業された。二階建ての店で、一階入口の左側にらせん階段があり、銀座の若旦那や新劇、新派の俳優たちのたまり場であった。

できた当時の写真を見ると、ガラスのウインドーに、白い文字で「不良青年」といたずら書きがある。昭和十年代の不良青年が出入りした店なのだ。

一階席は満員だった。階段を上ると、二階の天井からはシャンデリアがさがり、壁は古レンガづくりであった。

レンガの暖炉があり天窓から淡い光がさしこんでくる。戦前の映画に出てくるような豪華な造りである。

二階も満員で、四人掛けの席がひとつだけあいていた。店内にはコーヒーの香りが漂っている。

隣の席は七人連れのおばさままで、歌舞伎昼の部を観劇したご一行と思われる。そりゃにぎやかで、なにをお話しなさっているかはわからぬものの、ピカピカに威力がある。銀座を歩くたびに女性のパワーに圧倒され、いったい、おやじ連中はどうなっておるのか、と不安になった。

左側の窓ぎわに、おやじのおひとりさまがおりました。かつての不良少女は、そのまんまスクスクと育って不良おばさまになりましたが、不良青年はハゲ寸前毛髪チョロリの貧乏書生風情で、ケイタイを手にしてモソモソと話している。

トリコロール本店といえば、二本セット三六〇円のエクレアが有名である。ウエートレスに注文すると、最後の二セットが残っていた。

シューのパリッとした口あたりを出すため、注文を受けてからカスタードクリームをつめる。ひとつのエクレアにはチョコレートをかけ、細かく砕いたナッツと、スティック状のチョコレートがそえてあった。細身で小ぶりだから食べやすく、さっくりとしている。

おすすめは、アンティック・ブレンドコーヒー（七八〇円）だが、注文をうけてからコーヒー豆を挽《ひ》くという念のいれようで、出てくるまで二十五分かかった。ネルドリップで入れるため、気長に待つ。

キョーコさんは、アールグレイのアイスティー（八六〇円）で、大きくカットされた氷をまぜながら、

「ほほほほ、ベルガモットの香りがさわやかですわ」

とほほえんだ。

すかさず、ミチコ姐さんが、

「わたしにも味見させてよ」

とストローですすり、

「あら、いいお味ですこと。嵐山さんも飲んでみたら」

とすすめられて、

「いいわよ、あたしはコーヒーなんだからさあ」

と女コトバになってしまった。

開店したてのとき、コーヒーは一五銭で、そのころからエクレアやプチフールを出していた。コーヒーひとすじ七十年余の店である。

そういや、入口のドアは回転ドアであった。夕暮れになると、入口にランプの形をしたガス灯がつく。ロンドンから輸入したウィリアム・サック社のガス灯である。

あらら、窓ぎわの貧乏書生風おやじのテーブルにサンドウィッチがきたぞ。おやじは、ティッシュで指をふき、小指をたててサンドウィッチをつまんでいる。あー、そうか、このおやじもおばさん化しているんだな。

❖お好み食堂　蘭　03・3572・1111　❖銀座トリコロール本店　03・3571・1811
❖酸素バー（ウイング・オキシー）　03・5568・0217

第28話　築地市場でお買い物

大和寿司～服部金物店～大祐～丸武～秋山商店

魚河岸の名で親しまれる築地市場は、平成二十六年に、江東区豊洲に移転するらしい。銀座のすぐ横に築地市場があるところがスリリングなのだが、移転するとなると、いとおしさがつのって、馴染みの店を廻ることにした。

場内のセリは朝早く終わるので、午前十時に海幸橋前の波除《なみよけ》神社で待ちあわせた。波除神社は築地の守り神で、「災難を除き、波を乗り切る」お稲荷さんである。本殿へお参りして、賽銭箱に一〇〇〇円入れてこの日の買い物がうまくいくよう祈願した。

海幸橋を渡って右へ曲がると、料理屋や金物店など百軒余の店が賑わっている。

市場内の魚がし横丁には十軒ほどの寿司屋があり、場内だからどこの店もピカイチで上等だが、ぼくの行きつけは大和寿司である。開店は朝五時半で閉店は午後一時半。すごい人気で昼食どきは百メートルぐらい並ぶ。

運よく行列が少なかったので、ガラス戸ごしにおやじのシンちゃん（入野信一氏）へ、

「よっ」

と声をかけて強引に割りこんで三席を確保した。カウンター十二席。

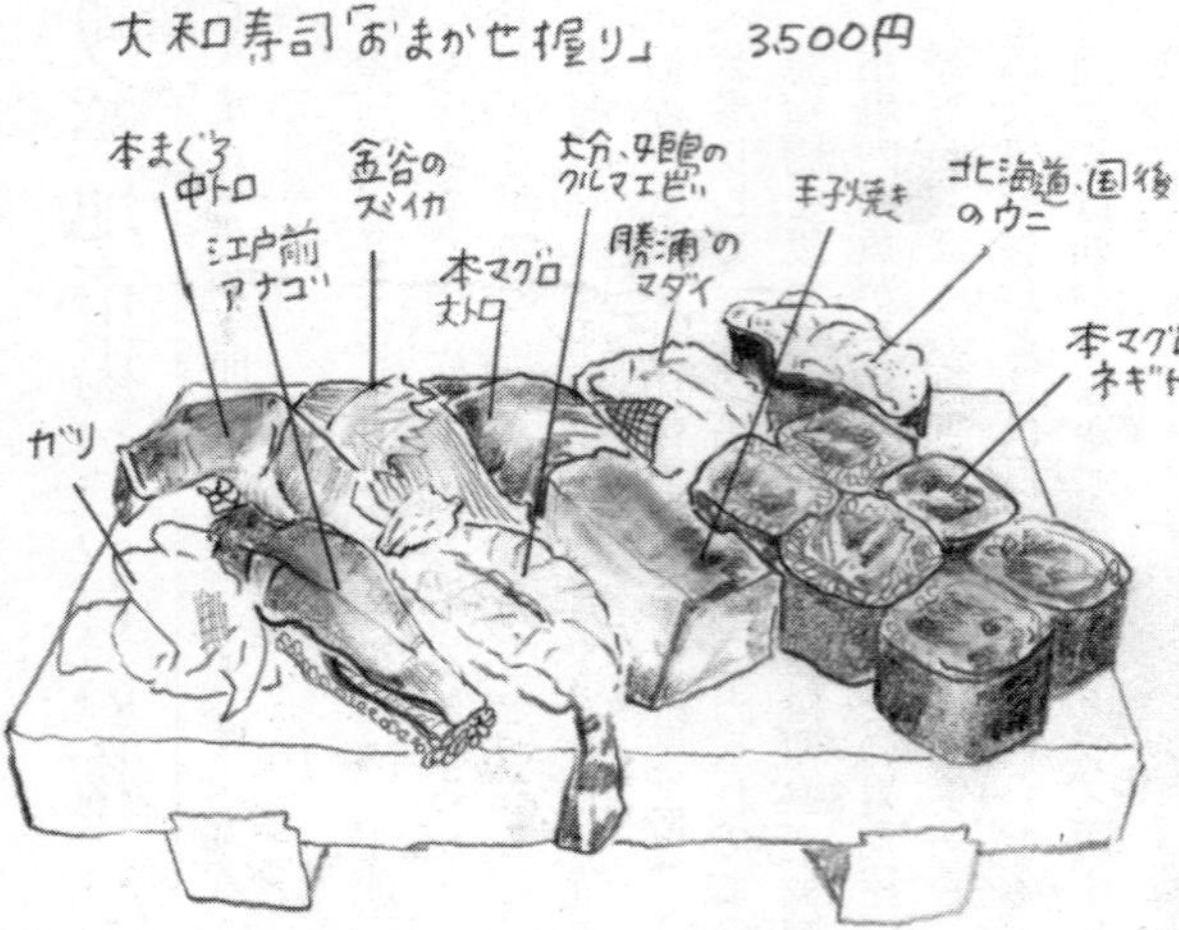

ビールがストトーンと二本出てきて、定番の「おまかせ握り」（三五〇〇円）を注文した。

本マグロ大トロはローズピンク色でグイッと迫ってくるパワフルな味だ。スミイカには切り込みが入り、煮切り醤油がしみてサクリとした歯ごたえがある。江戸前アナゴを煮あげて、シャリとの相性がいい。クルマエビは生きていて、握ってもシャリの握りがすけてみえた。勝浦のマダイは湯引きして握る。ウニは濃厚で甘みが強く、ネギトロ巻きは本マグロだもんなあ。

主人のシンちゃんは、純情なるオヤジで、気さくな人である。大和寿司は外国人客も多く、英語のガイドブックに「安心して食べられる東京の名店」と紹介されている。築地場内での実力店である。

絹の舌ざわりがある中トロ握りをほおばったら、力がみなぎって場内一周を全力で走りたくなった。

シンちゃんが場内に寿司屋を開いたのは昭和三十三年で、「すきやばし次郎」の小野二郎さんの兄弟子、川上テッちゃんが師匠だ。

早朝の客はほとんど寿司屋ばかりで、プロの板さんが大和寿司で旬の魚を食べて、魚を買う。寿司屋のアンテナショップで、寿司屋のなかの寿司屋なのである。

すぐ隣の店では息子さんが握り、大和寿司は二軒つづきになっている。立ち食い客まで出るので二軒にふやして「親子鷹」の寿司屋になった。

一人前をぱぱっとほおばって、シンちゃんに、

「じゃ、またね」

と手をふって、店を出た。場外にもいっぱい寿司屋は出ているけれども、場内で食べる寿司に臨場感があるんですよ。

魚がし横丁のはしっこにある服部金物店へ行って、買い出し品を入れる市場カゴをゲット。ぼくは特大（三八八五円）で、ミチコ姐さんは小（二九四〇円）。竹で編んだカゴは頑丈で通気性がいい。市場へ買い出しにくるプロは、このカゴを使っている。ぬれに強い実用的なカゴである。

服部金物店には、和セイロ、銅製おろし板、竹製茶こし、まきす、銅製玉子焼き鍋、竹ざる、など料理用具がずらりと揃っている。

竹カゴをさげて、五号館の林屋海苔店へ行き、寿司海苔（三帖入り一五七五円）を買った。大和寿司は林屋の海苔を使っており、鉄板をひきのばしたように厚くて黒い。ぼくは、林屋からまとめ買いしていて、わが家の海苔は昔から林屋である。

場内はターレー（ターレット）という三輪自動車が猛スピードで走っていて、その数は三千台。ぶつかれば大ケガをする。魚や野菜を運ぶクルマで、場内ではターレーのほうが主役である。

「こわいわよねえ」

とミチコ姐さんが肩をすくめ、

「黙って俺についてこい」

とぼくは胸をはり、ここにいたって、おばさん化現象から解き放たれて、男の野性をとり戻したのであった。

ああ、よかった。

魚市場は大物（マグロ）、近海（アジなど）、遠海もの（カツオとか）、特ダネ（寿司ダネ）、活魚（泳いでいる魚）、干物などが点在し、その間をぬってドカドカと歩いた。

本マグロのなかおちがあったから一山買ったら三五〇〇円だった。冷凍のミナミマグロのブロックは五〇〇〇円。本マグロもいいが、ミナミマグロがいける。

場内で買うときは、値切ってはいけない。こちらは素人で、業者じゃないんだから、いわれた値段で、ぱっと買う。どこの店でもきちんと領収書をくれます。

魚市場をすりぬけて、野菜の大祐へ着いた。大祐は高級野菜を海外から空輸販売している店で、主人の大木健二さんは日本一の野菜通である。

「おやじさんいますか」

と訊いたら、

「会長はお休みです」

とつれない返事。

ベルギー産のアンディーブやフランス産のエシャロットが出はじめたころは、しょっちゅう買いにきた。店には有名レストランのシェフや、料亭の主人がいっぱいきていた。

ジロジロと目をこらして店内をまわると、見事なホワイトアスパラが一キロ（十五本）二〇〇〇円だ。ベルギーエシャロットが一袋七〇〇円。これは小玉ねぎで、ハヤシライスをつくるときはこの玉ねぎで炒めると、ヨーロッパの味になる。フランス料理店には不可欠の食材である。

この二つをゲットしてから、「これ以上買わないように」と自戒した。いつも山のように買ってしまって、持ち帰るとき、重くて閉口する。

それでも、あわびきのこ（三〇〇円）、紫アスパラ（四〇〇円）、群馬産のフルーツトマト（一箱一二〇〇円）、ドライイチジク（五〇〇円）を買った。

ミチコ姐さんとキョーコさんが一緒だから、三人でわければいい。ここで気がついたのは、築地市場へは三人連れがむいている。あんまり大人数だと迷子になるし、一人だと持ちきれない。

ようするに、買えば気がすむことで、持ち帰って一口食べれば納得する。ハーブやパクチーといった香味野菜が多い。アンディーブを三つ買う。ファーベというイタリアのソラマメがあった。これは生のまま、チーズと一緒に食べるとおいしい。一袋四〇〇円だった。

大祐は新野菜のパラダイスであって、外国から輸入するだけでなく、種を日本の農園で育てて、新鮮なものを提供している。とくにフランス料理は野菜が勝負なのだ。

ずっしりと重くなった市場カゴをぶらさげて、魚がし横丁に戻り、一号館の木村家へ入って、四〇〇円のコーヒーを飲んでひとやすみ。朝が早い築地では、眠気ざましに、濃いコーヒーが好まれる。各テーブルにスポーツ新聞がおかれている。朝五時から十二時半までの営業で、閉店寸前であった。

ミチコ姐さんが、甘くないアイスコーヒー（四〇〇円）を飲みつつ、大量に買った野菜を、三人の市場カゴにとりわけてくれた。

ぼくの大カゴにすきまができて、

「場外でまだ、なにか買えるな」

と思いついた。

木村家の五軒隣は、人気の洋食店、豊《とよ》ちゃんである。豊ちゃんはオムハヤシが人気で、オムレツライスにはハヤシルーがかけてある。大和寿司にするか、豊ちゃんにするか、いつも迷ってしまう。アジエビフライ定食はアジフライとエビフライが一つずつついている。メンチカツ二つの上にハヤシルーをかけたメンチカツ定食なんてのもある。

豊ちゃんの店は満員で入れなかった。店の外からおかみさんに手をふって、おひさしぶりと声をかけた。豊ちゃんの三軒手前にある中栄の印度カレーが、また、キック力がある味なのだ。ラーメン屋、ピザ屋、牛丼屋（吉野家の第一号店）、ダンゴ屋、どの店も安くてしぶとい力がある。

海幸橋の横に宝くじ売り場があり、橋を渡ったところに鰹節屋、通りをはさんでマッサージ屋、となんでも揃っている。

海幸橋から、朝日新聞のベージュ色のビルと、国立がんセンターが見えた。築地市場への一日の入場者は四万二千人で、このうち買い出し人は二万八千人という。

築地市場はそれじたいが都市で、ネオンきらめく銀座のすぐ裏には裸電球がぶらさがった男の町がある。かけ声に活気があふれ、水しぶきがあがり、ターレーが走り、包丁が光り、ゴム前かけをつけた業者がたち廻る。

海幸橋を渡って波除通りを歩きながら、丸武の玉子焼きを買わなくちゃ、と思い出した。この店はテリー伊藤さんの兄上が経営している。甘くふっくらとした丸武の玉子焼

きは、東京の味である。

店へ行くと、一つだけ、えび入り玉子焼き（五六〇円）が残っていた。朝、通りかかったときは、山のように玉子焼きが並んでいたから、油断していた。ぼくが買ったところで、本日はすべて売り切れ、となった。すべりこみセーフ。

そのさきの、つま物妻定の前を通ったら、新ごぼうを発見した。割り箸ほどの細い新ごぼうで、これは関西の市場ではよく見かけるが、東京ではめずらしい。一袋三〇〇円。

はい、買いましょう。キョーコさんも一袋買って、

「今晩、キンピラゴボウつくろうかしら」

と目をかがやかせている。

買い出しカゴがあるので、いくらでも入る。いったい、なにとなにを買ったのかはよく覚えてないものの、カゴのすきまが、まだ入りますよ、とつぶやいている。

なんか軽いものがないかなあ。すきまがつまって、ふんわりして、重くないものはな

んでしょう。

とひとりごとをいったら、ミチコ姐さんが、即座に、

「削り節です」

ピンポーン、正解です。

削り節といえば秋山商店だ。えーと、たしか築地東通りだったな、と今きた道を戻ると、鰹節のかぐわしい匂いがぷーんと漂ってきた。匂いがするさきをたどっていけばすぐに見つかり、記憶より鼻のほうが頼りになる。

秋山商店は大正五年創業の鰹節問屋だ。店頭の箱に、削りたての鰹節が並んでいる。どれにしようかな、とちょっと食べてみていちばん上等のものを袋詰めにしてもらった。それから、いちばん安いのもちょっと袋詰めにしたのは、わが家に居ついている野良猫ニャアの顔が頭に浮かんだからだ。ニャアは、キャットフードより鰹節のほうが好きなのだ。

これにて、カゴのなかは、びっしりとつまって、いっぱいになりました。キョーコさんが、

「銀座がおばさまの街なら、築地はおじさんの町ですね」

と目をパチクリさせた。

❖大和寿司　03・3547・6807
❖丸武　03・3542・1919

❖服部金物店　03・3542・2666

❖秋山商店　03・3541・2724

❖大祐　03・3541・3312

第29話 ようするに地下十メートルの味だなあ

鮨 青木〜夏野〜佐人〜宮脇賣扇庵〜もとじ

村松友視兄イと、六丁目の鮨 青木で待ちあわせた。一歳の差は永遠にちぢまらず、昔から兄イと呼んでいる。

兄イは上等好みで偏屈者だから、昼食をどこにするかで迷ったあげく、青木のランチタイムの吹き寄せちらし（三一五〇円）にした。

青木の主人・利勝さんは日体大柔道部の出身で、京橋「与志乃」で修業し、紀尾井町の青木で、父、義《よし》さんについて寿司の技をみがいた。銀座へ店を移したのが平成六年で、その二年後に父親が急逝した。

三十代で父の店をつぎ、早朝五時半に籠をかついで築地の市場まで歩いて仕入れに行きミルミル頭角を顕わした寿司屋である。利勝さんは四十代になり、いまや円熟の絶頂に達した。そんな店のちらし丼だから、兄イも気にいってくれるだろう。兄イは根性ある味が好みで、だいぶ昔、ぼくが会社を退職したとき、村松兄イは、銀座へ呼んでご馳走してくれ、

「根性でやってけよ」

とはげましてくれた。以来、なにかとシッタゲキレイされる日々であった。寿司屋にしろ格闘技にしろ歌舞伎にしろ、ぼくよりはるかに詳しい兄イである。

青木に関しては拙書『寿司問答　江戸前の真髄』（ちくま文庫）に、詳しく書いてあるから、そちらを読んでいただきたい。

ひとことでいえば「深紅のまぐろを主柱」として「江戸前煮はまぐり」の極意を持ち「貝の寿司屋」としては他店の追随を許さぬ実力店である。父上より伝授された「煮あなご」と「たこの桜煮」は、タレがしみて、ほどよく酢のきいたこはだが胃のなかで、ピカッと稲光りする。

吹き寄せちらしには、それらの具がすべてのっている。ちらし丼を食べつつ、ちらりと村松兄イの顔をのぞきこんだら、

「これなら、文句なし」

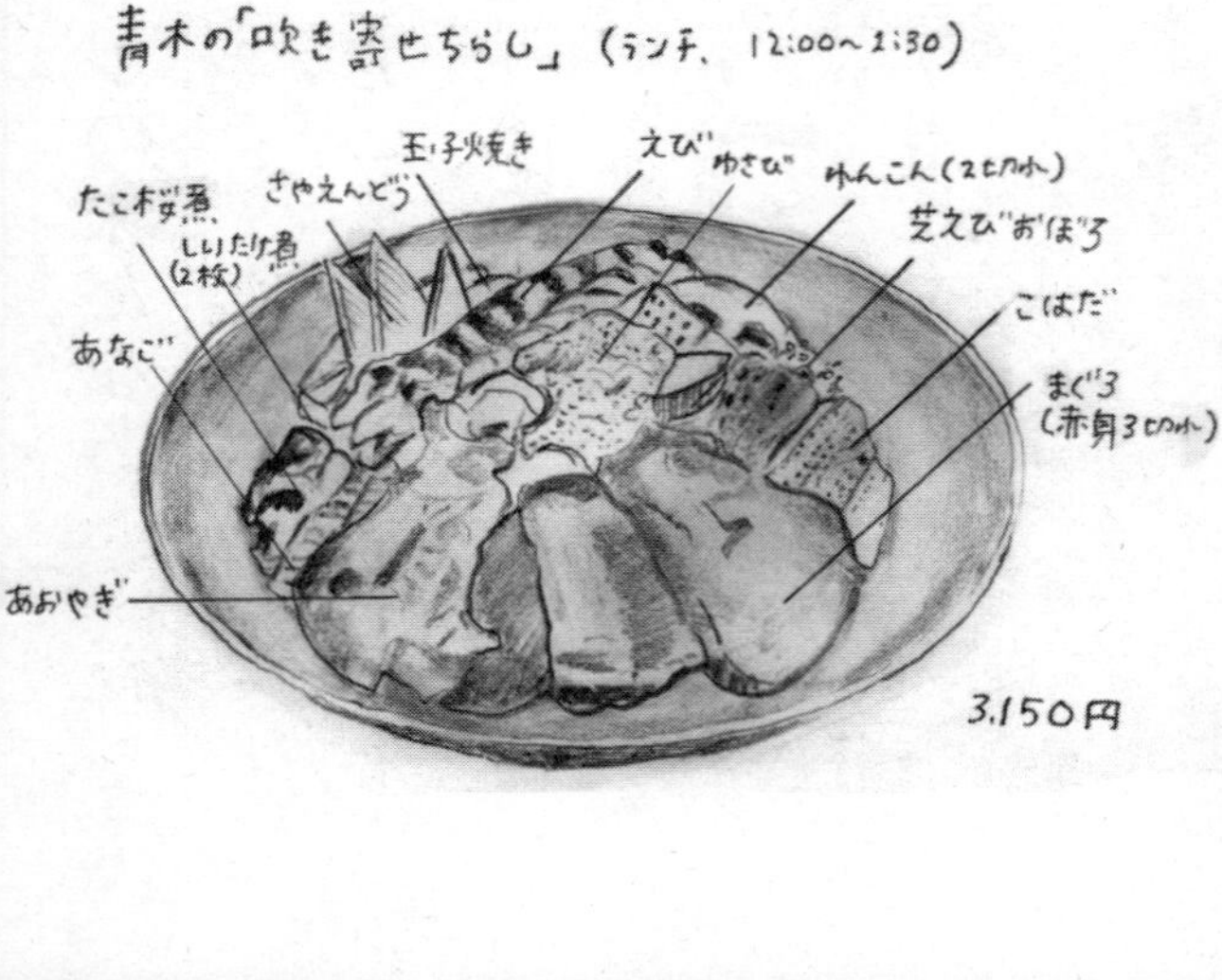

という表情でうなずいた。

店の壁には、ビュッフェの向日葵《ひまわり》の色紙が懸けてある。生前のビュッフェは、夏のはじめにやって来て青木の寿司をえらく気にいり、色紙を描き残した。パリから、青木のガリを取りよせていたほどである。

利勝さんは、若き日の高倉健と長嶋茂雄を足して二で割ったような美丈夫で、仕事がてきぱきとして、無駄がない。

青木は銀座タカハシビル二階にあって、一階はビルのオーナーが経営する、箸店・夏野である。ちらし丼を食べてから、夏野に寄り、自宅で使う箸を選んだ。わが家の箸は、すべて夏野で買っている。

兄イは、明日は茶事があるので千利休茶懐石箸を探している。

店員に紫檀けずり箸を選んでもらっていると、横にいたおばさんに、

「あら、それいいわねえ」

と横取りされてしまった。銀座のおばさんは、図々しさを通りこして、いっそう凶暴化しつつある。

店員が、

「まだ、ありますから」

と、奥から同じ箸をとり出して包んでくれた。狼おばさんである。

じゃ、つぎは扇子屋へ行きましょう。まてまて、その前に日本茶を飲んでひとやすみ

しなくちゃな。村松兄イは、中央公論社編集者のころより仕切りの達人であって、直木賞授賞式のあと、小説家を銀座のどのクラブへ順番に案内するか、で一週間悩んでしまうタイプだった。

そのうち当人が直木賞作家になったから、ぼくはうろたえて、兄イと酒を飲むときは、二週間前からあれこれと悩んで、熱を出した。今回は熱を出したくないので、キョーコさんにまかせた。

キョーコさんが案内したさきは、六丁目の「佐人」という日本茶専門店である。松坂屋デパート裏のアセンド銀座ビルの地下の店に足を踏み入れると、お茶系おばさまがしずしずと茶を飲んでいる。

兄イは「島田の美波」というセット、ぼくは「金谷の石畳」というセット（ともに一三六五円）を注文した。静岡産の銘茶である。キョーコさんは鹿児島産の「屋久島の霧」の水出し。

小さな茶碗にわけて、三人で飲みくらべた。飲んで三分間たっても茶の味が舌に残っている。

こちらの茶は公家のおっとりとした味で、そ

ちらは武士の切れ味だな。いや、大井川川止めの味ですよ。気あいの金谷、安らぎの島田ともいえますなあ。

三人で味を批評しあった。いろいろとあるが、兄イが、

「ようするに地下十メートルの味だなあ」

というので、よくわからないけど、

「ぼくもそう思います」

とうなずいた。地下十メートルの道場で剣豪が竹刀の素振りをしている味なんだって。切れ味がよくて、すっきりしている。

地下の店なのに明るい造りで、にこやかに煎茶や玉露をいただく。

茶葉の量が多い。葉をケチケチしないところがコツだな。

いろいろと飲んでみたが、夏場は、水出しの冷茶に涼味があり、兄イが、

「ワインでいえばシュバリエ・モンラッシェ」

と結論を出した。はい、そのとおりです。

結論が出たので、つぎへ行きましょう。と席をたつのは、ともに編集者時代の後遺症である。セカセカして、つぎへつぎへと気がせくのだ。

途中、スウォッチグループのビルがあり、兄イは、

「ビルもスウォッチという感じである」

というご意見。トコトコトコ。花椿通りに出て、右へ曲がってしばらく進むと、宮脇

賣扇庵があった。京都に本店がある老舗でいろんな扇が並べられている。飾用舞扇、踊用舞扇、男夏扇、女夏扇、京洛扇、絹扇、麻扇、檜扇、茶席扇、祝儀扇。いずれも京の雅びがあって見ほれてしまった。

いちばん高価なのは二一万円の白檀扇である。手ごろなのは花こよみ扇（都忘れにすきなど）で五二五〇円。落語家が使う白地の高座扇（二一〇〇円）を五つ買った。

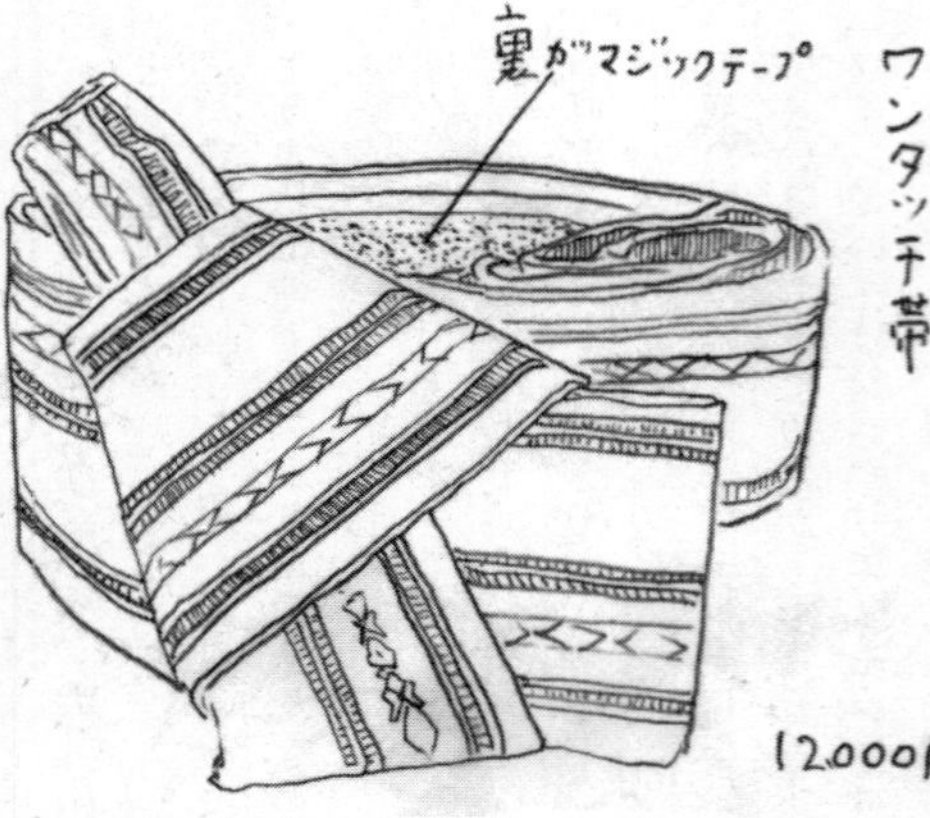

高座扇でパタパタと顔をあおぎながら三丁目の銀座もとじへ向かった。主人の泉二弘明さんに、村松兄イとぼくのワンタッチ帯を注文しておいた。

ワンタッチ帯は、マジックテープで内側を留める横着な角帯である。

浴衣をしめる角帯は締め方が難しくて、自分で結んでもきしっとした型にならない。最初から結びめをつくっておいて、ワンタッチで留める帯を泉二さんにつくってもらったら、これがやたらと使いやすい。

ぼくのは茶色の帯で、村松兄イのは黒帯。有

段者だからね。村松兄イは、

「や、これは便利だ」

と締めている。

「カンニング帯だな。ずるいよ」

といいつつも、気にいった様子だ。あらかじめ頼んでおいたのは、一万二〇〇〇円の帯であった。

村松兄イ用にもっと上等なのをさがすと鉄色の羅《ら》の角帯（六万五〇〇〇円）があった。清水次郎長親分が子分に意見をしているとき、煙管をくわえながら締めると似合いそうで、渋い鉄火肌の貫禄がある。これと、ぼく用にも、もうひとつ注文した。これは、二週間後にできあがるという。

銀座もとじが売り出して、第一号をぼくが着ているプラチナボーイの絹着物は、注文が殺到して、予約待ちの状態だという。

❖鮨　青木　03・3289・1044
❖宮脇賣扇庵　03・5565・1528
❖夏野　03・3569・0952
❖もとじ　03・5524・7472
❖佐人　03・5537・1245

第30話 涼しさは教文館のなかにあり

いわしや~イワキメガネ~ローズギャラリー~資生堂パーラー~コンフィチュール エ プロヴァンス

銀座七丁目の「いわしや」で重盛旦那と待ちあわせた。平成二十二年、七十周年をむかえるいわし料理専門店で、いまは三代目内藤太郎さんが継いでいる。

二階にあがるとテーブル席が七つあり、壁に三岸節子のいわしの油絵が飾ってあった。重厚な、いい絵である。三岸節子といえば花や風景画のイメージが強くて、いわしの絵は珍しい。鈴木信太郎のいわしの絵もかけてあって、訊くと、この店のために、当人が描いたのだという。

いわしやは、昔から画家や学者に愛されてきた店なのだ。初代内藤直茂氏は朝日新聞社に勤めていたが、四十歳のときにこの店をはじめた。店の向かいに、ライトパブリシティがあったので、若き日の篠山紀信さんや和田誠さんが、よく食べにきたという。いわしやの昼定食を食べれば売れっ子になるんだな。ならば、あやかりたい、とばかり一三〇〇円の塩焼き定食を注文した。

いわしは築地市場から仕入れている。ピカピカに新鮮ないわしだ。日本広しといえど、いわし料理だけの店というのは、そうそうあるものではない。

重盛旦那は、いわし生姜煮定食（一四○○円）を注文し、そちらもしぶとそうなので、ひと切れいただいた。ミチコ姐さんは南蛮漬定食（一四○○円）。いわしの内臓をとって血抜きし、一昼夜干してから素揚げして、タレに五日〜七日漬けこむ。

血抜きしたいわしはいわしやビル（自社ビル）の屋上で干す。ゴーセイだなあ。ミチコ姐さんの南蛮漬をかっぱらって味見すると、骨のコツコツした食感がバツグンだ。

林芙美子は四十七歳のとき（昭和二十六年）、銀座いわしやにきて、味噌汁つみれ椀（定食についてくる）と南蛮漬を食べた。雑誌「主婦之友」に自ら売りこんだ「私の食べあるき」という連載の第一回目の取材であった。いわしやだけに

すればよかったのに、そのあと、深川の店へ行って、たらふくうなぎを食べて深夜に帰宅し、心臓麻痺で死去した。林芙美子の最期のご馳走は、いわしやの南蛮漬であったのだ。お芙美さんらしく、豪快で、おみごとな食べっぷり。

『放浪記』にはじまり『めし』にいたる名作を書きつづけた林芙美子一代記を講釈しながら南蛮漬を食べると、味が一段と胃にしみわたる。

いわしやへは、三人連れで行って、この三種の定食を注文して、食べわけてみるのがいい。

いわしやを出て西銀座通りを渡ると、通りに面してイワキメガネがある。メガネの老舗で、イワキのメガネなら安心です。

ちょっとのぞくと、「ジュディス・リーバー」というブランドのサングラスが一三万一二五〇円だ。「ジュディス・リーバー」は、ハリウッド女優がアカデミー賞授賞式のパーティーのときに持つバッグのブランドである。

渋谷あたりを歩いているねえちゃんでは、こんなサングラスには負けちゃうな。つっぱってハリウッドしてもだめで、「金のかかった女」(アメリカのリッチ系黒人が好むほめ言葉)でなきゃ使いこなせない。

ああ、「ジュディス・リーバー」の似合うおばさまよ、早く銀座にやってこい、とぶつぶつ呪文をとなえつつ、すぐちかくにあるローズギャラリーに入った。バラの専門店である。

店に入ったとたんにバラの甘い香りに抱きしめられて、ボーッとなっちゃった。赤、黄、オレンジ色のバラが多く、人気の二十五品種がそろえてある。バラの花に生気がみなぎっている。このバラは富士山麓の御殿場で栽培している。富士山の雪解け水は、バラの色を鮮やかに出すんだって。

いま、出回っているバラは水耕栽培で育てられたものが多い。水で栽培すると育ちが早く大量に生産できる。ローズギャラリーは、「バラ画廊」というだけあって、土耕栽培で育てている。

夜がはなやかな銀座は花屋の激戦区であって、この地でバラを売るんだから、花に根性を叩きこんで、長持ちさせなければいけない。

しばし見ほれていると、黄色いバラ「ジャックゴールド」の花活けを取りにきた客がいた。新店の開店祝いなんだろう。

ローズギャラリーの自家農園は、七千坪あって、年間五十万本のバラを育てている。

加藤登紀子さんが歌う名曲に「百万本のバラ」があるが、百万本のバラを育てるには、ローズギャラリーでも二年間かかり、こりゃ大変なことだ、と考えつつ、ジョウロに入った小さなドライフラワー（一五七五円）をひとつ買った。この店のドライフラワーは、

色が強くてメリハリがきいている。

ドライフラワーにポプリオイル（香りのエッセンス）がかけてあり、匂いが甘い。自分の家で、バラをさかさに吊るしてつくるドライフラワーとは格段に違う。ま、そりゃそうだろうけど、もとよりバラじたいに力がある。

そのまま花椿通りを進んで、月光荘にたち寄って、布製のバッグをひとつ買ったら、オーナーの日比ななせさんがいた。銀座を歩けば美人に逢う。月光荘地下の喫茶室でななせさんにコーヒーをごちそうしていただいた。昼の銀座を歩けば、

「あら、おひさしぶり」

と声をかけられた。

そのさきのぜん屋で、バーゲンセールをしていた。すかさず緑色の十六本骨傘をゲットした。夏の銀座はいいことばかり。

以前買った黒い十六本骨傘をさして町を歩くと、高校の老教師みたいになる。漢文の先生で、定年退職してから、駅前のカルチャーセンターで漢文を教えている感じだ。だけど、女性と逢うときは緑色がいい。これで十六本骨傘は二本持つことになったな。

銀座通りを左へ曲がり、四丁目の交差点をすぎ、教文館の前に行くと、『とっておきの銀座』が平づみされていた。六月、七月と二ヵ月つづいて教文館の売れゆき一位であるという。

二階へ上って売り場の人に名刺を渡した。二階にも本が並んでいたから、三十冊ほど

勝手にサインしてしまった。重盛旦那が、

「私が版元です」

と名刺を渡したところ、

「坂崎さんの朝日文庫は文庫本売れゆき五位です」

といわれてとたんに著者の顔になった。

重盛旦那は奥の文庫本コーナーへ行って、自著『TOKYO 老舗・古町・お忍び散歩』にサインしはじめた。こちらは、朝日新聞の夕刊に連載した東京散歩本である。

教文館はステキな書店だなあ。

ぼくと重盛旦那は、店の外へ出てからも教文館書店に一礼し、スキップしながらトラヤ帽子店にさしかかり、おそろいのパナマ帽を買った。

あ、ぜん屋のあと、資生堂パーラーに立ち寄った。いろいろ行くので順番をまちがえました。

三階ティールームは煉瓦色の天井と壁がシックで、白いテーブルクロスがまぶしい。椅子のカバーは白に紅茶色のステッチ。

テーブルにはアイリスとバラ。

ウエートレス三人は黒いスカート、靴、ストッキングに白いブラウスとエプロンの制服。エレガントで、動きがてきぱきとしている。

天井のライトはすずらんの花の形のランプシェード。壁にはシャガールのリトグラフがかけてある。

メロンのアイスクリームソーダを注文した。一一五五円。かつて永井荷風や永井龍男といった昭和の文豪が飲んでいたクリームソーダだ。

緑色のグラデーションがかかり、夏の夜明けの色である。朝の太陽（アイスクリーム）が池のほとりから薄暗い空に昇っていく。池に緑がにじんで、こりゃ上野不忍池でしょう。

ソーダに昭和の甘みがある。

重盛旦那が一句詠みました。

朝もやの青く浮ぶや蓮の池

うまいですね。句が涼しいからソーダの甘さがいっそうひきたつじゃありませんか。

店の白いレースのカーテンごしに曇り空の銀座が見えた。

資生堂パーラーでひといきいれたので、すっきりしてそのあと、教文館できちんと挨拶できたのだ。

ついでに、重盛旦那の文庫本五位を祝って、トラヤ帽子店でパナマを買った、と。

ここで、さっきのところに戻った。

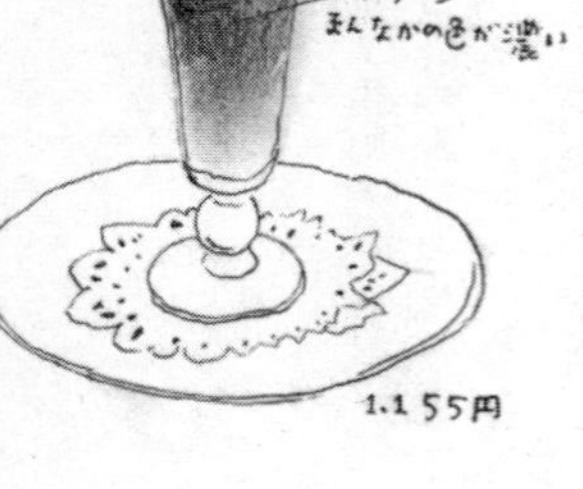

銀座の通りを西から東へ歩き、やたらといっぱい買ったな、と気がついたが、まだ止まらない。

トラヤのさきの銀座柳通りを左へ曲がり、一丁目の「コンフィチュール エ プロヴァンス」という舌をかみそうな名の店へ入った。

ここはジャム店である。コンフィチュールはフランス語でジャムのことである。訳すと、プロヴァンス地方のジャム、となります。

社長の福田恵美さんが、いま人気のジャムをつぎつぎと試食させてくれた。

一番人気は青トマトのジャム（トマトヴェール）で、甘さがブルーで、ヨーロッパの味がした。重盛旦那が目をつぶって
「ギリシャの少年の味だ」

と評した。なにしろ文庫本五位だからね。舌さきがとんがってます。

これより、水を飲みつつ「利きジャム大会」となった。

ブルーベリーとアールグレイ（ミルティーユ・アールグレイ）は「夕月を見る憂愁の人妻」の香り（よくわかんないけど、これは嵐山評）。

キウイと青リンゴのミックスは、さっぱりしたすっぱさが、「横丁の清元師匠の味」（重盛旦那評）。

木苺、苺、ブラックベリーのミックスはパワフルで「千束のおばさんの気配」（嵐山評）。

プラムとさくらんぼのミックスは「ムーランルージュの踊り子の情熱」（重盛旦那評はますます不可解だが、そんな感じがある）。

洋梨と栗は「ソルボンヌ大学帰りの青森生まれ女性で、インテリで生意気だが、ひっぱたけば性格がよくなる。とろける舌ざわり」（嵐山評）となった。

と、まあ、いろんな南フランスのジャムがあって八種詰めあわせのセット（二七三〇円）を買った。ジャムはフランスでは砂糖代わりに使われているらしい。

❖いわしや　03・3571・3000
❖資生堂パーラー　03・5537・6241
❖イワキメガネ　03・3571・2034
❖コンフィチュール エ プロヴァンス　03・3538・5011
❖ローズギャラリー　03・3571・2066

第31話　吹矢飛ばす喉の小舌や秋あつし

星福～くのや～慶茶～日本スポーツ吹矢協会～パピエリウム　ギンザ

重盛旦那とミチコ姐さんのご常連に、松田哲夫氏と、イラストレーターの浅生ハルミンさんが加わった。

総勢六名で待ちあわせたのは、六丁目かねまつビル六階にある中国薬膳料理「星福《シンフウ》」である。八階には道場六三郎さんの店「懐食みちば」があるが、本日は六階なり。

あんまり暑いので、かねまつの店員が、ジョウロで打ち水をしている。一階のエレベーター前にある「星福」のメニューを見た家族連れが、

「キャー、レディースコースがあるわ、これにしましょう」

と話しあっている。

レディースコースは五二五〇円であるが、われわれは一七八五円のお昼のセットメニューにした。

松田氏とキョーコさんは白身魚と高菜の煮込み。ミチコ姐さんは帆立のクリーム風味炒め。例によって宿酔いの重盛旦那は大根餅《もち》だけ。ぼくとハルミンさんは、セロリ、干し豆腐とキノコの炒め。

セットメニューには、薬膳スープと、大根餅と、お粥がついてくる。スープに冬瓜が浮いていたので、喉がゴクンと鳴った。暑い日には冬瓜が効く。

スープには、豚のスペアリブと、蓮の実が入っている。白キクラゲ、クワイ、アガリクス茸、干しタケノコも入っていて、さすがヤクゼンだな。林不忘《はやしふぼう》著『丹下左膳』は剣客だが、ヤクゼンは食客用である。と、ぶつぶついいながら、丹下ヤクゼンの気分で飲んでみたら、暑さがさーっとひいた。薬膳スープは体の熱をとる効用がある。

宿酔いの重盛旦那は、

「みなさんにわけてやろうと思って大根餅を注文したのに、セットメニューについてくるとは思わなかった」

と、肩を落としている。

ミチコ姐さんが注文した帆立クリームを

ひとつかっぱらって口に放りこむと、帆立の味がした。ま、そりゃそうだな。

ぼくとハルミンさんが注文した炒めものは、ちょっと見ためはソース焼きそばに似ている。で、細い麵を食べると干しタケノコだった。セロリや干し豆腐も細く切って、炒めてある。マコモ茸、キニラ、中国サラミ、クコの実、といろいろ入っていて、嚙み心地がシャキシャキしている。食物繊維豊富で低カロリー、ピリッとくる深みのある味だった。

デザートはライチが入った杏仁豆腐である。

店内は満員で、カウンター前に客が行列している。

一階に下りると、隣がくのやである。くのやが創業百七十周年記念プロジェクトを企画した。銀座老舗六店と、くのやの七本原《しちほんばら》をコラボレーションする。

壹番館洋服店とはカシミヤの和装コート、銀座ボーグとは中折れの帽子、銀座大黒屋とは革風呂敷、宝石専門店ミワとは小根付《こねつけ》、サヱグサとは子ども用Tシャツなどである。なかでも目をひくのはぜん屋とコラボレーションした草履である。ぜん屋の草履に、くのや七本原の色が配されている。七本原は、正倉院御物経巻の紐の五色（古代紫、利休、鉄紺、金茶、錆朱）に、金、銀を加えた七色である。

七色を配した草履は、虹のように輝いて、お値段は五万二五〇〇円。こんな草履をはいてお茶席にきたお嬢様は、かぐや姫になっちゃう。

もう十年以上も前のことだが、ぼくはオリジナルのはたき（ちりはらい）をつくった。

使いふるしたエルメス、イヴ・サンローラン、グッチ、フェンディ、シャネル、アルマーニ、クリスチャン・ディオール、セリーヌ、プラダのネクタイ九本を細く切ってはたきの布にした。九つのブランドをコラボレーションしたはたきである。

九社を入れまぜた五本のはたきを、友人に配ったところ、大うけしましたね。このはたきで机のほこりをはらうと、気分がすっとした。

四階にあがって、くのやの風呂敷を二枚買って、障子窓をあけると、目の前が銀座通りで、左斜めに松坂屋が見えた。

「松坂屋へ行ってお茶を飲もうか」

と松田氏を誘ったのは、松坂屋も松田氏も上に松の字がつくからだ。

「人に聞いた話だけどさ……」

と松田氏の講釈が始まった。松坂屋の始祖は信長の家臣だというんですな。で、もうひとりの家臣がヤナセであって、カクカクシカジカである、と。

講釈魔松田氏の話を聞き流しつつ、松坂屋地下一階にある「慶茶」という喫茶室に入った。この店は、京都福寿園が経営する和カフェで、おばさま連れで賑わっていた。

松田氏は、かつて、妻君（某局の名アナウンサー）のヒモ、じゃなかった「よき夫」として、「主夫」業をつとめた実績があり、三十年前よりおばさま化している。したがって、おばさまの殿堂である和カフェには、たちまち馴じみ、横座りしてサービスの水出し煎茶を飲んだ。

和菓子つき抹茶〈都の昔〉が九四五円。抹茶ミルクホットが七八七円。抹茶ミルクアイスは、抹茶ゼリーとあずきがついてくるんだな。いろいろあります。

煎茶〈萬福〉と玉露〈天雲〉は六三〇円か。

どれにしようかと迷っていると、ミチコ姐さんがおごそかに、「黒蜜がけほうじ茶氷（九四五円）にしましょう」

ときめた。筑摩書房の先輩であるミチコ姐さんにいわれると、さしもの松田氏も、

「ははあ、そういたします」

と従った。一同もそれにつづいて

「同じものを」

と唱和したのだった。

ほうじ茶を凍らせた氷を削ってかき氷にしている。黒蜜をかけた氷黒蜜ともいうものだ。氷

イチゴや氷メロンは食べたことがあるが、氷黒蜜ははじめてだ。

かき氷の横に、ほうじ茶ゼリーがついている。かき氷がほうじ茶で、ゼリーもほうじ茶だから、ほうじ茶の香りが舌の上に漂ってきた。

「ほほほ、傑作ですねえ」

と松田氏は肩をよじらせ、重盛旦那は、

「宿酔いがさめました」

と目玉を丸め、ぼくは、

「いままで食べたかき氷でいちばんおいしいわ」

と、すっかり準おばさんになった。純おばさんのミチコ姐さんは、

「抹茶のはよくあるけど、ほうじ茶にしたところがセンスいい」

ハルミンさんは、

「ほうじ茶の香りが口に残って、べたつかない」

とのお言葉でした。ただし、これは八月の限定品で、夏だけのおたのしみ。

松坂屋を出た銀座散歩団は、四丁目交差点を右折し、二本目の三原通りを左折して、最初の四つ角、王子サーモン直販店にたどりついた。

その前にある大広朝日ビル三階に「日本スポーツ吹矢協会」がある。ここで勝負するために松田氏とハルミンさんを呼んだのだ。

スポーツ吹矢の体験レッスンは四十五分で一五〇〇円。

スポーツ吹矢は、中国の気功を応用したもので、呼吸法で健康になるのが目的である。全国に一万二千人の会員がいて、老人が多いらしい。

的に向かって一礼する所作は、弓術に似ている。一メートル二十センチのフェノール樹脂製の筒を水平に持ち、一グラムの矢を入れ、一気に吹く。軽く吹いても時速百三十キロの速さがでる。

いざ勝負、とあいなった。

筒のマウスピースを前歯の奥までいれて六メートルのラインから吹いた。的にあたると、スパーンという音がして気持ちがいい。

競技は、紙の的に刺さった矢をとりにいき、筒の掃除をしておしまいとなる。吹矢をとばしたあとは、体が熱くなって、やたらと汗が出た。精神を集中させて腹式呼吸で吹くため、腹筋を使う。

吹矢指導をしてくれた高橋健さんは、明治大学在学中は、唐十郎氏と一緒に演劇をやっていた、という。

なんだ、そうだったんですか。とうちとけて、昔話に花が咲いた。

ここから伊東屋までは徒歩五分ほどである。伊東屋本館の一すじ裏道にある別館パピエリウム　ギンザ。紙の専門店である。

一階は、ノートの装丁用の紙やレターペーパーまで、いろいろな紙が揃っている。箱に好みの紙を貼って、オリジナル作品をつくる。

ハルミンさんは、糊で猫の絵を描いて、その上に金箔を張って金色の猫をつくるんだって。

重盛旦那は、ルイ・ヴィトンのカバン革に似た黄色い横縞の紙を手にしている。黄、赤と二種あり、ぼくは赤い横縞を買った。

この紙をティッシュ箱に貼れば、ルイ・ヴィトンのティッシュ箱となる。みかんを入れるダンボールに貼れば、ルイ・ヴィトンのみかん箱になる。棺桶に貼れば、ブランド好きのおばさまが欲しがるかもしれないし。あんまり凝りすぎずに、ブックカバーにするのもおもしろい。

パピエリウムがオープンしたのは平成十八年である。これほど多くの紙が揃っていると、ざわざわと興奮して血が騒ぎ、無口になり、ひたすら買いまくった。

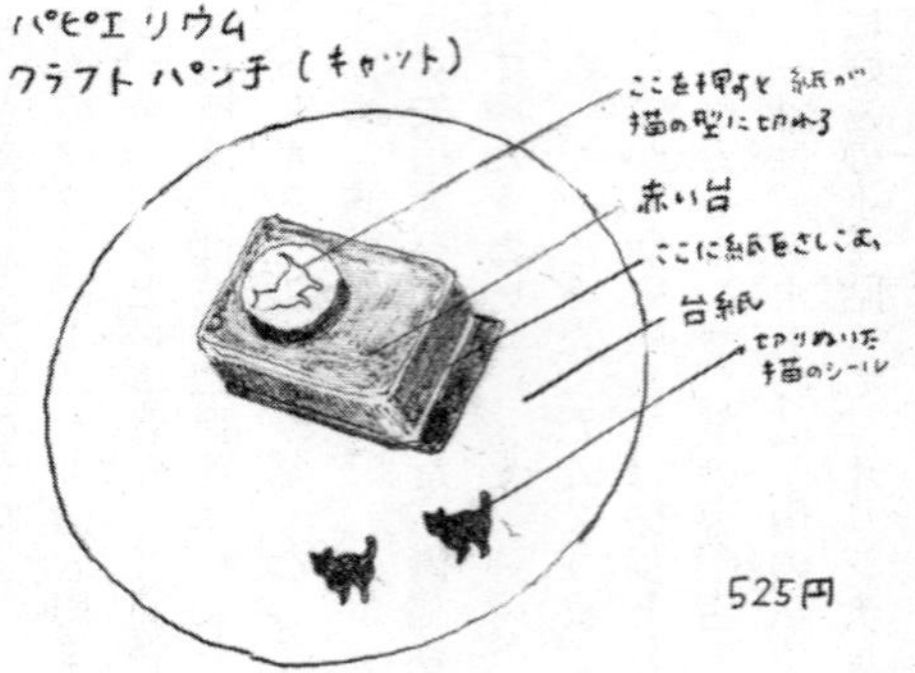

二階には、アメリカより直輸入した「ミセス・ブロスマン社」のロールシールが五百種あった。バイク、トラック、汽車、飛行機の絵から、バラの花、百合、松の樹、猫、猿、と、三十枚ほどを店内持ち歩き用の透明ビニール袋にいれた。

ラバースタンプ。スタンプパッド。エンボスプレート。ラインステッカー。銀粘土と樹脂粘土。

見ているうちに、店にある商品すべてが欲しくなってしまう。

気にいったのは、クラフトパンチ。マッチ箱ほどの鉄製の型とり機で、紙をはさんでボタンを押すと、動物や花の形に抜ける。

猫の形をしたクラフトパンチ（五二五円）をひとつ買った。茶色い紙を差し込んで猫のシールをつくり、封筒の裏のとじめに貼る。猫の「緘」ですね。裏に糊がついている紙を使えばいい。こんなのをアメリカ旅行中にみつけたら、やたらと買いこんで荷物が重くなってしまう。銀座にいけばいつでも手に入ると知って、ほどほどにした。つぎに買うときの楽しみをとっておく。

伊東屋は、別館のパピエリウムひとつをとっても、文具、工作のワンダーランドである。

一階の会計カウンターへ行って支払うと、レシートの紙が三十センチぐらいつながり、五十点ほど買ったことがわかった。

店を出て、近くのつばめグリルに入り、生ビールを飲みながら、クラフトパンチで猫のシールをつくった。広告ちらしの紙で型をとると、茶色や黄色がまだらになって、ミケ猫になった。

パチン、パチン、パチン。

猫のシールをつくりながら飲むビールが胃に沁みて、ビールのシールも買っときゃよかったと思った。

❖星福　03・3289・4245
❖くのや　03・3571・2546
❖慶茶　03・3574・0150（現在は「福寿園」として物販のみの営業）
❖日本スポーツ吹矢協会　03・3538・5837
❖パピエリウム　ギンザ　03・5250・2405

第32話 秋風の吹きぬけていく四丁目

金田中 庵～空也～サンタ・マリア・ノヴェッラ～ミキモト～ハツコエンドウ エステティックサロン

金田中　庵で半藤一利、末利子ご夫妻と待ちあわせた。昨年の暮れに一度お誘いしたのだが、半藤さんが、酔っぱらって自宅前で転倒して骨折し、のびのびになっていた。それがようやく実現した。

金田中　庵はオープンしてもうすぐ二十年になる。半藤さんは四つ椀鯛茶漬け（二六二五円）、末利子さんとぼくは三色半《さんしよくはん》の東丼《あずま》（二九四〇円）にした。

東丼は丼椀にまぐろ（黄身醬油）、いくら、鯛（ごまだれ）と、あじしょうが醬油がのっているゴーカな丼飯だ。ねぎ、みょうが、あさつきがパラリとかけてある。小鉢（菊花かぶと子持ち鮎の煮浸し）、赤出汁（豆腐と三つ葉入り）、香の物（ごぼう、たくあん、野沢菜）、甘味（峯岡豆腐）がついてくる。

昼食としてほどのいい量だ。鯛茶漬けは、鯛をごまだれでごはん半分ほど食べ、残りは出汁をかけて茶漬けとする。いつものぼくは、こちらを注文する。竹葉亭の鯛茶漬けと庵の鯛茶漬けは、銀座の二大名物である。

学生時代、ボート部に在籍していた半藤さんはガタイがでかく、

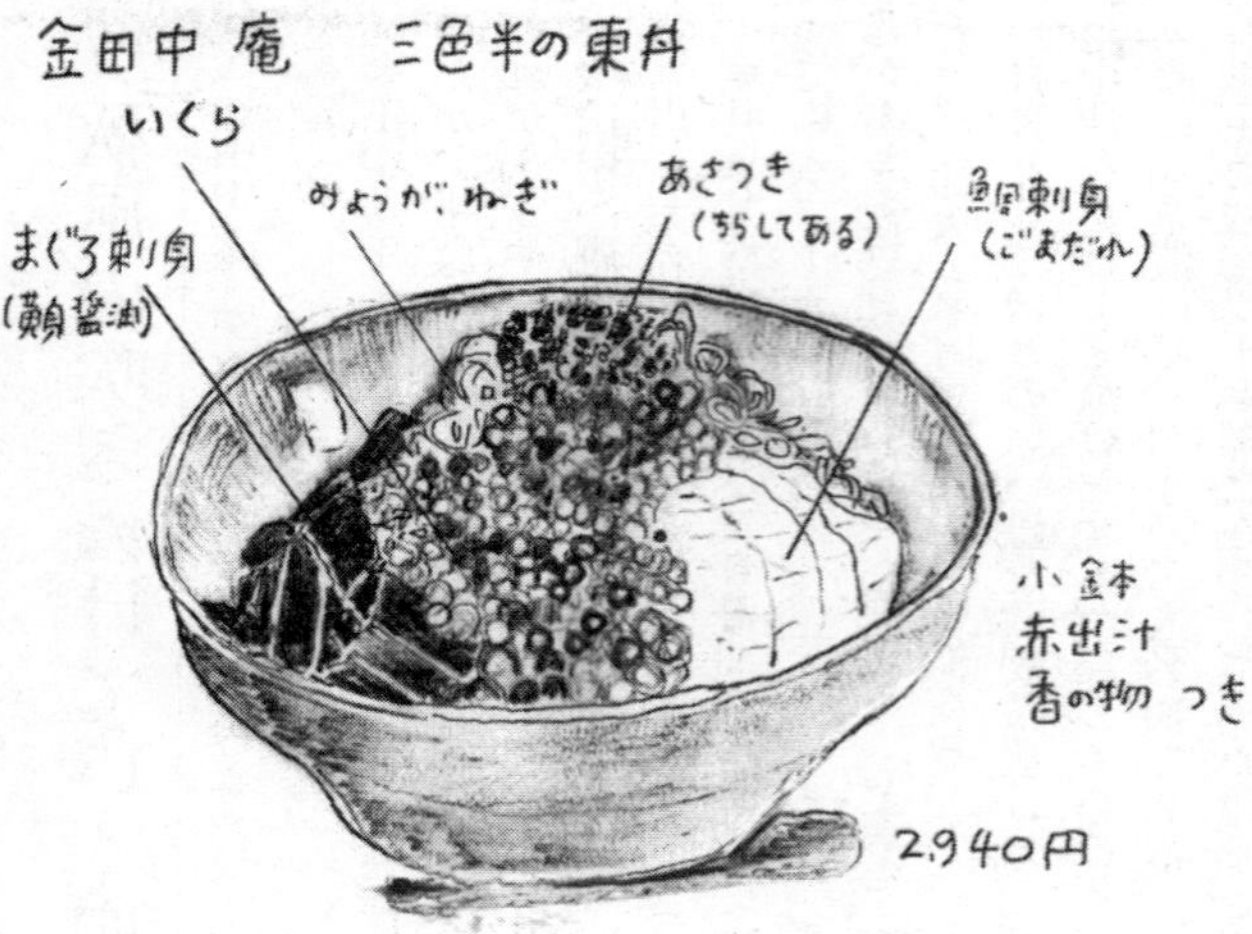

「いくらでも食べられそうだ」

と、おかわりしそうな勢いだった。体育会系用に、大盛り鯛茶漬けを用意していただきたいものだが、そういう贅沢は本店の金田中ならやるはずで、そのぶん値もはる。この店の昼の主たる客筋はおばさまだから、ちょうどこれくらいがいい。

　金田中ビルがある並木通りは、老舗がひしめいている。ヨーロッパの道に似て、舗道があるのに、それほど幅がない。買い物をするにはちょうどいい街の小道で、シナノキの葉が覆っている。

　金田中ビルから少し行くと宮本商行で、その隣がサンモトヤマである。ちょっとのぞいてみた。

　宮本商行は宮内庁ご用達の銀製品専門店である。ショーウインドーに銀のスプーンとフォークとカップのベビーセット（四万九五〇円）が置いてある。天皇皇后両陛下が、愛子さまが生まれたとき、イニシャルを彫って贈ったものだ。

純度九二五〜九九九の高級品である。半藤さんは、

「銀座にはよく来たが、こういう店には入らなかった」

とガラスケースに顔をくっつけるようにして見入っている。末利子さんは両陛下が愛子さまの誕生日に贈ったヘアブラシを見て、

「皇室と同じ物なんて恐れ多い感じね」

と半藤さんに話しかけている。

サンモトヤマ地下のオリエンタルブティックへ行き、英国調のライティング・デスクを拝見した。値段は二一万円。

メノホヨー、メノホヨー、とつぶやきつつみゆき通り方面へ歩くと右側にもなかの空也がある。入り口に「今週のもなかすべて売り切れました」の貼り紙がある。キョーコさんが三週間前に予約しておいてくれた。店に入ってくる客は、そのへんの事情はよく知っていて、すべて予約客である。空也は明治十七年の創業で、夏目漱石の『吾輩は猫である』に出てくる。迷亭先生が、

「ええその欠けた所に空也餅がくっついていましてね」

というシーン。

注文しておいたのは、もなか五つ、生菓子五つのセット（二〇一〇円）だった。末利

子さんの母上は漱石の長女（筆子）だから、孫にあたる。

社長のお嬢さんが、

「漱石先生には儲けさせていただきました」

と、にこやかに挨拶すると、末利子さんが、

「いえ、こちらこそ」

という。

空也もなかの箱を袋に入れて並木通りを右折すると、文春（画廊）のビルがあり、半藤さんはなつかしそうにふり返った。いま、文藝春秋本社は千代田区紀尾井町にあるが、半藤さんが新入社員として入社したころは、ここが編集室だった。

そのころ、半藤さんは文春の友人と、

「富士山の影は銀座四丁目までとどくか」

と賭けをしたという。半藤さんは〝とどかない〟ほうに賭けたが、十一月十日と二月七日ごろの年二回だけとどく日がある。

高層ビルはものともしないが、問題は丹沢だった。もちろん、晴れていればの話で、計算上は年に二回とどく日があり、半藤さんは賭けに負けた、という。

へえーっ、と仰天して、すずらん通りをちょっと右へ曲がったところにあるサンタ・マリア・ノヴェッラに入った。本店はイタリアのフィレンツェにある。

この店の薔薇水、イタリア語でアックア・ディ・ローゼというボディーローションが

いい。サンタ・マリア・ノヴェッラは、十三世紀の修道院の薬局で、フィレンツェの丘で採れる野草を原料としていた。

薔薇水は薔薇エキスの透明液で、二、三滴をお風呂の湯にたらせば、お肌につやが出ますよ。風呂あがりに、ちょっと肩につければ、薔薇の香りがいいわよ。ねえ、お買いになったら。と、限りなくおばさま化したぼくは末利子さんにすすめて、ひと瓶（五二五〇円）買わせてしまった。

そのうち、どうしても伊東屋に向かってしまう。伊東屋は文具の宝島で、事務用品、手帳、葉書、画材など、オリジナル商品をふくめて十五万のアイテムがある。十五万ですよ。文具をエキサイティングなライフグッズに仕立てたのが伊東屋である。

末利子さんは、罫線が入っている葉書を四セットゲットした。その足で七階の画材売り場へ行った。半藤さんは版画の達人で、銀座八丁目の画廊で、何度も個展をひらいている。

半藤さんの版画は、小林清親《きよちか》の精密さと棟方志功の奔放さを足して二で割ったような色気があり、拙書『不良定年』のカバーに使わせていただいたら二十四刷りまでいった。

半藤さんは、少年の目になり、彫刻刀をあれこれと物色して、

「久しぶりだなあ」

と嬉しそう。研ぎ石も見つけて買っている。

ぼくは、水墨画用のボカシ刷毛を三本買った。ナムラ特製のボカシ刷毛は、毛がしなやかで、柄は竹を使った手づくりである。この刷毛で、雲を描けば、なんとかうまく描けそうな気がする。

マロニエ通りを歩いて、また並木通りとの交差点に出ると、淡いピンクの星の塔のようなミキモト・ギンザ2がある。以前、真珠時計（五二五〇円）を買った店だ。三階のミキモトラウンジへ上って、お茶を飲んでひとやすみ。ラウンジは真珠をイメージした白で統一されている。

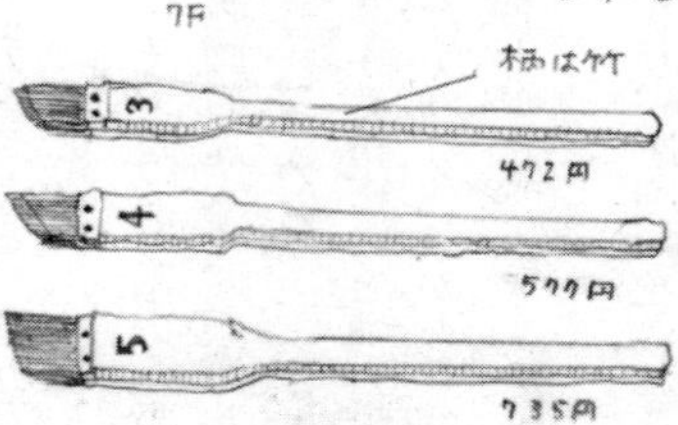

人気の紅茶は、ビギニング・オブ・ハピネス（セイロン紅茶に、薔薇、オレンジピール、マリーゴールド、ヤグルマ菊をブレンド）で、まずはそれを注文した。スウェーデン王室で飲まれている紅茶という。
末利子さんはジャスミン・アールグレイ（キームン紅茶にジャスミンの花・天然のベルガモットオイル・レモングラス・ヤグルマ菊）。
ともに香りが強く、ひとくち飲むと、フワーンと酔ってきた。アルコール分がないのに陶酔感があってグラグラした。

　茶に酔う、ということがあるのだ。酔った勢いで、緑茶を注文した。いずれも八〇〇円である。春（天然のベルガモットオイル）、夏（コーンフラワー、サンフラワーなど）、秋（レモンピール、デイジー、ライム）、冬（サンフラワー、ローズなど）の四タイプあり、全部注文して、飲み比べてみた。店員が小さいカップを用意してくれた。

　春は青春の味がした。夏は春より軽く、ヒマワリの味がする。と、いろいろと感想をいいあった。半藤さんは、

「秋は失恋したような味だ」

　と判定し、

「利き酒みたいに、飲まずにパッと吐き出したほうが正確にわかる」

という。冬は、末利子さんが、

「コタツにはいっているような味で、おさまりがいい」

と、さすが漱石系の分析だった。

　末利子さんの父上（松岡譲《ゆずる》）はミキモトの二代目と同級生だったため、ミキモトの作品を、家に届けられたという。ミキモト・ブテ

イックには普段遣いの宝飾品や、磁器、ガラス製品が揃っている。

半藤さんは、戦前、パールカルクという白い粉を飲んでいた。ミキモトは真珠のカルシウムに注目して、飲み薬を開発し、戦中は「カラダが強くなる」というふれこみで海軍が使っていたらしい。

お茶を飲んだところで、いよいよ本日のメーン、ハツコエンドウ エステティックサロンへ直行した。

遠藤波津子は日本で初めて近代美容を創業した人で、明治三十八年に銀座七丁目に開店した。

一丁目にあるビル三階へエレベーターで上り、ドアが開くと、半藤さんが、

「や、いい香りだなあ」

と頬を紅潮させた。基本的には女性専用サロンであるが、女性と同伴ならば男性もOKだ。

夜は予約客で満室だが、平日の昼間が比較的すいている。

完全個室である。

ぞくぞくと興奮してきたな。半藤ご夫妻は五十分のベーシックコース（一万二六〇〇円）、ぼくは七十五分のレギュラーコース（一万五七五〇円）にした。

部屋に入ると、ガウンに着がえてくれといわれたので、うっかりズボンまで脱いでしまった（勘ちがいしている）。これは半藤さんも同じらしく、ズボンだけでなく、靴下ま

で脱いでしまったらしい。後方に倒れるリクライニング・シートに寝っころがるから、こうなった。

エステティシャンからカウンセリングをうけて、クレンジング（角質をとる）が十五分。ぼくは釣りで紫外線と潮風にあたっているため、乾燥肌らしく、フランスのエステ専用の化粧品でマッサージ。

あたたかいクリームで顔をマッサージされると、気持ちがよくて、いつのまにか眠ってしまった。リラクゼーションのパックをして、わがおばさま化計画は、ここに完了したといってよい。

目のつぼのマッサージは、むくみがとれて、肌がしっとりとして、そりゃよござんすわよ。おほほほ。パックをふきとりローションとクリームで仕上げますの。

すっかり肌が若返り、ゆらゆらと戻ると、半藤さんも出てきて、

「極楽ですなあ」

とうなずいた。

「リラックスして、もう、どうぞ、なんでもやってください、と観念しちゃった。肌がいいって褒められちゃった。いままでほったらかしてきた肌が、たまげてましたよ。史上最高齢の客でしょうなあ。はっはっは」

末利子さんは、軽く化粧をして、薄いピンクの口紅をさして、秋野の小花みたいに美しい。

「これから、月に一度は通おうかしら。すっかり気にいっちゃった」

半藤ご夫妻も眠ってしまったようである。うとうとと極楽気分でエステティックされると、なんだか一泊二日旅行の朝みたいにすっきりした。

❖金田中 庵　03・3289・8822

❖ミキモトラウンジ　03・3562・3134

❖サンタ・マリア・ノヴェッラ　03・3572・2694

❖ハツコエンドウ エステティックサロン　03・3564・6061

第33話 ガッタンと下駄をならして冬に入る

維新號〜渡辺木版画店〜松屋豆腐店〜椿屋珈琲店〜天賞堂〜やす幸

昼食は銀座八丁目の維新號《いしんごう》のランチ定食にした。ランチ定食は日替わりで四種類あって、いずれも九四五円である。

揚げシューマイ定食、麻婆豆腐定食、魚のチリソース定食、スブタ定食の四種すべてを注文して、食べくらべてみると、意見が分かれた。重盛旦那はスブタ定食を推すし、ミチコ姐さんは低カロリーの麻婆豆腐定食にこだわり、緊急参加三名は魚のチリソース定食に統一、ぼくは、断然、揚げシューマイ定食派である。

昭和二十三年に銀座に開店した維新號は中華饅頭が名物だ。肉まん（四七三円）でもいいが、揚げシューマイはたこ焼きに似た風体で、コローンとしているところに好感がもてる。ごはんとスープのおかわりは自由。

維新號は、銀座に出店する前は神田今川小路にあり、中国からの留学生の客が多く、作家の魯迅《ろじん》や弟の周作人《しゅうさくじん》、のち首相になった周恩来《しゅうおんらい》も客のひとりだった。中国人留学生が、故郷の家庭の味を求めて、この店へやってきた。

店内は会社員の男性や、買い物のおばさま連で満員である。キョーコさんが予約して

おいた奥の円卓テーブル席に陣どると、中国人の店員がきて、

「魚のチリソース定食が、イチバンおいしいね」

と説明した。

「麻婆豆腐は毎日アルヨ。材料費がいちばんヤスイ。店が儲からないのは、魚のチリソースね。材料費がタカイ」

まことに正論である。日本人ならば、

「どれもおすすめ」

というところだが、中国流ははっきりしている。

とり皿でわけるので他人が注文した定食も食べる。こういう流儀はサラリーマン時代を思い出す。わいわいガヤガヤと食べ、スープもおかわりして、店を出た。

八丁目の渡辺木版画店（渡邊木版美術画舗）へ行くと、アメリカ人の先客（八十五ているという。

歳）がいた。ピカソみたいな顔をしたバイヤーで日本の版画を買って、アメリカで売っ

人気の川瀬巴水《かわせはすい》の新刷りは、渡辺木版画店では二万一〇〇〇円、アメリカでは二五〇ドルという。巴水は鏑木清方《かぶらききよかた》の弟子で、大正七年に渡辺木版画店より作品を発表した。初代渡邊庄三郎は浮世絵版画を支えた版元制度を再生し、橋口五葉《はしぐちごよう》、伊東深水《いとうしんすい》、川瀬巴水を育てた。現社長の渡邊章一郎氏は三代目である。

巴水はスケッチ帖と色鉛筆を持って日本全国を旅した。七十四歳で没するまでの作品はおよそ六百点ほどになる。初刷りの巴水版画は、外国で高く評価されて一枚三〇万円ほどするが、新刷りなら二万一〇〇〇円で手に入る。

巴水画カレンダー（一四〇〇円）と一枚一〇〇円の絵葉書を三十七枚買った。巴水の「東京二十景」に心ひかれた。全国を旅した巴水が、自分が住んでいる東京の風景を描いた風景版画である。

絵葉書を選んでいると、一度店を出たピカソ氏が戻ってきて、

「カバヤキのおいしい店はどこか」

と店員に聞いている。竹葉亭を紹介した。杖をついているため、店員がタクシー乗り場まで案内した。

木店のビルの七階にある摺刷作業場を見せてもらった。三人の摺刷師がモクモクと、木版カレンダーを刷っていた。売り場も、制作も銀座なのである。屋上に出て、暮れの銀

座の空を見た。

ビルのすぐ下は並木通りで、シナノキが黒く光り、巴水の絵のようだ。

ビルを降りて七丁目の松屋豆腐店へむかった。銀座には豆腐店もある。昭和二十七年創業の豆腐店で、五十年以上つづいている。

豆腐店ほど割りのあわぬ商売はない。二〇〇円の豆腐が百個売れても二万円にしかならない。朝起きるのが午前一時で、寝るのは夜八時という重労働である。銀座に住んでいながら、夜の銀座で遊ぶことはできない。

それでも営業しているのは、

「喜んでくれる客がいる」

からだ。ほとんどが飲食店からの注文だが、会社帰りのOLも立ち寄って買っていく。おぼろ豆腐を買って、塩をふりかけて立ち食いした。香りがたちあがり、ひんやりとした風が喉に吹いた。重盛旦那が二一〇円の豆乳を飲んだ。佐賀平野産の大豆フクユタカを使っている。

豆腐を立ち食いすると、オヤジの根性が戻ってきて、やれやれ、脱おばさんをはたした。と、安堵したのもつかの間で、店頭に豆乳石鹸があるのを見つけた。

あら、これ、お肌にいいんじゃないの、とミチコ姐さんにいうと、おネエ言葉使うのやめてくださいな、とたしなめられた。

白色のノーマルタイプ、赤ワイン色のポリフェノール入り（松樹皮エキス）、モスグリーンのハーブ色の三種がある。

白いノーマルタイプが豆乳の色に近いので、ひとつ買った。豆乳のほかオリーブオイルやココナツオイルなどが入っている。

主人の富樫《とがし》さんは、この石鹸で顔を洗い、髭剃りもするという。これぞ銀座ホステスさんが使う銀座名物で、裏人気の逸品だ。

ミチコ姐さんが、ポリフェノール入りを買ったので、じゃ、わたしも買おーっと、と買い足して、わがおばさま化現象はかなり重症だと、反省した。そろそろ昔のおでん屋系オヤジに戻りたい。

松屋豆腐店の前は漬物の若菜で、ちょっとのぞくと、女将の井手茉莉さんがいた。いつ見ても美しい。べったら漬けを握りしめて、ポーッと見とれてしまった。

そうこうするうち、おばさまの一団がドスドスと店に入ってきた。漬物を選ぶおばさま連のど迫力には、いまだ太刀うちできない。

団体の買い物は、ひとりが買うとじゃわたしも、となり、たがいに高揚してきて、ショッピング・バトル興奮状態になってくる。

気を落ちつけるため、花椿通りの椿屋珈琲店に入ると、大正モダーンの気配があり、三階までつづく長い階段にコーヒーの香りがたちこめている。

二階から三階へ上る階段は、ピカピカに磨きこまれて、時代物の艶を放っている。席に座ると、踊り場に東郷青児が描いた美人画がかけてあった。女性の蒼白い太股に、ぼんぼりのライトが反射して、妄想をかきたてられる。

年代物の柱時計とコントラバス。梁が太い高い天井。それぞれがオリジナルブレンドのコーヒー（八八〇円）だのミルクティー（九八〇円）だのカフェカラメル（一〇八〇円）だの好みのものを注文した。ぼくは九八〇円のカフェオレにきめた。

出てきたカフェオレは、コーヒーの上にスチームされたミルクでハート型の絵が浮かんでいる。しずしずとするとハートが口のなかに入ってきた。

これで恋の告白ができるな。口説こうとしている女性を連れてきて、ハートマークのカフェオレを差し出し、

「これが私の気持ちです」

と、モジモジすりゃあいい。九八〇円で愛の告白ができる。

そう考えていると、ミチコ姐さんが、また変なエロを考えてるんじゃないでしょうね、といぶかるから、

「別に」

ととぼけて、東郷青児と暮らした宇野千代の話をした。

宇野千代は、小説で自殺するシーンを書いているとき、自殺未遂する男女の心理がよくわからず、一面識もない東郷青児の家へ訪ねていった。東郷青児が暮らしていた女と心中をはかり、未遂に終わった直後のことだった。千代は、東郷青児に話を聞くうちに同情してしまい、そのまま同棲してしまった。

「とすると、この絵の女のモデルはだれなんだろうか」

と気になり、カフェオレを飲みほした。

まあ、すんだことだし、こちらは関係ないからどうでもよくて、椿屋珈琲店を出て、すずらん通りを下駄の音をならして歩いた。

めざすさきは、四丁目の天賞堂である。

鉄道模型売場がある三階は、鉄ちゃん（鉄道マニア）の客で混んでいる。いろいろとあるなあ。

と、新幹線N700系の模型（スーパーサウンド）が目に入った。これは列車から四種の音が出る。まず上から押すと、ブワーンというタイフォン（警笛）が鳴る。つぎに車輛の前をあげるとアナウンスの声で、

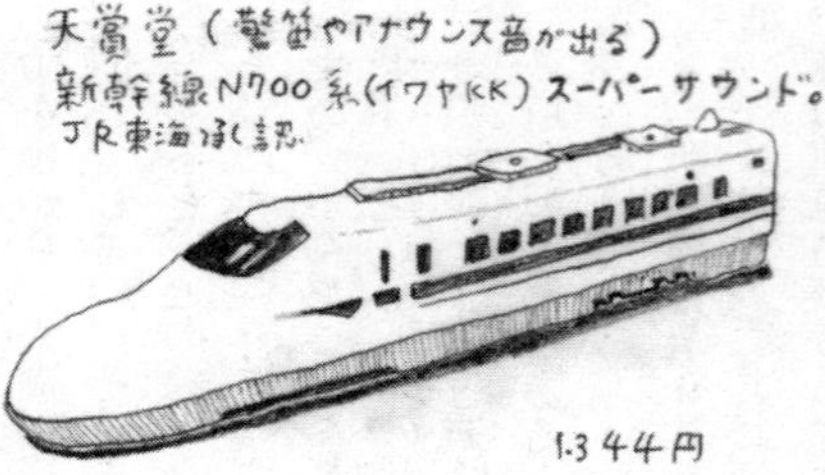

「この電車はのぞみ号新大阪行きです。ピンポン、パンパーン」

ありゃま、本物そっくりだ。電車を左右に傾けると新幹線が駆けぬける音がして、後方を持ちあげると、

「まもなく終点新大阪です。きょうも新幹線をご利用くださいましてありがとうございました（曲：アンビシャス・ジャパン）」が流れる。これで一三四四円だ。こりゃお買い得だ、と二つ買ってしまった。

冬に入ると、買い物客が吐く息が白い。ガッタンとならす下駄の音が、夕暮れの街に澄んで響いていく。

オヤジの野性をとり戻すには、おでん屋で飲むしか手はない。やす幸は昭和八年におでん専門店として創業され、年配のオヤジ連中が、安心して飲める店である。

六時前なのに、カウンター席は客でにぎわっている。カウンター前の鍋には、大根、豆腐、つみれ、タコ、ハンペン、コンニャクなどがぐつぐつと煮え、いい匂いを放っている。男性客にまじって、女性どうしで盃をかわす人もいる。

カウンターの奥にある個室に入ると、二代目主人石原壽さんと、三代目の松井俊樹さんが、やあやあとやってきた。

個室には、団体客専用のおでん鍋がドーンと運ばれてくるので、好きな具をとって、酒を飲む。

部屋のすみに、おでんの湯気がカーブして漂っていく。昔のおでん屋は電車が通るガード下にあり、ゴーンと響くレールのきしみ音を聞きながら飲んだ。

おでん酒を飲みはじめると、家に帰るのが面倒になる。それでつい深酒をしてしまうから、わざとガード下につくって、帰る心をそそらせたんだろうか。壁に一寸釘の帽子掛けがあったりして。

やす幸は、銀座の一等地にありながら、おでん専門店として営業すること七十年余だ。酒、塩、みりんが基本の薄味のだしである。

じゃ、大根と豆腐をいただきましょうか。辛子をたっぷりとつけて。

酒はぬる燗でいく。うーん、いい味がしみているなあ。じゃ、ゴクローさまでしたア、と銀座の空に乾杯した。

❖維新號銀座本店　03・3571・6297

❖渡辺木版画店　03・3571・4684

❖松屋豆腐店　03・3571・2658

❖椿屋珈琲店　03・3572・4949

❖天賞堂　03・3561・0021

❖やす幸　03・3571・0621

あとがき

小学生のころ、母親にくっついて銀座へ出かけるときは、一張羅の服を着て、緊張してお坊ちゃんのふりをした。

ようやくひとりで行けるようになったのは大学生になってからで、月光荘でスケッチブックを買って、ヴァンのコートをはおってみゆき通りをブラブラ歩き、凮月堂でコーヒーを飲むぐらいだった。

就職したとき、初任給をすべてはたいて、伊東屋でペリカン万年筆を買った。二回目の給料でレイバンの眼鏡を買い、ガールフレンドと一緒に資生堂パーラーでオムライスを食べたっけ。そのあとは映画館へ行った。

三十代になると、なにかとライオンビヤホール通いだったが、夜の銀座には縁がなかった。

四十歳を過ぎて、いささか金廻りがよくなると、夜の銀座で遊ぶようになって、竜宮城の乙姫様のようなホステスにクラクラした。新宿の十倍ぐらいの料金に腰をぬかしつつ、銀座なんだから当然だと思っていた。

昼の銀座のよさに気がついたのは、五十歳をすぎてからで、ようやく、肩の力を抜いて歩けるようになった。銀座は、中高年がなじめる町なのである。

この散歩は雑誌「銀座百点」に連載したもので、編集部の牛窪亨子さん（キョーコさん）と、嵐山オフィスの中川美智子さん（ミチコ姐さん）が一緒だった。もうひとりは旧友の坂崎重盛氏（重盛旦那）で、あとは、その都度、いろんな友人や先輩に同行していただいた。

これは銀座だからできることで、昼飯を食べて、買い物をするだけで、ああ、なんて楽しいんだろうと思う町はそうそうあるものではない。夜の銀座にもまして、昼の銀座がクラクラする。銀座は日々進化していくから、買い物をすると時代の気分が見える。

山歩きをすると、刻々と変化する草や樹や土の様相がわかる。それと同じように、銀座を歩くと、時代の風が、どの方向にいくのかが見えてくる。新店舗の意気込みもさることながら、老舗の底力を痛感した。トラディショナルな気骨と最先端をいく気迫は、いまなお銀座に強く生きている。

銀座は、進化しつつも古いものを大切にしている。そのため、初老の紳士や御婦人が安心して銀ブラできるのだ。

「銀座百点」の連載が二年余つづくと、老舗の主人と顔見知りになって、行くさきざきで、「や、今日はどちらへ」と声をかけられるようになった。夜の黒服に声をかけられるより、こっちのほうが年季がかかる。

「銀座百点」を持って、ぼくの銀座散歩のとおりに歩く御婦人がいっぱいいるらしい。

三時間あれば、一回ぶんの散歩を廻ることができる。

気にいった商品を見つけたら、すぐに買いましょう。商品との出会いは一期一会であって、あとで来てみて売り切れていると、ひどくガックリする。ただし、ぼくがあんまり高価な品を買わないのは、読んでいただければわかるはずだ。高級店へ行って、一番安い物を買うのはそれなりの訓練と度胸が求められる。

食事だってそうで、夜は何万円もする高級料理店が、昼は安いサービスランチを出す。それを見逃さない。

そういう流儀は、銀座へくる「おひとりさま」の御婦人は、とっくの昔に身につけていて、なにも講釈する必要はないかもしれないけれど。

このところ気がついたのは、銀座散歩の後遺症で、ぼくが限りなくおばさん化していることだ。いかなる一流店でも、下駄をカタカタ鳴らして入っていき、値段を見て、商品を鑑定するくせがついた。

ティーセラピーに夢中になり、風呂敷に熱中し、銭湯につかり、くのやのガーゼ手拭を品さだめする姿は、おやじのおばさん化現象である。おばさんの価値観を獲得するにつれて、怖いものがなくなってきた。こうなりゃしめたもので、銀座がわが町内会のように思えてくるのでした。

嵐山光三郎

本文、イラスト中の価格は、原則として購入時のものです。ご利用の際には、必ず各店舗にてご確認くださいますようお願い申しあげます。

（文春文庫編集部）

とっておきの銀座MAP
JR線有楽町駅
外堀通り
プランタン
プランタン
スカイバスのりば
三菱ビル
丸ビル
東京駅
丸の内口
並木通り
ミキモト
ブティック
銀座マロニエ通り
ハッコエンドウ
エステティック
トラヤ帽子店
東京風月堂
ギャラリー無境
銀座タニザワ
ギンザタナカ
コンフィチュール
エ プロヴァンス
交番
中央通り
ホテル西洋銀座
吉兆
ホテル西洋銀座店
伊東屋
メルサ
Ginza-2
つばめグリル
(改装中)
銀座柳通り
パピエリウム
モントレ ラ・スール
銀座湯
ホテルモントレ
北欧の匠
昭和通り
2丁目
1丁目

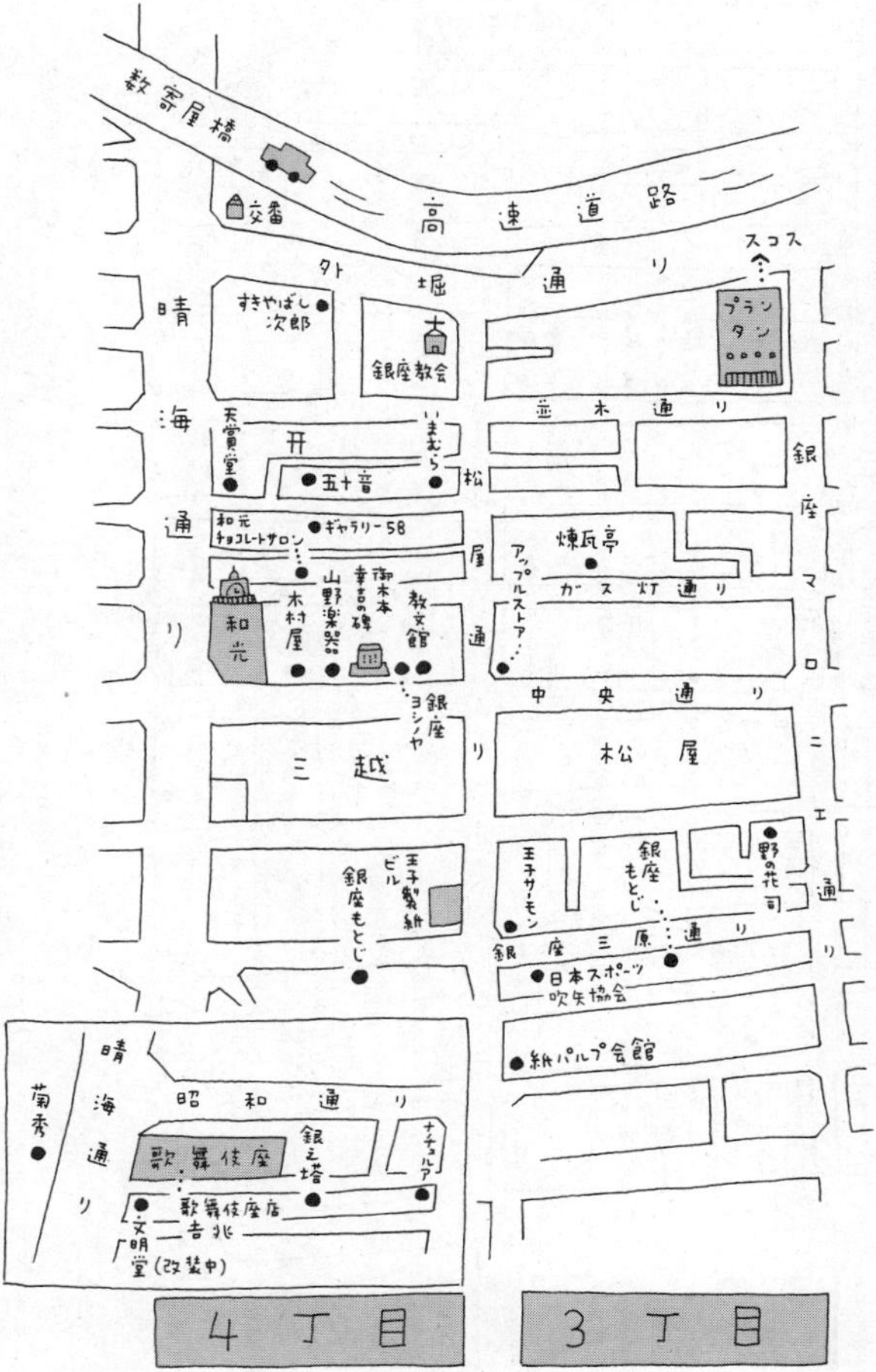

数寄屋橋
交番
高速道路
外堀通り
スコス
プランタン
すきやばし次郎
銀座教会
晴海通り
並木通り
天賞堂
いまむら
五十音
松屋通り
銀座マロニエ通り
和光チョコレートサロン
ギャラリー58
煉瓦亭
アップルストア
ガス灯通り
和光
木村屋
山野楽器
御木本幸吉の碑
教文館
銀座ヨシノヤ
中央通り
三越
松屋
王子製紙ビル
銀座もとじ
王子サーモン
野の花司
銀座もとじ
銀座三原通り
日本スポーツ吹矢協会
紙パルプ会館
晴海通り
昭和通り
菊秀
歌舞伎座
銀之塔
ナチュルア
歌舞伎座店 吉兆
文明堂(改装中)
4丁目
3丁目

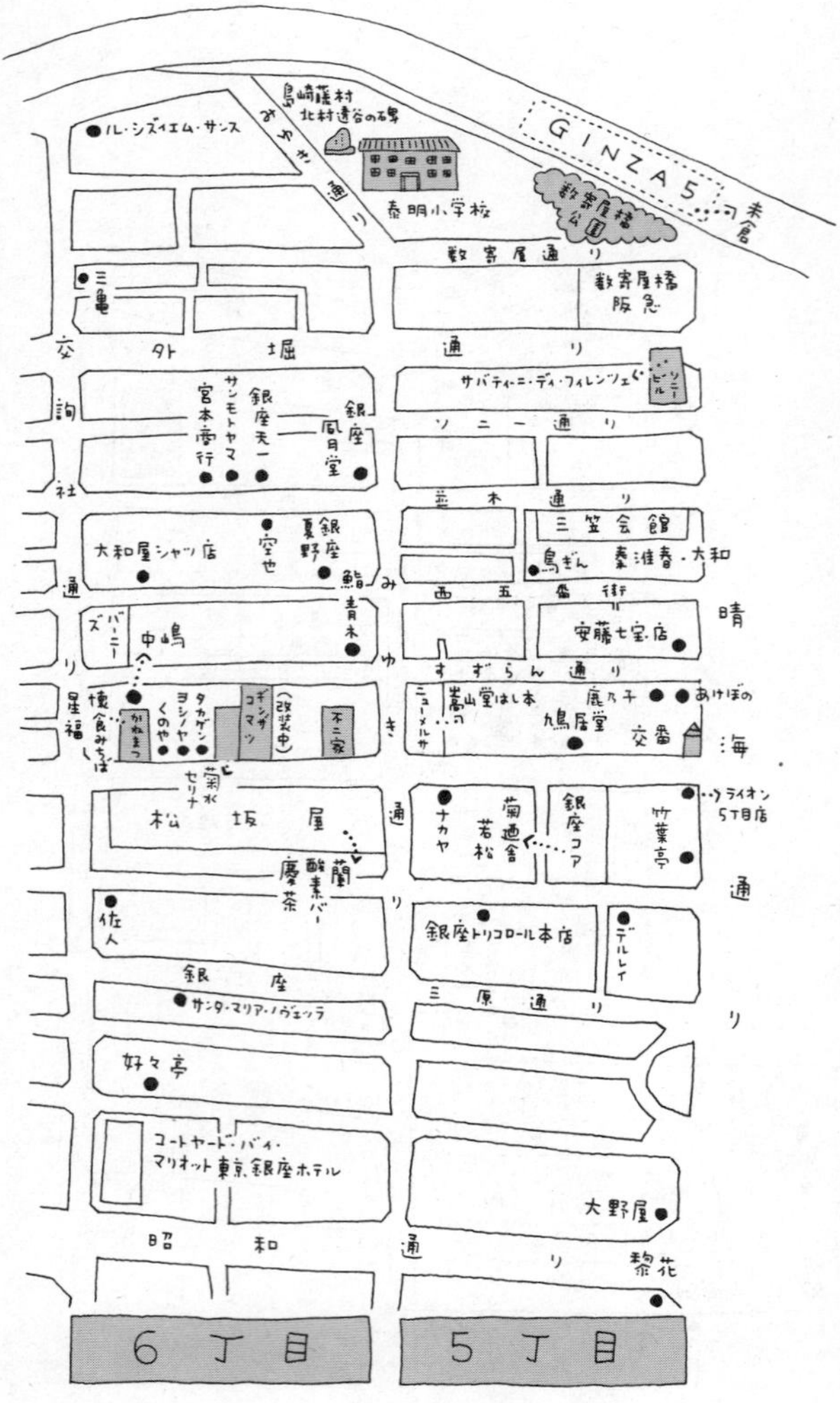
GINZA5
島崎藤村
北村透谷の碑
ル・シズィエム・サンス
みゆき通り
泰明小学校
数寄屋橋公園
来館
数寄屋通り
三亀
数寄屋橋阪急
外堀通り
交詢社通り
サバティーニ・ディ・フィレンツェ
ソニービル
宮本商行
サンモトヤマ
銀座天一
銀座風月堂
ソニー通り
並木通り
三笠会館
大和屋シャツ店
空也
銀座夏野
鳥ぎん
秦淮春・大和
鮨青木
西五番街
安藤七宝店
バーニーズ
中嶋
晴海通り
すずらん通り
星福
懐食みちば
かねまつ
タカゲン
ヨシノヤ
くのや
ギンザコマツ
(改装中)
不二家
ニューメルサ
嵩山堂はし本
鹿乃子
あけぼの
鳩居堂
交番
菊水
セリナ
ビ
ライオン5丁目店
松坂屋
ナカヤ
若松
菊廼舎
銀座コア
竹葉亭
慶茶
酸素バー
蘭
佐人
銀座トリコロール本店
デルレイ
銀座通り
サンタ・マリア・ノヴェッラ
三原通り
好々亭
コートヤード・バイ・マリオット東京銀座ホテル
大野屋
昭和通り
黎花
6丁目
5丁目

高速道路
銀座コリドー通り
阿波屋
いわしや
トスティ
ローズギャラリー
ウエスト
外堀通り
ホテル日航
イワキメガネ
ブリック
松屋豆腐店
コンドアール
花椿通り
桃花源へ
若菜
ハウス・オブ・シセイドウ
煙事
渡辺木版画店
並木通り
ホテルコムズ銀座
シグナス
かなめ屋
たちばな
維新號
椿屋珈琲店
やす幸
金田中庵
金春屋敷跡
金春湯
月光荘
よし田
浜作
金春通り
平つか
久兵衛
銀座三河屋
東哉
資生堂パーラー
ぜん屋
とらや
リヤドロ
博品館
福家書店
サエグサ
中央通り
銀座柳の碑
雨竹庵
ライオン7丁目店
銀座しがらき通り
カフェ・ド・ランブル
銀座御門通り
銀座三原通り
宮脇賣扇庵
三井ガーデンホテル銀座プレミア
昭和通り
竹葉亭本店
8丁目
7丁目

画・浅生ハルミン

大和屋シャツ店　03•3571•3482　銀座6-7-8
山野楽器　03•3562•5051　銀座4-5-6
よし田　03•3571•0526　銀座7-7-8

【ら】

ライオン七丁目店　03•3571•2590　銀座7-9-20
黎花　03•6659•8212　銀座5-13-197F
リヤドロ　03•3569•3377　銀座7-8-5
蘭　03•3572•1111　銀座6-10-1 松坂屋7F
理容米倉　03•3571•1538　銀座5-1
ル・シズィエム・サンス　03•3575•2767　銀座6-2-10
煉瓦亭　03•3561•3882　銀座3-5-16
ローズギャラリー　03•3571•2066　銀座8-4-27

【わ】

若菜　03•3573•5456　銀座7-5-14
若松　03•3571•1672　銀座5-8-20　銀座コア1F
和光　03•3562•2111　銀座4-5-11
和光チョコレートサロン　03•5250•3135　銀座4-4-5
ワシントン靴店セリナ　03•3572•2011　銀座6-9-6 菊水ビル8F
渡辺木版画店（渡邊木版美術画舗）　03•3571•4684　銀座8-6-19

服部金物店　03•3542•2666　築地5-2-1
パピエリウム　ギンザ　03•5250•2405　銀座2-8-17
浜作　03•3571•2031　銀座7-7-4
浜離宮庭園　03•3541•0200　浜離宮庭園1-1
平つか　03•3571•1684　銀座8-7-6
フットケアサロン・セリナ　03•3572•2011　銀座6-9-6 菊水ビル8F
ブリック（BRICK）　03•3571•1180　銀座8-5-5
文明堂カフェ東銀座店　03•3543•0002　銀座4-13-11
北欧の匠　03•5524•5657　銀座1-15-13
本店浜作　03•3571•2031　銀座7-7-4

【ま】

松屋銀座本店　03•3567•1211　銀座3-6-1
松屋豆腐店　03•3571•2658　銀座7-4-7
丸武　03•3542•1919　築地4-10-10
三河屋本店　03•3571•0136　銀座8-8-18
ミキモト・ブティック　03•3562•2929　銀座2-4-12
ミキモトラウンジ　03•3562•3134　銀座2-4-12
宮本商行　03•3573•3011　銀座6-6-7
宮脇賣扇庵　03•5565•1528　銀座8-12-13
三笠会館　03•3571•8181　銀座5-5-17
もとじ（男のきもの）　03•5524•7472　銀座3-8-15
もとじ（和染 和織）　03•3535•3888　銀座4-8-12
モントレ ラ・スールギンザ　03•3562•7111　銀座1-10-18

【や】

やす幸　03•3571•0621　銀座7-8-14
大和　03•3289•5663　銀座5-5-17 三笠会館7F

たちばな　03・3571・5661　銀座8-7-19
タニザワ　03・3567・7551　銀座1-7-6
竹葉亭銀座店　03・3571・0677　銀座5-8-3
竹葉亭本店　03・3542・0789　銀座8-14-7
椿屋珈琲店　03・3572・4949　銀座7-7-11
つばめグリル（改装中）　03・3561・3788　銀座1-8-20
デルレイ　03・3571・5200　銀座5-9-19
天一　03・3571・1949　銀座6-6-5
天賞堂　03・3561・0021　銀座4-3-9
桃花源　03・3569・2471　銀座8-6-15 ホテルコムズ銀座2F
東京凮月堂銀座本店　03・3567・3611　銀座2-6-8
東哉　03・3572・1031　銀座8-8-19
トスティ　03・5568・1040　銀座7-3-15
とらや銀座店　03・3571・3679　銀座7-8-6
トラヤ帽子店　03・3535・5201　銀座2-6-5
鳥ぎん　03・3571・3333　銀座5-5-7

【な】

ナカヤ　03・3571・1510　銀座5-8-16
ナチュルア　03・3541・0753　銀座4-13-1
夏野　03・3569・0952　銀座6-7-4 銀座タカハシビル1F
日本スポーツ吹矢協会　03・3538・5837　銀座3-8-12 大広朝日ビル3F
野の花 司　03・3535・6929　銀座3-7-21

【は】

好々亭　03・3248・8805　銀座6-13-7
ハツコエンドウ エステティックサロン
03・3564・6061　銀座1-5-8 ギンザウィローアベニュービル

月光荘画材店　03•3572•5605　銀座8-7-2
五十音　03•3563•5052　銀座4-3-5
金春湯　03•3571•5469　銀座8-7-5
コンフィチュール エ プロヴァンス　03•3538•5011　銀座1-5-6
【さ】
サヱグサ　03•3573•2441　銀座7-8-8
佐人　03•5537•1245　銀座6-11-14
サバティーニ•ディ•フィレンツェ
03•3573•0013　銀座5-3-1 ソニービル7F
三亀　03•3571•0573　銀座6-4-13
酸素バー（ウイング・オキシー）　03•5568•0217　銀座6-10-1 松坂屋B2F
サンタ・マリア・ノヴェッラ　03•3572•2694　銀座6-12-13
サンモトヤマ　03•3573•0003　銀座6-6-7 朝日ビル内
資生堂パーラー銀座本店　03•5537•6241　銀座8-8-3
星福　03•3289•4245　銀座6-9-9 かねまつビル6F
秦淮春　03•3289•5665　銀座5-5-17 三笠会館4F
嵩山堂はし本　03•3573•1497　銀座5-7-12 ニューメルサ6F
スカイバス　03•3215•0008　東京駅丸の内南口三菱ビル
すきやばし次郎　03•3535•3600　銀座4-2-15 塚本素山ビルB1F
スコス　03•3567•0077　銀座3-2-1 プランタン銀座6F
鮨 青木　03•3289•1044　銀座6-7-4 銀座タカハシビル2F
ぜん屋　03•3571•3468　銀座8-8-1
【た】
大祐　03•3541•3312　築地5-2-1
大和寿司　03•3547•6807　築地5-2-1
タカゲン　03•3571•5053　銀座6-9-7

木村屋總本店　03・3561・0091　銀座4-5-7
鳩居堂　03・3571・4429　銀座5-7-4
久兵衛　03・3571・6523　銀座8-7-6
教文館　03・3561・8447　銀座4-5-1
ギャラリー無境　03・3564・0256　銀座1-6-17 アネックス福神ビル5F
銀座あけぼの銀座本店　03・3571・3640　銀座5-7-19
銀座・伊東屋　03・3561・8311　銀座2-7-15
銀座かなめ屋　03・3571・1715　銀座8-7-18
銀座鹿乃子　03・3572・0013　銀座5-7-19
銀座くのや　03・3571・2546　銀座6-9-8
ギンザタナカ　03・3561・0491　銀座1-7-7
銀座タニザワ　03・3567・7551　銀座1-7-6
銀座天一　03・3571・1949　銀座6-6-5
銀座トリコロール本店　03・3571・1811　銀座5-9-17
銀座ナカヤ　03・3571・1510　銀座5-8-16
銀座夏野　03・3569・0952　銀座6-7-4 銀座タカハシビル1F
ギンザのサヱグサ　03・3573・2441　銀座7-8-8
銀座三河屋本店　03・3571・0136　銀座8-8-18
銀座もとじ（男のきもの）　03・5524・7472　銀座3-8-5
銀座もとじ（和染 和織）　03・3535・3888　銀座4-8-12
銀座ヨシノヤ　03・3572・0391　銀座6-9-6
銀座若菜　03・3573・5456　銀座7-5-14
銀之塔　03・3541・6395　銀座4-13-6
空也　03・3571・3304　銀座6-7-19
くのや　03・3571・2546　銀座6-9-8
慶茶（福寿園）　03・3574・0150　銀座6-10-1 松坂屋B1F

とっておきの銀座 関連アドレス

（※店名は通称と正式名称の双方を掲載した場合がある）

【あ】

秋山商店　03•3541•2724　築地4-14-16
アップルストア　03•5159•8200　銀座3-5-12
阿波屋　03•3571•0722　銀座7-2-17
安藤七宝店　03•3572•2261　銀座5-6-2
維新號銀座本店　03•3571•6297　銀座8-7-22
伊東屋　03•3561•8311　銀座2-7-15
イワキメガネ　03•3571•2034　銀座8-4-26
いわしや　03•3571•3000　銀座7-2-12
ウエスト銀座店　03•3571•1554　銀座7-3-6
雨竹庵　03•3571•4114　銀座7-9-10
煙事　03•5537•5300　銀座7-5-19
王子サーモン　03•3567•6759　銀座3-7-12
大野屋　03•3541•0975　銀座5-12-3
お好み食堂 蘭　03•3572•1111　銀座6-10-1 松坂屋7F

【か】

懐食みちば　03•5537•6300　銀座6-9-9 かねまつビル8F
金田中 庵　03•3289•8822　銀座7-6-16 銀座金田中ビル2F
紙パルプ会館　03•3543•8111　銀座3-9-11
カフェ・ド・ランブル　03•3571•1551　銀座8-10-15
菊水　03•3571•0010　銀座6-9-6
菊廼舎本店　03•3571•4095　銀座5-8-20 銀座コアB1F
菊秀　03•3541•8390　銀座5-14-1
吉兆・歌舞伎座店　03•3542•2450　銀座4-12-15
吉兆・ホテル西洋銀座店　03•3535•1177　銀座1-11-2

単行本　二〇〇七年六月　新講社刊

文春文庫

とっておきの銀座《ぎんざ》

定価はカバーに
表示してあります

2009年12月10日　第1刷

著　者　嵐山光三郎《あらしやまこうざぶろう》
発行者　村上和宏
発行所　株式会社　文藝春秋

東京都千代田区紀尾井町 3-23　〒102-8008
TEL　03・3265・1211
文藝春秋ホームページ　http://www.bunshun.co.jp
落丁、乱丁本は、お手数ですが小社製作部宛お送り下さい。送料小社負担でお取替致します。

印刷・大日本印刷　製本・加藤製本
Printed in Japan
ISBN978-4-16-777328-1

（　）内は解説者。品切の節はご容赦下さい。

石井好子
パリ仕込みお料理ノート
三十年前、歌手としてデビューしたパリで、食いしん坊に開眼した著者が綴った、料理とシャンソンのエッセイ集。読んだらきっと食べたくなり、作ってみたくなる料理でいっぱい。

い-10-1

池澤夏樹
垂見健吾　写真
神々の食
「食べ物を作るという仕事は、神様の仕事に近いのかもしれない」。沖縄の食の伝統を支える人びと、味覚の数々。旅する作家と南方写真師が訪ね歩いた食の現場・三十五景。（新城和博）
い-30-7

池部　良
風の食いもの
戦前の東京の食卓の風景。戦中、陸軍に召集された新兵時代のメシ、そして、大陸へ渡り前線での中華的食事や南方へ送られた島で終戦まで生き延びるための食等々、人生折々の食の風景。

い-31-3

小林カツ代
お料理さん、こんにちは
あの小林カツ代にも料理の初心者だった時代があった。生まれて初めて作った料理は、ほうれん草の油炒め。初めての味噌汁では大失敗。抱腹絶倒の台所修業記、初の文庫化。（石坂　啓）
こ-31-1

小泉武夫
くさいはうまい
納豆、味噌、腐乳、くさや、チーズなど世界中のくさいものを食べ歩いてきた〝味覚人飛行物体〟〝発酵仮面〟の著者が文字通り、身体を張って食べたくさいもののにおい立つエッセイ。

こ-36-1

里見真三
すきやばし次郎 旬を握る
前代未聞！　パリの一流紙が「世界のレストラン十傑」に挙げた江戸前握りの名店の仕事をカラー写真を駆使して徹底追究。本邦初公開の近海本マグロ断面をはじめ、思わず唸らされる。

さ-35-1

高橋邦弘
そば屋　翁
僕は生涯そば打ちでいたい
東京・南長崎、八ヶ岳・長坂で、全国のそば好きを唸らせた手打ちそばの店『翁』。その主人が語るレジェンド・オブ・そば。読めば必ず、あなたもそばが食べたくなる。走れ、そば屋へ。
た-51-1

（　）内は解説者。品切の節はご容赦下さい。

林　望
イギリスはおいしい
まずいハズのイギリスは美味であった!? 嘘だと思うならご覧あれ——イギリス料理を語りつつ、イギリス文化の香りも味わえる日本エッセイスト・クラブ賞受賞作。文庫版新レセピ付き。

は-14-2

林　望
イギリスはおいしい2
久しぶりにイギリスを訪れたリンボウ先生。喧騒のロンドンを遠く離れてスコットランド付近への小さな旅。傑作『イギリスはおいしい』の続篇ともいえるフォト&エッセイ集。（林　春菜）
は-14-8

早川　光
鮨水谷の悦楽
ミシュランで三つ星を獲得した「鮨水谷」。毎月変化する鮨ネタを追いかけ、主人に話を聞き込み、現在の日本を代表する鮨屋のすべてに鋭く迫る。読めばあなたも食べたくなります！

は-33-1

平野恵理子
ふつつか台所自慢
日々の暮らしをつづるイラストエッセイで人気の著者が、毎日立つ台所を楽しくするヒントや手軽で美味しい料理を紹介するイラストエッセイ集。毎日のごはんはふつうがいちばん。

ひ-18-1

平松洋子
世の中で一番おいしいのはつまみ食いである
キャベツをちぎる、鶏をむしる、トマトをつぶす……手を使って料理すると驚くほどおいしくなる。料理にとって「手」がいかに重要かを楽しく綴った料理エッセイ集。（穂村　弘）
ひ-20-1

渡辺怜子
フィレンツェの台所から
フィレンツェに住むことになったイタリア料理研究家が街の市場を巡り、家庭の台所を訪ね、食物と人々の暮らしを生き生きと描く。パスタ、チーズ、ワインを巡るイタリア食紀行の名著。

わ-9-1

魚柄仁之助
元気食 実践マニュアル155
超簡単・激安・ヘルシーな食生活を説きつづけて人気の著者が読者の要望に応えて披露した155の技。目からウロコのアイデア、子供からお年寄りまで喜ぶ美味メニューを満載した実践篇。

P20-1

（　）内は解説者。品切の節はご容赦下さい。

小山裕久
右手に包丁、左手に醤油
大阪「吉兆」で修業し、徳島の名料亭「青柳」を継いだ主人が、食の真髄を求めて、国内やフランス、北京、シンガポールなど世界を訪ねつつ考えた日本料理の「原理」をつづった随筆集。

P20-4

江口まゆみ
ニッポン全国酒紀行
酔っぱライター飲み倒れの旅
デンキブラン、ホッピーなど日本オリジナルの酒を制覇し、ソムリエ、バーテン修業に体当たり。〝うまい酒が飲みたい!!〟の一念で酔っぱライターが日本全国を飲み歩く突撃ルポルタージュ。
P20-13

伊丹由宇
超こだわりの店乱れ食い
探しまくり、食べまくり、飲みまくり、人々とのうるわしい出会いを求め続ける自称〝食の狩人〟の「ビッグコミックオリジナル」誌人気コラムをもとに、二千軒の中から厳選した百一軒。

P20-14

マーク・ピーターセン
ワインデイズ
私はいかにしてワインに取り憑かれてしまったのか。日本に住む一人のアメリカ人大学教授の赫々《かっかく》たるワイン遍歴。ナポリ、シチリア、スペイン、チリ等々。今晩のワインに迷ったら……。

P20-16

椎名　玲・吉中由紀
危険食品読本
アメリカ産牛肉はどう考えても危険。といって、豚肉の信頼性は大丈夫だろうか。輸入野菜の残留農薬問題は？　データを基に食生活に警鐘を鳴らす、「週刊文春」好評連載シリーズ登場。

P20-23

朝田今日子
オリーブオイルのおいしい生活
ウンブリア田舎便り
オリーブの収穫、豚の解体、トマトの瓶詰め、村の栗祭り。イタリアの田舎に暮らす主婦が、体に優しく美味しい本場家庭料理のレシピと、村の人々のシンプルな生活を写真満載で紹介。
P20-24

伊丹由宇
超こだわりの店百番勝負
ご存知〝食の狩人〟が探し求めた伝統の味、努力の味、噂の隠れた名物絶品の味。安くて、旨くて、人情味豊かな居心地満点の店案内。食の情報サイトをしのぐ〝驚きの味の店〟第二弾！

P20-25

（　）内は解説者。品切の節はご容赦下さい。

岸　久
スタア・バーへ、ようこそ
日本人初の世界カクテルコンクールのチャンピオンが優しくナビゲートする銀座の「バー」のお作法の数々。これさえ読めば本格的バーのしきいも高くない。カクテルレシピもあります。
P20-29

椎名　玲・吉中由紀
間違いだらけの安全生活
「週刊文春」好評企画の文庫化第二弾。茶カテキンやコエンザイムQ10の効き目から、花粉症の薬やタミフルの安全性、老人ホーム選びのポイントまで日常生活に必須の安全知識が満載。
P20-31

沖村かなみ
おいしおす　京都みやげ帖
京都ならではのうまいもんだけを徹底ガイド。詳細なお取り寄せデータ・地図も収録。自宅でも旅先でも京の味を楽しみ尽くせる一冊。文庫化にあたり新店も加えた最新版、全百十二店舗！
P20-32

工藤佳治
中国茶めぐりの旅
上海・香港・台北
上海・香港・台北と、中国茶の原点を訪ねる旅をコース別に案内し、茶館を巡って本場の茶の楽しみ方を紹介する。あわせておいしい淹れ方から茶具、各地の美味なる料理屋さんも紹介。
P40-9

左能典代《さのふみよ》
岩茶《がんちゃ》のちから
中国茶はゴマンとあるが、なぜ岩茶か？
古来、中国の皇帝たちに献上され、毛沢東も虜にした中国・武夷山で育まれる岩茶。一杯飲むと陶酔、忘我の境地へと誘う、その謎めいた名茶の秘密を、岩茶研究の第一人者が解き明かす。
P40-23

徳川慶朝
徳川慶喜家の食卓
最後の将軍・徳川慶喜公の好物は豚肉、ベッタラ漬、おかか……。食への好奇心は生涯衰えることはなかった。直系の曾孫が明かす将軍家の楽しいエピソード。歴史好き、食いしん坊必読。
と-18-2

池波正太郎
ル・パスタン
Le passe-temps
仮病を使ってでも食べたかった祖母の〈スープ茶漬け〉、力のつく〈大蒜うどん〉、欠かせない観劇、映画、田舎旅行。粋人が百四のささやかな楽しみを絵と文で織りなす。オールカラー収録。
い-4-50